前情提要：

李牧羊出生之时遭遇雷劈，被陆家家主陆行空抛弃，从此被养父养母带大。

少年时的李牧羊极为平凡，皮肤漆黑如炭，嗜睡如命，成绩垫底，受尽同学的欺负与排挤。一次意外中，他突然觉醒了龙魂，从此生活发生了翻天覆地的变化。

一次偶然的机会，李牧羊从全国排名前二十的杀手手中救下了自己暗恋的女神崔小心。崔小心十分感激，在距离文试只有一个月的情况下尽心尽力帮毫无基础的他复习功课。而他表现惊人，取得了西风帝国文试第一的好成绩。

白痴变天才，李牧羊不仅被自己比下去的一些人针对，还惹来了大权在握之人的猜忌。

一片质疑声中，他得到了一份神秘的录取通知书……

逆鳞

NI LIN

2

柳下挥／著

时代出版传媒股份有限公司
安徽文艺出版社

图书在版编目（CIP）数据

逆鳞.2/柳下挥著.—合肥：安徽文艺出版社,2019.4
ISBN 978-7-5396-6598-6

Ⅰ.①逆… Ⅱ.①柳… Ⅲ.①长篇小说－中国－当代 Ⅳ.①I247.5

中国版本图书馆CIP数据核字(2019)第040176号

NILIN 2
逆鳞2
柳下挥 著

出 版 人：朱寒冬
责任编辑：周 康 周 丽
装帧设计：曹希予

出版发行：时代出版传媒股份有限公司 www.press-mart.com
安徽文艺出版社 www.awpub.com
地 址：合肥市翡翠路1118号 邮政编码：230071
营 销 部：(0551)63533889
印 制：湖南天闻新华印务有限公司 电话：(0731)88387856

开本：710mm×1000mm 1/16 印张：18 字数：300千字
版次：2019年4月第1版
印次：2019年4月第1次印刷
定价：34.80元

目录

CONTENTS

第22章
西风第一

骑鹤人这句话几乎打了在场所有老师和学生的脸，因为你们教出来的学生不够优秀，所以他们考不上星空学院。因为你们这些考生全部不够优秀，所以也没办法知道星空学院的存在。可是，因为他脸上纯真的笑容，因为他说出这句话时的诚挚态度，众人又觉得他说的是一个事实。连那些被他侮辱过的人，都觉得事实应该就是这样，不然的话，星空学院怎么会有如此出众的骑鹤学生呢?

骑鹤人实在太出类拔萃，他长身玉立地站在英雄台上时，有一种鹤立鸡群的感觉，仿若被无数信徒拥护的神明，被海量粉丝追逐的偶像。

这样的人说这样的话，下面的学生就算有所不满也生不出反驳之心。

“那么，”林正因转头看向李牧羊，难以置信地说道，“只有李牧羊一个人考上了星空学院？”

“是的，只有他一个人考上了星空学院。”骑鹤人看向李牧羊的眼神热情不减，这让现场一些女生很不满意。你有本事看我们一眼啊，你总是看一个男人干什么？

“你说我们不够优秀，但是李牧羊连英雄榜都没有上，凭什么比我们优秀？”张晨尖着嗓子喊道。今天发生的一幕幕简直是一场场噩梦，他刚刚从一场噩梦中挣扎出来，又进入了另一个更加恐怖的梦境。

李牧羊不就是一个病秧子吗？不就是一个小黑炭吗？长期占据年级倒数第一，连一些常识都不清楚，偶然取得了一次不错的成绩，结果又因为作弊被老师赶出学校，这样的一个废物突然变成了人人喜欢的香馍馍?

还有那个星空学院，大家听都没有听说过，英雄榜上面也没有这所学院的招生情况。一个骑鹤的小子跑出来说李牧羊被星空学院录取了，顺便还鄙视了他们这些考上其他学校的学生一番，嘲讽他们不够优秀。这还有没有天理了？还有没有王法了？

演戏！这一定是演戏！

说不定这是李牧羊出钱请来的戏班，哦，李牧羊没钱，那一定是崔小心给李牧羊找来的戏班。崔小心和李牧羊关系不错。上次她为了李牧羊还在班级里当众顶撞赵明珠，这次担心他落榜之后被人耻笑，所以提前做一些准备也是可以理解的嘛。不然的话，这样一所野鸡大学怎么可能突然冒出来要招李牧羊入学？

这不仅是张晨一个人的想法，也是在场不少学生的想法。

李牧羊被人欺负的时候，他们多多少少会对他产生同情。但是，当李牧羊一飞冲天，即将成为大家需要仰望的人物时，他们的心里又有些不舒服了。李牧羊凭什么比他们厉害啊？他一个整天混吃等死的废物，竟然成了他们中最优秀的人？

这简直是天大的笑话！

“英雄榜？”骑鹤人显然被张晨的这个问题问住了，凝神思考了一番，又转身看了看身后那巨大红绸上面的名字，笑着说道，“抱歉，我只知道乘风榜、青云榜和星空榜，没有听说过英雄榜。还有，真正伟大的人，自有世人传颂，不需要被写在红绸上给自己表功。”

这哥们儿说话实在太直了。这句话一出，不仅张晨的白脸被打得紫红紫红的，就连林正因、赵明珠这些人的脸也被打得啪啪作响。

林正因的面子挂不住了，在场老师的脸色也相当难看。

要不是这小子是骑着白鹤来的，看起来高高在上、不可一世、盛气凌人，林正因都想冲上去亲自把他揍一顿。

张贴英雄榜是各所学校的优良传统，张榜那天也是一个大喜的日子。学校把优秀考生的名字写在红绸上，不仅方便学生们查阅成绩，也能够激励后进，让每一个学生都以金榜题名为荣。怎么被那个小子一说，他们这英雄榜就成了老太婆的裹脚布——臭不可闻了？

“林某还没请教，阁下怎么称呼？”林正因看着骑鹤人问道。

“学生解无忧。”骑鹤人双手抱拳，一脸笑意地回答，根本就没有意识到他刚刚打了人家的脸。

“好，解无忧同学，你直到现在还没有回答我的问题。正如李牧羊同学所说，他没有报考过你们星空学院，而我们也从来都没有听说过星空学院。不是我们多疑，而是现在的招生骗子实在太多。作为本校校长，我理应为学生的前程考虑，不能让其被骗了钱财、时间。”林正因看着解无忧，说道，“请问，你有什么东西能证明你们学校是正规的吗？”

“证明？”解无忧脸上的笑容渐渐消失，他说道，“你们可以选择相信，也可以选择不相信，这是你们的自由，和我有什么关系？我只是一个传信之人。”

要不是熟读古今圣贤著述的礼经，林正因都想咆哮骂娘了，这还能不能好好聊天了？

你爱信不信，反正我是不会向你解释的。——这是什么态度？这是什么态度？！这人实在狂妄至极！

李牧羊听了此番对话，反而对解无忧有了更多的兴趣。他躬身行礼，笑道：“牧羊见过无忧师兄。”

解无忧对别人桀骜，对李牧羊倒是很客气。他也拱了拱手，笑道：“牧羊师弟不必客气，有什么疑问尽管问。我比你早入校一年，自然要替你解惑答疑。”

“无忧师兄此番特意跑来江南送喜报，牧羊感激不尽。”李牧羊真挚地说道，“只是我对此事确实有很多疑问。我原本没有报考星空学院，为什么会被星空学院录取呢？”

“此中关键，我不知情。”解无忧笑道，“我只是奉院长之命，前来江南录取一名学生。得知今日是放榜之日后，我一路急赶，好不容易才在这个时间来到江南，希望没有让牧羊师弟失望。”

“我没有失望，只有激动。”李牧羊无比坦白地说道。他原以为自己名落孙山，没想到竟然有一所他一听名字就觉得很有来头的学院派人骑鹤送喜报，人生的大起大落来得太快，这实在是太刺激了。“星空学院是一所正规的院校吧？”

“当然。”解无忧点头说道。

“星空学院和西风大学相比如何？”

"我们不和任何学校比。"

"这还不是一所野鸡大学？"张晨满脸嘲讽，"星空学院听起来好听，结果却没有任何人知道。英雄榜上没有名字，教育系统怕是都没有备案吧？这样的破学校，也只有落榜了的蠢货才把它当成宝贝，大家说是不是？"

众人皆笑。

张晨说得起劲，而且这星空学院听起来确实是这么回事儿。名声这东西就像布袋里面的锥子，名声越大，锥子越尖利。星空学院若真不错，自然会破袋而出，没有办法隐藏。

可事实是，星空学院虽然听起来威风凛凛，却没有任何人听说过，连林正因校长都不知道。最关键的是，连李牧羊自己都说他没有报考过。

这样一推断，那不是野鸡大学是什么？

解无忧微微皱眉，伸手入怀，摸出一个盒子，说道："这盒子里面有一份录取通知。"

林正因伸手去接，解无忧却把盒子递给了李牧羊，说道："抱歉，这是给牧羊师弟的。"

李思念快步跑过去接了盒子，又十分喜悦地近距离看了那白鹤几眼，这才依依不舍地跑了回来。

李牧羊接过盒子打开，里面有一张牛皮古卷。

上面没有字，却绘着一张极其简单的地图。

"这是学院地址。"解无忧解释。

"谢谢无忧师兄。"李牧羊再次道谢。

"牧羊，小心被骗。"林正因好意地提醒道。

"校长，我定会小心谨慎。"李牧羊一副受教的模样。

"你说我们都不够优秀，所以不配知道那所野鸡大学。"张晨大声道，"那你敢不敢告诉我们，李牧羊那个废物到底考了多少分，所以被你们那所野鸡大学录取？"

这句话算是问到了关键。

一般是分数高的上名校，分数低的读二等院校。如果张晨他们比李牧羊取得了更高的分数，却没有被星空学院录取，那么星空学院到底是一个什么样的存在不是显而易见了吗？！

“掌嘴！”解无忧怒喝道。此人当着他的面一而再再而三地辱骂星空学院是野鸡大学，即便他心胸开阔，也仍然觉得难以容忍。

那只优美高傲的白鹤突然跃起，迅疾无比地朝着张晨扑了过去。

张晨张大嘴巴、瞪大眼睛，还没有从这一幕中反应过来，那只白鹤的左翅就已经重重地朝着他的脑袋扇了过来。

这一扇不要紧，因为白鹤用力太大，风力太强，张晨躲闪不及，整个人都被那股劲风吹得离地而起，朝着远处飞了过去。

那只白鹤一路飞行，正觉得有些无聊，好不容易找到这样一个玩物，哪儿肯轻易罢手？

它朝飞在空中的张晨追了过去，然后再一次对着他的身体挥动翅膀。

“啊——救命啊——救命啊——妈啊，我要死了——”

“扑通——”

张晨跌落在十几丈开外的地方，身体重重地摔在了坚硬的石板路上。

他惨号几声，拼命地想从地上爬起来，但是终究放弃了，他感觉全身的骨头都要散架了。

白鹤返回到英雄台上，昂着脑袋得意扬扬地站在解无忧的身后。

台下众人没想到这白鹤还通人性，大为赞叹，甚至有不少学生为白鹤的行为鼓掌。李思念就是最积极的那个。

“它叫什么名字？”李思念问道。

“它叫小丑。”解无忧很喜欢模样甜美、天真烂漫的李思念。

“它一点儿也不丑。”李思念为白鹤抱不平。

解无忧笑笑，没有解释这个问题。

他再次从怀里摸出一张布卷，伸手一弹，布卷便轻飘飘地朝着林正因飘去。

林正因伸手，那张布卷便落在了他的手心。

"此为西风帝国君主御批的文试榜单，李牧羊乃帝国文试第一。"解无忧一脸笑意地说道，"你如果相信这份榜单没有作假，就应该知道它的真正分量。"

西风帝国文试第一？

林正因脸色潮红，握着布卷的手不停地抖动着。

他教书育人数十年，还从来没有带出过在整个帝国排名第一的学生。

这是何其幸运啊！这是何其大的殊荣啊！

对考生来说，获得这样的成绩无疑会成为一生中最辉煌的事。

而对于他们这些教育工作者来说，教出一个文试第一又何尝不是这样？

"校长——"赵明珠也激动得说不出话来。她的班级中竟然出了一个"文试第一"，而且那个人就是之前被她冤枉作弊的废物，不，黑炭少年李牧羊。这怎么可能？世上怎么会发生这样的事情？难道以前他每次上课都是故意装睡，其实一直在勤记苦思？难道他每次考试都是故意乱写，为的就是今天的一鸣惊人？

只有这样，今天这一切才能够解释得通啊。

不然的话，哪有凭一个多月的补习就考出这种逆天成绩的学生？除非他被古圣人附体了。

自己以前只是江南名师，很快就要成为帝国名师，赵明珠兴奋得不能自已。

幸好自己没有被李牧羊伪装出来的假象蒙蔽，关键时刻给予了他体谅和支持。如此一来，李牧羊获得这样的成绩就有自己一半的功劳，一小半，不，三分之一，六分之一，实在不能再少了。

"这榜单是真的。"林正因声音颤抖，说道，"这是皇室特有的古绢，字体是天都古体，上面还有君主宝印。这种东西作不了假，也没有人敢作假。学校每年都会收取一份，用来留存归档，但上面的人和我们学校没有任何关系。没想到，没想到啊，我们学校的学生竟然也能够荣登榜首，拿下文试第一！"

老校长激动得老泪纵横，用衣袖抹了一把眼泪，红着眼眶说道："此生无憾，此生无憾！"

余震的次数多了，大家也就懒得跑了。

惊讶的次数多了，大家也就懒得说了。

李牧羊还有什么大招就一起放出来吧，反正他们就当提前过年了。

“我考了第一？”李牧羊满脸震惊。

别人不相信也就罢了，现在连李牧羊自己都没办法相信了。

他学习的时间太短，学到的知识点也非常有限。幸好有脑海里那似曾相识的知识帮忙，不然的话，很多大题他根本就搞不清楚是怎么回事儿。

他只是想拼命努力一回，尽量考好一些，因为只有那样，他才有机会去西风大学。

可是，他怎么就成了文试第一了？

李牧羊瞪大眼睛，觉得这个世界相当荒谬。这种事情就像是一个极品美女跑过来对他说：“李牧羊，你真帅，我好喜欢你！”。

“哥，你真帅，我爱死你了！”李思念扑到李牧羊的怀里，用脑袋拱着他的胸口说道，“你考了文试第一！天啊，你太厉害了！哥，我要回去告诉爸妈，他们非高兴坏了不可！”

李思念很高兴，比自己考上了西风大学还要高兴。

因为她考上西风大学是很正常的，而李牧羊考了文试第一是很不正常的。有人会奇怪崔小心占据英雄榜榜首考上了西风大学吗？

自己一直以来费尽心思关心照顾、拼命维护的哥哥，那个因漆黑孱弱而总是被人欺负的哥哥，一旦认真起来竟然能够爆发出这样的能量，取得这样耀眼的成绩，实在太让人惊喜，也实在太疯狂了。

李牧羊能够感受到李思念的欣喜，当你取得好成绩时，那些真正关心你的人比你自己还要高兴。

李牧羊伸手紧紧地抱住李思念，笑道：“我也没有想到结果会是这样。”

“千真万确，这种事情作不得假。”解无忧看着陷入狂喜的李牧羊和李思念，笑道，“喜报已经送达，我也要回去交差了。望牧羊师弟准时入校，切莫让大家久等。”

“谢谢无忧师兄。”李牧羊再次躬身道谢。

“牧羊师弟不必客气。”解无忧摆了摆手。

"小丑。"解无忧伸手一招，那名叫小丑的白鹤便鸣叫一声冲天而起。

解无忧看了李牧羊一眼后，腾空而起，双脚稳稳地站在了鹤背上，身上的长袍迎风激荡。

一人一鹤乘风而去，瞬间便隐没在白云深处，不见踪迹。

所有人都看得目瞪口呆。

这代步工具实在是太拉风了，谁不愿意做一个骑鹤少年啊？

这到底是什么学校培养出来的学生啊？难道以后的李牧羊也会和那个解无忧一样骑鹤下江南？

在场的不少人想到李牧羊以后回家的场景时，心中满满都是憧憬和羡慕。

这才是人生啊！

林正因走到李牧羊的身边，欣喜地看着他，说道："恭喜李牧羊同学了。文试第一，这是本校从来都没有过的荣誉。就是放眼整个江南，也只有十二年前的天才少年杜若甫获得过这样的殊荣。"

"谢谢校长。"李牧羊笑道，"牧羊还要感谢学校和诸位老师的栽培。"

赵明珠面露尴尬之色，说道："我虽然很想沾一点文试第一的光辉，但是说起来当真是惭愧不已。我来到学校后，第一天就和牧羊同学产生了一些矛盾，后来也一直对牧羊同学怀有敌意，觉得牧羊同学是在故意和老师作对，没能好好地给予关心和教育。"

"赵老师，事情都过去了。当时确实是我不对，不过我也不是有意如此，实在是身体太不舒服了。"李牧羊安慰道。

"是啊。过去的事情都过去了，大家也不必放在心上。"林正因在中间打圆场，"牧羊同学可愿意去我的书房坐坐？我还想和你多聊几句。"

"这是我的荣幸。"长者赐，不敢辞。李牧羊爽快地答应。

林正因看了紧紧抓着李牧羊衣角不肯松开的李思念一眼，笑道："小姑娘一起来吧。"

"谢谢校长。"李思念甜美地笑着道。

"赵老师也一起来。牧羊同学是你的得意高徒，想必你也想和他多聊几句。

等到牧羊同学去了星空学院，这样的机会可就不多了。”

“谢谢校长。”赵明珠面露喜色。

林正因的书房在学校东北角的小楼里，木制家具，古典雅致，书香味十足。

林正因请客人就座，侍者及时送来茶水。

“牧羊同学，尝尝我这里的明前龙井。茶不名贵，但是胜在味道清新。”林正因做了一个“请”的手势。

“校长请。”李牧羊端起茶杯，细细地品尝。

李思念不喝茶，坐在旁边不停地笑，就像一个开心的小傻瓜。

林正因疑惑地看了李思念一眼，问道：“小姑娘在笑什么？”

“我很高兴。”李思念脸上的笑意更浓了，“我没想到有一天校长会请我的哥哥到书房喝茶。”

“人生际遇，变幻莫测。谁也不知道未来会发生什么。不过，我坚信，是金子，终究会发出璀璨的光芒。”林正因无比感慨地说道。一个众人眼中的差生居然成了西风帝国的文试第一，实在太不可思议了。这个学生的命运将因此发生巨大的变化，而他的母校的命运又何尝不是如此呢？

“校长说得对，我哥哥是金子。”李思念连连点头，“石头再努力也是没办法发光的。”

赵明珠看向李牧羊，十分认真地请教道：“牧羊，你能给老师讲讲你成功的秘诀吗？你的学习方法是什么？你每天用多长时间来读书？作息时间怎么安排？你有没有快速提高学习成绩的绝招？我是替你的学弟学妹问的，我希望他们也能够和你一样，一鸣惊人，成为整个帝国最耀眼的存在。”

这个问题还真是把李牧羊难住了，每天睡觉算不算绝招啊？被雷劈了算不算秘诀？

“我觉得，”李牧羊目光躲闪，不好意思地说道，“只要永不放弃，就一定会有机会。”

李牧羊突然想起了崔小心，因为她是第一个对李牧羊说“只要永不放弃，就一定会有机会”的人。也是她不厌其烦地给李牧羊补习，将一个无比简单的问题翻来覆去地解释好几遍。

倘若她知道自己的成绩，知道自己是西风帝国文试第一，她也一定会为自己感到高兴吧？

林正因摆了摆手，说道："老师要因材施教，世上哪有通用的成才法则？"

"校长说得是，是我太急功近利了。"赵明珠点头附和。

林正因慈祥地看着李牧羊，笑道："牧羊同学获得文试第一，这是我们学校近百年来获得的最高荣誉，也是我林正因这辈子获得的最高荣誉！帝国名校云集，夺得第一实在是太难了，几乎是难以想象的事情。"

"校长，我只是——"

林正因摆了摆手，说道："牧羊同学无须自谦。我也做过学生，理解其中的辛苦和不易。虽然我不知道星空学院到底是何来历，但是想必那是一所很了不起的学院，只录取文试第一，足以见其不凡。你入了星空学院，定要再接再厉，取得让世人瞩目的成绩。"

"谢谢校长教诲。"

"我看你那师兄不是凡人，更像是传说中的修行者，或许你的际遇在于此。无论是求仕途，还是求长生，关键在于明悟本心。你想要什么，便去求什么。我们自然是支持你的。"

"谢谢校长教诲。"李牧羊只能不停地点头。

"每年的英雄榜前三，学校都会给予奖励。崔小心是今年的榜首，理应获得大奖。今天我就擅自做主，给予你和崔小心同学同等的奖励。等到帝国的文试榜单发到各行省州府，行省总督和城主府必然也要重奖。"

"谢谢——"

林正因摆了摆手，示意李牧羊不用再道谢。

他看着李牧羊说道："牧羊同学，你将成为本校的一颗明星，一座难以逾越的里程碑。后来的学生都应当向你看齐，力争文试第一的荣誉。我知道你很快就要去星空学院求学了，想请你趁今日有时间给你的学弟学妹题一幅字，我好让人刻在学校门口的校训石上。这样大家便可日日瞻仰，用以激励自己求知上进。你觉得如何？”

“校长，我觉得这事还是算了吧？”李牧羊赶紧拒绝，说道，“我不太习惯这个。”

“牧羊同学，此事万望你不要推辞。”林正因严肃地说道，“为了我，为了学校，也为了你的学弟学妹，你再考虑一下如何？”

“哥哥，写吧。”李思念鼓励道，“这样，以后我每天上学放学就都能够看到你的字了，这多亲切啊！”

“是啊，牧羊，兹事重大。你为学校争得如此大的荣誉，学校理应让大家知道你的功绩。”赵明珠也在旁边劝道。

“可是我实在不知道写些什么。”

“没关系，你慢慢想，”林正因表现得很有耐心，“一边喝茶一边想。”

林正因又对着外面喊道：“来人，笔墨伺候。”

李牧羊知道自己是推不掉了，只好起身说道：“那我就献丑了。”

“此为万千学子之福。”林正因说道。

李牧羊走到桌前，提笔蘸墨，久久地凝神不语。

众人围在李牧羊身边，满脸笑意地期待着。

良久，李牧羊终于落笔，在白色宣纸上写下第一行字：与智者同行！

“好字！好句！”林正因大赞，“字好，内容更好。与智者同行，必能深受其益，增长见识，开阔眼界。牧羊同学见识不凡，可喜可贺啊！”

“下句呢？”赵明珠笑着问道，“牧羊，快写下句。我都有些着急了。”

“没有下句了。”李牧羊搁下毛笔，摇头说道。

“怎么能没有下句呢？”林正因急了，说道，“牧羊同学，有一个惊艳的开端，也要有一个完美的收尾才行啊。不然的话，简直让人遗憾终生。”

“可是校长，我真的没想到下联。”

“再想想，你再想想，我们不急，不急。”林正因急忙说道，一副“你今天不写出下联就别想走出这个门”的架势。

“校长，那我这次真的要献丑了。”李牧羊硬着头皮说道。

"不丑，不丑，这一点儿也不丑，我只有震撼和惊喜。"

"我有预感，这将成为百年名联。"

"哥，你就写吧，不要谦虚了。"

李牧羊再次提笔，干净利落地在宣纸的空白处写了下句：被傻瓜否定！

林正因送走李牧羊、李思念兄妹俩，回到书房看着书桌上的那幅字轻轻叹息，说道："字是好字，苍劲有力，中正大气，看起来很有功底。但是这内容……说明他心里还是有怨气啊！"

"责任在我。"赵明珠赶紧向林正因道歉，说道，"在李牧羊被班级里的同学欺负排斥的时候，我没有尽到一个老师的责任。如果那个时候我能够站出来替他说句话，或许情况也不会像今天这般糟糕。那些孩子也闹得太过分了，要不是校长明辨是非，那个骑鹤少年及时送来喜报，今天他怕是很难挨过去。"

林正因摆了摆手，说道："罢了，罢了。过去的事情你还说它做什么？不过以后遇到李牧羊这样的学生，你还是要多多关怀一些才是。学校不能只以成绩论英雄，帝国不少英雄人物可是没有读过书上过学的。"

"是。我一定会吸取此次教训，以后对所有学生一视同仁。"赵明珠躬身。

"那是学校之幸，也是学生之幸。"林正因说道。

赵明珠看着桌子上那幅怪异的字，问道："校长，这两句话当真要刻在学校门口的校训石上面吗？"

"说出去的话，怎么能收回呢？"林正因认真地说道，"只是，校训石上先刻这上句吧。"

"只刻'与智者同行'这一句？"

"是啊。这句话简单直白，却含有人生的大智慧，放在校训石上倒也和李牧羊文试第一的成绩相称。"林正因一脸笑意地说道，"至于下一句，还是暂时隐去吧。我看得出来，此子眼神坚定，心思通透，受人欺辱至此，却没有自暴自弃，以后遨游于星空之上，做出一番被世人传颂的功业也有可能。那个时候，我们再把后面这一句刻上去吧。反正到那个时候，他说什么都是正确的。这两句话必定会像帝国首富还没有发迹之时说过的那句名言‘今天你对我爱答不理，明天我让你高攀不起’一样广为传播。”

“校长，帝国首富没有说过那句话。”赵明珠小声提醒道。

“没说过吗？”林正因一愣。

“是的。据考证，他应该没有说过。”赵明珠不敢忤逆上司，说起话来有些底气不足。

“你看看，明明是他没有说过的话，也会被好事之徒安到他的头上。名人是非多啊！”林正因哈哈大笑，说道，“无论如何，今天都是一个大喜的日子。”

“恭喜校长。”

“也恭喜赵老师。”

两人相视大笑。

出了学校大门，李思念就抱着李牧羊的胳膊咯咯笑了起来。

“哥，你怎么写出那么一句话啊？你有没有注意到当时赵老师的脸色？要知道，当时她也是很瞧不起你的，你这不是当场让人下不了台吗？幸好校长机智，立即和你谈起字体的好坏，才没有让气氛变得尴尬。”

李牧羊摇了摇头，说道：“其实我没有说赵老师。”

“啊？那你说的是谁啊？是张晨、吴漫那些欺负过你的同学？”

“是，也不是。”李牧羊仍然摇头，轻轻叹息道，“以前我总是觉得自己很委屈。我没说过谁的坏话，也没有做过什么坏事。我只是身体不舒服，学习能力差了一些，为什么总是被人欺负、被人鄙夷呢？今天发生的事情让我突然明白了许多道理。”

“你明白了什么？”

“有时候一个人被人喜欢或者讨厌，不是因为他人品的好坏，而是因为他能力的强弱、背景的大小。你看无忧师兄，他说话犀利尖锐，几乎句句戳人心肺，但是，当他站在高台之上时，又有几人敢当众反驳？”

“哥，你是想说，”李思念看着李牧羊，看着这个让她越来越看不懂的哥哥，问道，“你要变得和解无忧一样强，以后行事不用看任何人的脸色吗？”

“我希望变强，不是为了行事不看任何人的脸色。”李牧羊看着李思念清秀可人的脸，说道，“我只是希望能够保护你，保护爸妈，让你们不受人欺负，自己再也不用被人骂作废物，遇到危险的时候可以挡在你们的前面，而不是让你们一次又一次地站在我的前面。”

“哥，”李思念抱紧李牧羊的胳膊，说道，“我们是一家人啊！你是我最爱的哥哥，为什么要说这种话呢？”

李牧羊揉揉李思念的脑袋，说道：“因为你也是我最爱的妹妹啊！所以，无论什么时候，我都不许别人欺负你。”

“哥，我觉得你越来越英俊了，怎么办？”

“真的吗？”李牧羊满脸惊喜。

“假的。”李思念噘着嘴说道，“你永远都是我的黑炭哥哥。”

“……”

“哥，你说校长会把你写的那两句话刻在学校门口的校训石上面吗？”

“刻不刻都不重要，他们非要让我说些什么，我就说了我想说的话。我想与智者同行，是因为觉得自己不够聪明。父母是智者，他们教会了我如何照顾、体谅家人。你是智者，教会了我如何保护亲人。崔小心也是智者，教会我认识自己，永远都不要放弃。校长是智者，明辨是非。赵老师也是智者，知错能改。

“我写‘被傻瓜否定’，是因为觉得自己以前太在乎无关紧要的人对自己的看法了。我觉得他们不应该欺负我，觉得他们不够了解我，觉得他们应该给予我尊重。但是，就算他们给了我这些，我就不是那个一无是处的李牧羊了吗？如果我自己变得足够强大，变得更加优秀，我还会在意这些人的看法吗？正如无忧师兄所说：‘你们可以选择相信，也可以选择不相信，这是你们的自由，和我有什么关系？’”

“哥，我是真的觉得你越来越英俊了。”李思念这一次没有笑，而是认真地看着李牧羊，那双漆黑如墨的眼睛里闪烁着异样的光芒。

她觉得自己的哥哥变了，变得沉稳聪慧，变得坚毅坚定。

以前的他是茫然的，是颓废的，或者说是懦弱的。

现在的他终于找到了自己要走的路，并且愿意为此付出最大的努力。

这样的哥哥给了李思念无穷的安全感，就像真正可以保护妹妹的哥哥。

李牧羊笑笑，说道："但愿如此吧，反正你说什么我都不相信了。"

"哥——"李思念拖着长长的尾音撒娇。

"我不信。"

"你真的很帅，真的，真的，真的——"

"我不信，我不信，我不信——"

罗琦有一种心神不宁的感觉，坐着烦，站着烦，做家务的时候更烦。

洗碗的时候她把碗打碎了，洗完筷子她把筷子丢进了茅坑。

李岩也在家里等着，看到罗琦在他眼前转来转去，埋怨道："你坐下来休息一会儿行不行？你转得我眼睛都花了。"

"谁让你看了？你要不是一直盯着我看，眼睛怎么会花？"

"你讲点儿道理好不好？你就在我面前，我不看你看谁？"

"你看书啊！你抱着的那本书是干什么用的？书拿反了你都没发现？"

李岩也不掩饰了，把手里的《诗经》丢到桌子上，走到罗琦身边说道："不要着急，你急也没用。牧羊和思念去看榜了，要是结果出来了，他们一定会及时回来通知我们。"

"按理，他们两个也该回来了。"罗琦有些担心地说道，"不会出了什么问题吧？"

"看个榜而已，能出什么大问题？结果要么就是上榜，要么就是落榜。"

"落榜还不是大问题？牧羊要是发现自己没有上榜，那得多伤心啊！不行，我还是出去找找，万一这孩子想不开……"

"砰——"

院子的大门被人蛮横地撞开了。

李思念跑得气喘吁吁，大声喊道："爸，妈，我哥考了个第一！"

罗琦一听，脸色煞白，赶紧安慰道："没事没事，不就是个'第一'嘛，以前牧羊也不是没考过。你哥呢？”

罗琦看到跟在李思念身后进门的李牧羊，赶紧跑过去把他抱在怀里，说道：“牧羊，不要放在心上。伟人不是说过吗？失败是成功之母。失败一次不要紧，明年咱们再接着考。我儿子有天赋，又努力，总有一天可以上榜。”

“妈，我说的是顺数第一，是西风帝国文试第一。”李思念翻了一个白眼，十分无奈地解释道。

“什么？”罗琦和李岩都瞪大了眼睛，“顺数第一？”

第23章
星空学院

习惯是非常可怕的东西。

当所有人都习惯了李牧羊考全校倒数第一时，突然有人跳出来说李牧羊这次考的第一不是倒数第一，而是顺数第一，不是学校第一，而是西风帝国第一，听到的人第一时间并不会感到惊喜或恐慌，而是难以置信，一时半会儿很难接受。

李思念好不容易才说服了父母，让他们相信他们的宝贝儿子这次一鸣惊人，做了一件很了不起的大事。

“牧羊，”罗琦紧紧地抓着李牧羊的手臂，眼眶湿润，声音哽咽，“你真的考了西风帝国第一，你可以去西风大学了，你终于可以去西风大学了！我们不用求人，我儿子自己就做到了！”

“妈，我去不了西风大学。”李牧羊苦笑。

“去不了？你为什么去不了？西风帝国的文试第一都去不了西风大学？西风大学每年招的到底都是什么学生？黑幕，这一定是他们背地里操纵的结果，这样的事情我见得实在是太多了！不行，我要去一趟天都，我要找他们说理去。”罗琦的情绪非常激动。自己的儿子要是没有考好也就算了，考好了还没办法去西风大学，那就是有人欺人太甚。虽然她不喜欢甚至仇视陆家，但是就是让她回去向陆家服软，给他们下跪，她也要帮儿子实现愿望。

“我也不知道到底发生了什么事情。”李牧羊神色凝重，一副苦苦思索的模样，“按理，我既然考了西风帝国文试第一，应该可以进西风大学才对。可是这一次西风大学没有录取我，学校张贴的英雄榜上面甚至都没有我的名字。我感觉里面谜团重重，只能以后慢慢寻找答案。”

“那我们怎么办？西风帝国的文试第一都没有大学录取，这还有地方说理吗？”李岩性子憨厚，可听到这种事情也气愤得不行。

“爸，妈，你们等我说完啊！”李思念跺脚，说道，“谁说哥哥没有学校录取啊？哥哥可是被星空学院录取了，星空学院是一所很了不起的学校呢！”

“星空学院？那是什么学校？”罗琦一脸迷惑，看着李岩问道，“你听说过这所学校吗？”

“没有。”李岩摇头，“那该不会是骗子学校吧？”

“当然不是了。”李思念一副笃定的模样，“你们知道人家是怎么送喜报的吗？星空学院找了一个像仙人一样的骑着鹤的少年来送喜报，而且那少年根本就不把西风大学放在眼里。哥哥考了西风帝国文试第一也是那个少年告诉大家的。校长检查过那少年带来的文试榜单，也说没有问题，还特意把哥哥请到他的书房题字，说要把哥哥的字刻在学校门口的校训石上面呢！”

“星空学院这么厉害？”李岩一脸错愕，说道，“我想起来了，今天我们在家里也听到了鹤鸣。当时你妈正心绪不宁，还骂了几句，说：‘谁家的死鸟叫那么大声？’”

“李岩，你就不能少说两句？”罗琦瞪了丈夫一眼，没好气地说道，“我们的儿子考上了星空学院，这是天大的喜事。你赶紧到街口的鲁屠夫那里多买些新鲜猪肉，再到东城的卤肉店把他们店里的熟食全包下来。还有鱼、鸡蛋、蔬菜和水果，你能买多少买多少，今天老娘要大宴宾客。”

“大宴宾客？你要请谁啊？”李岩一脸茫然。

“街坊邻居啊！”罗琦一脸笑意，“以前牧羊没少受他们‘照顾’和‘激励’，现在牧羊考了西风帝国文试第一，我还不得请他们过来好好热闹热闹？”

李岩看着妻子灿烂的笑容，只觉得脊背生寒。

街坊邻居什么时候照顾、激励过他们家牧羊啊？难听的话他们倒是说了不少，什么“三岁看到老，这孩子长大了就是一个痴汉”“养了这么个白痴孩子，李家上辈子也不知道做了多少恶事”“我要有这么个儿子，早就把他推到水塘里淹死了，一了百了，大家清净”，跟不要钱一样往外倒，说出的话要多刻薄就有多刻薄。这个时候罗琦要请客，摆明了是要把人请来当众打脸嘛。

“要不，这事就算了吧？”李岩劝道。

“算了？”罗琦咬牙切齿，冷冷地说道，“什么事情都可以算了，就是这件事情不能算了。当初他们是怎么对我们家牧羊的，我可忘不了。这一次我非要一一讨回来不可！李岩，我警告你，你可以不帮我，但是你也不要拦我，否则我和你没完。”

李岩用哀求的眼神看向李思念。

李思念赶紧朝里屋跑去，说道：“差点儿忘记了，我还要温习功课。”

李岩又看向李牧羊，李牧羊也赶紧逃跑，说道：“我也要温习功课，感觉这次没考好。”

城主府。

燕伯来正在接见下属。一个背脊挺得笔直的年轻书记官站在他的面前，认真而拘谨地向他汇报最近江南城发生的大小事宜。正在这时，桌子上的那盆圣女果突然轻轻地摇晃起来，就像是被秋风撩拨了一般。

书记官微微被吸引，但是依然在不停地汇报着。

燕伯来恍若未见，直到听完书记官的报告，才表扬了书记官几句，说他能力出众，以后可以担当更重要的职务。

在书记官情绪激动，恨不得当场发誓要为城主大人效死的时候，燕伯来又云淡风轻地指出几个急需处理的重要工作，让书记官分配给相应部门。

书记官及时记录，见城主大人再没有其他吩咐，才夹着文件夹退出房间。

燕伯来看了那盆圣女果一眼，走过去轻轻抠了一下兽首笔筒上的眼睛。

“哗——”

壁画向两边分开，一条漆黑幽深，仿若通往地狱的通道出现在墙壁中间。

一个身穿黑袍的男人站在通道入口，鞠躬行礼，然后走进燕伯来的办公室，说道：“英雄榜已经张贴出来了，我让人抄录一份带了回来。”

说话的时候，黑袍男人从怀里掏出一块绢布放在宽大的红木桌子上面。

燕伯来并没有查看榜单的意思，转身看着外面的蓝楹花养神，沉静地问道：“小心是要去西风大学吧？”

“是的。”黑袍男人立即答道，“小心小姐已经被西风大学录取。”

燕伯来并不为此感到惊喜，平淡地说道：“理应如此。如果没其他事情，你就下去吧。接下来我还有一个会议。”

黑袍男人没有离开，抬头看着燕伯来不算高大但是极其厚实的背影，说道：“张贴榜单的时候，学校发生了一件事情。”

“我不喜欢猜谜，有什么话，你一次性说出来。”

“是。李牧羊被星空学院录取了，”黑袍男人沉声说道，“一个骑鹤人送来的喜报。”

“星空学院？”燕伯来猛然转身，眼睛里红光闪烁，仿佛有两轮太阳正在燃烧着，“李牧羊竟然被星空学院录取了？当年连相马也被星空学院拒收了，他竟然……凭什么？”

别人或许不知道星空学院的来历，但是作为天都名门之后的燕伯来怎么可能不知情？

有人说星空学院成立于万年之前，也有人说人类有了文字的时候就有了星空学院，还有人说星空学院的第一任院长是屠龙境的修行者，后来破碎虚空成了仙人，与日月同在，与天地同寿。

年代久远，传言太多。史书对星空学院却含糊其辞，语焉不详，好像要对全人类隐瞒一个天大的秘密。

但是燕伯来清清楚楚地知道，星空学院里面走出了无数个影响了整个神州大陆的强者。

譬如千年前一人一剑破洛水的西门红樱；譬如倒骑青牛闯入大漠，击杀屡侵边境、行径惨无人道的铁帽子王腾格勒十万游骑的张果仁；还有布衣出身，带领一帮师兄弟创立孔雀王朝，和西风帝国分庭抗礼的孔雀王嬴千孤。

世人只知道这些耳熟能详的名字的主人背景神秘，修为通神，每一个都是他们那个时代的星星、月亮，是照耀整个神州的英雄俊杰。但是燕伯来知道他们有一个共同点——他们都来自星空学院。

虽然近千年来各国之间竞争激烈，且又保持着微妙的平衡，没有出现过什么让整个大陆都为之倾倒的星空巨子，但是，这并不代表星空学院已经被人遗忘。

也没有人敢遗忘。

这样一所学校，谁不愿意把子孙后代送过去深造？

上至一国皇室，下至一城之主，哪一个不是费尽心思地把自己最杰出的子弟送进去？

燕家当年主推的人物就是燕伯来，结果燕伯来被星空学院拒收。没有理由，星空学院从来不会向别人解释缘由。

燕伯来成为一方大员——江南城城主后，又大力推荐燕相马，想把燕相马送过去。然而，这一提议在家族内部就被否决掉了，因为崔家要推的另有其人，而论资质、修为，燕相马也确实与那个年轻人相差甚远。

那个年轻人被星空学院拒收后，一怒之下进入鬼域，发誓不入枯荣死不休。燕伯来不死心地再一次让家族把燕相马送去，结果不出意外，他又失败了。星空学院拒收，和当年一样，也没有说拒收的理由。

他们燕氏一门对星空学院心存向往，为了把自己家族的优秀子弟送进去，他们付出了巨大的代价，结果无一例外，全都失败了。

现在却有人跑来对他说，李牧羊被星空学院录取了，而且星空学院里面那些眼睛长在头顶上的家伙居然派人骑鹤下江南，万里迢迢送来了录取通知书。

那个一直以来都没有被他放在心上的家伙，到底有什么能力和魅力？

连这样一个废物都能够进入星空学院，他和他的儿子燕相马的失败不是太刺眼了吗？

燕伯来虽然心性不错，但是只要想到自己堂堂江南城城主，闲云上品境界的高手，竟然还不如一个普通少年耀眼突出，就难以做到古井无波，不由得心火上涌，心绪难平。燕家的烈焰心法本就是走的至刚至霸的路子，燕伯来想完全压制住自己的情绪实在太难了。

“文试第一。”黑袍男人说道，“据说李牧羊是第二个以文试第一的成绩被星空学院录取的新生。”

“第一个是那李秋白吗？”燕伯来冷冷地说道。他并不是在问黑袍男人，这个问题的答案就在他的心里。一叶扁舟下梁王山，击杀数十万水贼的李秋白当年就是文试第一，而且能诗善吟，是神州大陆上很受人尊重的伟大诗人。

黑袍男人不答，他知道城主大人心中早就有了明确的答案。

“江南城温暖舒适，富裕平静，是虎踞龙盘之地。只是，我还真没想到一只小老虎就趴在我的眼皮子底下。能够徒手击杀乌鸦，成为西风帝国文试第一的人，怎么可能是平庸少年？就是天都的一群天才，怕是也不如李牧羊耀眼吧？”

“那些天才可都是不服输的人物。”黑袍男人知道城主想要什么答案。

“那是自然。他们生于天都，长于天都，眼界心气原本就比其他地方的人要高。上次撒的网，有没有捞上来什么小鱼小虾？”

“没有。”黑袍男人面露疑惑，说道，“我们将相马少爷从乌鸦一事里拉出来后，故意把李牧羊丢到太阳底下暴晒，结果没有任何可疑人物来和他联络，也没有任何人再来刺探或者刺杀，仿佛他成了一个透明人。此事着实诡异。”

“哼，小鱼小虾没有，倒是有一条巨鳄在背后搅弄风云。如果没有后力推动，你以为江南城一个糕点铺老板的孩子能够被星空学院录取？星空学院再神奇，眼线也不可能遍布天下。你也不好好想想，商人之子如何有机会踏足星空学院？背后之人的实力，出乎我们意料地强悍啊！”

“城主的意思是？”

“除了皇室，能够将一个布衣少年推入星空学院的有几家？”

“城主的意思是？”

“既然李牧羊是我江南城的考生，而且又获得了文试第一这样的好成绩，我们城主府自然要厚赏，以资鼓励，同时，也要对他的成绩大力宣扬，让后进学子以他为榜样，奋力追赶。按照惯例，别的行首州府对获得文试第一名头的考生，都会给什么奖励？”

“大多是奖励金币等实用之物。”黑袍男人说道，“行首五百枚金币，州府两百枚金币。”

“我们翻倍。”燕伯来眼神冷厉，伸手拾起桌子上一颗红通通的圣女果，手指猛地用力，将那圣女果挤得汁水四溅，“我们城主府翻十倍，奖励李牧羊两千枚金币。”

“城主，这怕是不合规矩。”

“江南富裕，自然不是其他州府可比的。”燕伯来笑呵呵地说道，“再说，本城主爱才，多奖励年轻俊杰一些金币又有何不可？”

“是。”黑袍男人躬身，“我会操办好的。”

燕伯来摆了摆手，说道：“你去吧。”

黑袍男人离开后，燕伯来脸上的笑容瞬间消失了。

他看着桌子上下属抄录的英雄榜，解开绳带将其慢慢摊开。

燕伯来看着榜首的名字，嘴角浮现一抹冷意，说道：“文试第一的名字居然不在这英雄榜上。只要查一查在这上面动手脚的人，我就知道是谁在背后放这只羊了。李牧羊，你当真以为自己能够隐藏起来吗？”

陆家，花园。

陆行空一边欣赏园内风光，一边轻轻地活动手脚。

他刚才仗着身体硬朗，连续见了六拨人，喝了十几杯茶，现在着实有些烦闷难当。

陆行空呼吸着新鲜空气，看着花园内绚烂开放的天都樱，心情舒畅了许多。

“崔家那位远赴江南躲避家族内斗的小姐回来了，据说过一段时间就会去西风大学读书。”看起来要比陆行空苍老许多的管家在旁边小声地汇报。

“嗯。她是时候回来了。让契机选几份礼物，过去看看她。”

“契机小姐怕是不愿意，虽然她和那位小姐都是帝都三明月之一，但是这三明月的关系实在不怎么样。”

“那契机就更要去了。”陆行空哈哈大笑起来，“崔家小姐在江南遇刺的消息传回天都后，天都震动。契机过去看望一下也是理所当然的。契机长大了，必然懂得其中的深意。你就说这是我的安排。”

“是，老爷。”管家恭敬地说道，“还有一件事情，我听说江南那边，燕伯来将给牧羊少爷的奖金翻了十倍，以一城之主的身份奖励了牧羊少爷两千枚金币，并且对牧羊少爷赞誉有加，称牧羊少爷为‘江南名驹’。这件事情已经在天都传开了，天都的一些年轻人都开始打听牧羊少爷到底是何方神圣。”

陆行空神色平静，不见愠容。

他伸手折了半截花枝放在手里，轻声说道：“燕伯来只有一府之才，放在江南倒也恰切。偏偏他野心勃勃，以后怕是难以善终。”

“老爷，牧羊少爷那边……”

“既然说过要放养，这种小事我理它作甚？”陆行空声音清朗，“我们回去吧，我还有事情需要处理。”

“是，老爷。”管家低头退到一边，等陆行空转身往回走后，这才小心翼翼地跟上。

庭院深深，园林复杂，让人很容易迷失方向。

崔小心居住的院子在崔宅的园林深处，她喜欢安静。当年父亲和大伯、小叔争得激烈的时候，她被小姑接走，远避江南。一晃数年，她回来后，小院依旧，但是眼前的风景已经变得陌生。

她离开前尚不成气候的牵牛花如今已经爬满院墙，她亲手植下的天都樱竟然长到了一人多高。紫色的花朵开得绚丽，让她这个爱花之人恨不得伸手抚摸它的每一片花瓣。

她种的时候心思纯净，没有想到能够收获此时此刻的心情。

“小心，小心——”熟悉的声音传来，然后便是一阵急促的脚步声。

崔小心转身看着大步跑来的燕相马，问道：“表哥如此匆忙，是有什么紧急的事情吗？”

“不好了！李牧羊考了个第一！”燕相马跑到崔小心的身边道。

“什么？”崔小心一脸疑惑，问道，“什么第一？”

“李牧羊，那小子竟然考了个文试第一，是咱们西风帝国的第一名！这怎么可能？”

崔小心神情错愕，然后又变得释然，脸上逐渐绽放出笑意。她说道：“我应该猜到的。”

“你猜到了什么？”

“只要是他答了的题目，那就一定是正确的。今年大考的题目很难，但其中恰好有很多题目是我之前给他讲解过的。他全答了，自然也就全对了，成为文试第一也是理所当然之事。”

“我真是难以相信，那小子是不是考试的时候作弊了？”

崔小心微微皱眉，说道：“表哥可是看到他作弊了？”

“那倒没有。我又没有看着他答题，怎么知道他有没有作弊呢？”

“表哥既然没有看到李牧羊作弊，那就不要轻易否定李牧羊的成绩。你只看到李牧羊取得了这样的成绩，却不知道李牧羊为了这个成绩付出了多大的努力。”崔小心神情严肃，话中带着一些训诫的味道。

“我就是那么一说。当时我听说你每天去给一个男同学补课，就找人调查了一番。结果我那么一瞅，嘿，我的眼睛差点儿瞎了。你认识的都是些什么人啊？就是一只……你别误会，我并不是说李牧羊是那什么，就是觉得奇怪，哪有每次都考全校倒数第一，发挥如此稳定的怪才？”燕相马眨巴着眼睛笑嘻嘻地看着崔小心，说道，“表妹如此紧张他，不会是……”

“表哥，休得胡言。”崔小心厉声打断了燕相马的调侃。

燕相马四处打量，发现周围并没有人，这才放下心来。

自己的一句无心之言，要是传到有心人的耳里，小心表妹或许没事，但是远在江南的那只黑羊怕是要遭受雷霆之击。

“表妹勿怪，我就是开一个玩笑。”燕相马收起脸上的笑容，说道，“我父亲给了李牧羊远远超过常例的奖金，还称赞李牧羊为‘江南名驹’。现在天都的人议论纷纷，不少人都说要看看那个李牧羊是不是长了三头六臂。”

崔小心露出一抹冷笑，说道：“杀君马者道旁儿。”

“这什么意思？什么叫‘杀君马者道旁儿’？”燕相马问道。

“《风俗通》有载：长史马肥，观者快之，乘者喜其言，驱驰不已，至于死。”崔小心解释道，她看着眼前的天都樱，满怀心事。

“表妹是什么意思？”燕相马变得认真起来，难以置信地说道，“难道你怀疑我父亲故意捧杀李牧羊？”

“不然的话，那远超常例的金币如何解释？”

“或许家父只是爱慕其才，所以重赏。”

“那句‘江南名驹’呢？”

“为江南才子扬名，有何不可？”

“表哥，你觉得姑父对李牧羊观感如何？”

“……”

“因为他和我相识，所以姑父是不可能喜欢他的。对不对？”

“或许父亲因为此次考试对他有所改观。”

崔小心笑笑，摇头说道：“他们那样的大人物，怎么会在乎一次考试成绩呢？不管是小考还是大考，都不过是一次考试而已。李牧羊拿了帝国的文试第一又能如何？帝国哪一年没有文试第一？好了，我们不必争论这个，李牧羊何时抵达天都？”

“我不知道。”燕相马摇头。

“不知道？他不是要来西风大学吗？开学前，每个新生都要到学校报到。”

“李牧羊不会来西风大学。”燕相马说道。

崔小心愕然，心中竟隐隐有些失落。

良久后，崔小心问道：“他去哪里？”

“据说他会去什么星空学院。星空学院在哪里？是在帝国境内吗？”

“星空学院？”崔小心满脸惊讶。

“小心，星空学院是什么学校？我怎么从来都没有听说过？”

“因为你没进去。”

“我没进去是什么意思？难道我报考过？可是我从来都不知道这件事情啊！那是什么破学校？连本少爷都不要，看来那学校也不怎么样嘛。回头等我查到他们的地址，我非得去把他们的校门拆下来不可。我燕相马可是江南城最有名的纨绔子弟，什么事情做不出来？”

“这件事情，你当真做不到。”

“为什么？”

“因为星空学院没有大门。”

在兄妹俩聊天时，崔小心以前的小丫鬟翠儿小跑着过来了，声音清脆地喊道：“小姐，小姐，陆家的小姐来了，说是要看望你。”

“陆契机？”崔小心思索着陆家派陆契机来的深意，眼里似蒙了一层雾。

“是的。陆家的小姐正在客厅和夫人说话，说是听说小姐在江南遇袭，心中一直挂怀。陆家小姐还带了好多礼物来呢！夫人让我先来通报一声，她一会儿就陪着陆家小姐过来了。”

“陆契机？那个紫发妖女？”燕相马满脸惊喜，不停地搓着自己的双手，“听说她是天都最美的女人，我一直想找机会见见，没想到今儿就碰着了！”

“我们家小姐才是天都最美的女人！”翠儿噘着小嘴生气地反驳。

“对对对，翠儿说得对。”燕相马这才发现自己犯了一个天大的错，他面不红心不跳一点儿也不害臊地说道，“我听到这种传闻的时候，心里是鄙夷和不屑的。我就不信了，这个世界上还有比我小心表妹更漂亮的女人？我之所以要见那个陆契机，就是要带着批判的眼光好好地审视她一番，我要让她知道她和我小心表妹至少相差一座山。你说对吧，小心表妹？”

崔小心不为所动，没有因为表哥说陆契机是天都第一美人而生气，也没有因为翠儿说她是第一美人而欢喜。

她眼里还带着一丝疑惑，却对翠儿说道：“去告诉母亲，我很欢喜陆家小姐过来做客。”

“是，小姐。”翠儿答应一声，回去复命。

燕相马抬头打量着旁边的院子，摇着扇子连连称赞道：“曲径通幽处，说的就是表妹这院落了。说起来我还从来都没有观赏过表妹院子里的风景呢，择日不如撞日……”

“表哥就陪我一起接待陆家小姐吧。”崔小心也是知趣之人，笑着说道，“大家都是年轻人，以后表哥又会长居天都，认识一下陆家小姐也好。或许你们之间有不少共同话题呢！”

燕相马大喜，拱手说道：“既然表妹诚心挽留，那我就陪着表妹一起会会这天都妖女吧。我要看看她到底有什么出众之处，能够和我小心表妹齐名。”

“天都妖女之类的话休要再说。”

“嘿，我就是在表妹面前说说。咱们是一家人，有什么不能说的？”

第24章
契机访心

在崔小心想着心事，燕相马对着院子里的花卉指指点点，一副“我是种花小行家”姿态的时候，外面传来了崔小心母亲的声音。

“小心这孩子喜欢清静，前院有那么多房间，她偏偏要了这最偏僻的一处。年纪轻轻的女孩子，哪个不是喜欢人多热闹的地方？我真怕她在这里住久了，养成了孤僻自闭的性子。”

“我也喜欢清静。”一个很年轻的声音传来。尽管相隔甚远，那个人也给人一种冰冷的感觉，好像她说这句话的时候根本就没带任何感情。

崔小心不由得暗自发笑，陆家派自家最高傲也最不懂交际的女孩子来看望自己，到底是想表达什么深意？

显然，崔小心的母亲还是不太适应和这种性子的女孩子打交道。

崔小心的母亲沉默了片刻后，才以非常夸张的笑声回应道：“哈哈，没想到现在的年轻孩子都喜欢清静，和我们年轻时还真是不一样。小心回来了正好，你们俩年纪相仿，又同样要去西风大学读书，以后多走动走动，省得一个人形单影只也没有个伴儿。”

“我有很多朋友。”陆契机说道。

“……”

“不过我还是很乐意和小心姐姐做朋友。”陆契机继续说道。

崔母实在受不了这样的语气，冷冰冰、硬邦邦的，每一句话都像突然出鞘的刀剑。

作为天都贵族，大家不应当是你恭维我，我奉承你，你好我好大家好，不管背后怎么捅刀子，但是表面上都维持优雅和从容的吗？

这个陆家小姐不按常理出牌，让她这标准的名门贵妇真的很难接牌。

崔母明显加快了步伐，带着陆契机来到崔小心居住的小院门口，高声喊道："小心，小心，陆家小姐来看你了。"

崔小心早就等在院子里了，听到母亲的话立即来到院子门口迎接，看着面前这个帝国三明月之一的"紫发妖女"，不由得有一种惊艳的感觉。

以前她也见过陆契机，但是那个时候的她们都还小，脸蛋和身体都没有长开。那个时候她只是觉得陆契机可爱，想着陆契机长大了一定是一个美人。

但是现在见到真人之后她才发现，"美人"两字实在难以形容陆契机的美貌，因为陆契机拥有一副倾国倾城的绝世容颜。

崔小心一直很自信，虽然她和陆家的陆契机、宋家的宋晨曦被好事者称为"帝国三明月"，但是她对这种传言都是一笑置之。她觉得自己终究是和其他人不一样的，也就是说，她内心深处认为自己比别人更美貌，更聪慧。

现在见到这位身穿白色长袍，正值豆蔻之年，姿容艳丽的女孩子，她竟然有一种自惭形秽的感觉。

如此佳人，岂只是明月？分明是一轮似火骄阳啊！

陆契机等了半天，见崔小心不和自己说话，就像看到了什么不曾见过的宝贝一样，用明亮的眼睛看着自己，心里就很不开心。

这种被人打量的感觉让她很不喜。她眉头微挑，打破安静，说道："听闻小心姐姐在江南遇袭，我们身在天都都担心不已。我知道小心姐姐前几天回来了，就想着过来看看。我自己挑了几件小礼物，还望小心姐姐喜欢。"

陆契机身后的几个丫鬟在她说完后，捧着一个个盒子走到了崔小心的面前。

"谢谢契机妹妹的心意，我非常喜欢。"崔小心也知道自己刚才有些失礼，哪有主人一句话不说只盯着客人看的？

她并没有当场打开盒子，只是招了招手，吩咐丫鬟把礼物收回房里。"契机妹妹只管来我家做客就好，千万不要再如此客气。"

"只是一点儿心意，小心姐姐喜欢就好。"陆契机淡然地说道。

她同样在打量崔小心，暗道：是一个美人，嗯，气质也很好，温婉聪慧，风格和自己完全不一样。

燕相马抹了一把口水，打开扇子轻轻地在胸前摇着，一副浊世佳公子的模样，笑容爽朗，出声说道：“我表妹说得对，陆小姐尽管来这里做客就好，送礼物反而显得生分。小心表妹，我说的是不是？”

“这位是？”陆契机眼神不善地盯着燕相马，出声问道。这个白痴刚才瞪大眼睛、脸色潮红地盯着自己，口水横飞仍不自知。要不是因为这是到别人家做客，她早就一脚把他踢飞了。

崔小心还没来得及说话，燕相马就已经走到陆契机面前深深作揖，说道：“燕相马，崔小心的表哥。当然，我是把她当作亲妹妹看待的，她也一直把我当作亲哥哥。小姐就是人称‘天都仙女’的陆契机吧？不承想今日我有幸得以一见。小姐果然名不虚传，如皎皎明月，着实是我所见过的最美丽的女子。世间一切，在小姐的绝世容颜面前都黯然失色。我的眼睛却因此而亮了起来。甚至因为这光线过于炽烈，我已经难以视物。”

陆契机扫了他一眼，看着崔小心问道：“他有病？”

“病倒是没有。”崔小心掩嘴轻笑，说道，“他不过是犯了花痴而已。”

崔小心做了一个邀请的手势，说道：“契机妹妹请进屋说话吧。”

“你们年轻人聊，我就不打扰了。”崔母说了一句后，赶紧带着丫鬟走了。再待下去，她怕是要被陆家这个小姑娘的话噎死。

崔小心住处的厅堂不大，颇为简洁雅致。

三人落座，丫鬟送来茶水、糕点。

两个没有交情的女孩子，想像那些成年人一样热情寒暄，看起来有聊不完的话题，实在是太不容易了。

陆契机捧着茶杯喝茶，崔小心也不知道要说些什么。

就在这时，刚刚遭到沉重打击的燕相马打破了沉寂，他接过用人递过来的茶水抿了一口，说道：“契机小姐也喜欢喝茶吧？这是新鲜的雀舌，入口时清淡，香味如丝，入喉后却是醇厚动人，幽香阵阵。”

“相马少爷，这是银针，不是雀舌。”在旁边伺候的小丫鬟小声纠正道。

崔小心实在不忍心再让自己这个草包表哥表演下去，赶紧解围道：“我平时倒是喜欢喝龙井茶。契机妹妹呢？”

“我随意。”陆契机说道，想到这个回答可能太冷太硬，又补充了几个字，“只要是茶就好。”

“哦。”崔小心也觉得应付起来有些辛苦了，说道，“契机妹妹是要进西风大学吧？我们可能是校友呢！”

“我还没确定。”陆契机轻笑道，“说起这个，我倒是想起了另一件事。小心姐姐刚刚从江南回来，应该认识那个‘江南名驹’李牧羊吧？最近天都议论纷纷，不少人都渴望一睹李牧羊的风采。不知此人仪容风度如何？”

“那个……”

“哈哈哈哈哈！”燕相马哈哈大笑起来，说道，“他哪有什么仪容风度啊？分明就是一块黑炭嘛。契机小姐要是想认识他，这件事包在我身上，我在江南的时候就认识他了，和他是好兄弟。他虽然长得丑，但是人品还是信得过的。不然我也不会和他一介布衣结交。”

“丑陋谈不上。”崔小心纠正燕相马不怀好心的贬低，说道，“李牧羊身有傲骨，心有傲气，传言不虚。倘若他来到天都，契机妹妹倒是可以见识一番。”

“我还真是有些好奇了。”陆契机笑着说道，眼睛里闪过一抹异彩，“李牧羊一举夺魁，成为西风帝国的文试第一，来到天都后，怕是要遭受不少非议和挑战吧？”

“我相信天都少年的胸怀气度。”崔小心淡然地回答。

“小心姐姐好像很维护他呢！”陆契机长长的睫毛微微颤动，那张完美无瑕的妖艳面孔带着令人窒息的压迫感。

燕相马赶紧摸了摸鼻子，担心天气干燥，自己被闷出鼻血来。

崔小心露出一个笑容，说道：“我和他同学一场，为他说话是理所应当的。倘若见到自己的同学被人欺负，我却不闻不问，那我就太冷酷无情了。”

“小心姐姐心善，值得我们学习。”陆契机笑着说道，“我就不打扰小心姐姐休息了，下次再来看望小心姐姐。”

说完，陆契机就起身告辞。

崔小心起身相送，直到那一头紫发、说话噎人的少女消失在这园林之中，才收回视线。

“这天都妖女还真是骄傲，一副不可一世的模样。哼，她有什么了不起的？论起样貌，她还不如我小心表妹万一。”燕相马痴痴地盯着陆契机远去的背影，发着牢骚。

崔小心一副深思的模样，轻声说道：“她为李牧羊而来。”

“什么？”燕相马回头问道。

“难道你不觉得奇怪吗？她进屋之后和我说的话不到十句，其中却有一大半是针对李牧羊的。他们认识？”

精神，有精才有神。

以前的李牧羊一天需要睡六个多时辰，现在的他每天可以用几个时辰来学习和练功。

李牧羊天刚亮就起床了。他先习惯性地舒展了一番筋骨，然后按照自己制订好的《破气术》学习步骤行走起来。

虽然上次他在行走的过程中出现了身体燥热、心跳加速、几欲晕倒的情况，但是这并不能成为他放弃的理由。

所以，在发生那样的状况后，他又将那本洋洋洒洒上千言的《破气术》重新读了几遍。仔细地揣摩其中的深意后，他发现自己并没有走错走偏。

既然自己的步骤是正确的，那么出现那些情况，就是自己在练功过程中必须付出的代价，或者说是自己到达一定的层次后应有的反应。

李牧羊不愿意放弃，甚至连稍微懈怠他都觉得是一件非常可耻的事情。

他做了十几年的废物，也被人骂了十几年的废物，没有人能够体会他的不甘，也不知道学习对他来说是一件多么幸福的事情。

更何况在乌鸦事件和街霸流氓砸店事件发生后，他对提升武力的重要性有了更加深刻的认知，渴望变得强大。

他需要变强。他想保护自己，更想保护自己的家人不被人伤害。

抱神守一，心智清灵。李牧羊就那么一步又一步地走着。

前三后二，左右归一。前二后三，不知疲惫。

“不知疲惫”是无休止的意思，只要还有精力就可以一直按照这种方式走下去，配合法诀和呼吸之法，走得越久对身体越有益处。

当然，走久了自然会累，累了自然要停下来歇息。可是，今天的晨练出现了意外。

他在走了两刻钟的时候，就感觉到了呼吸急促、心跳加速等各种不适。

他没有在意，并且告诉自己，练功方法没有错，这应该是修炼破气术后的自然反应。就连李思念也说过，当初她修炼的时候也遇到过这样的情况。于是他就想着再坚持一阵子。

等到他坚持走完半个时辰的时候，种种不好的症状都消失了。脸不红了，心没有跳得那么剧烈了，呼吸也恢复了正常。

果然是这样。李牧羊暗自庆幸，觉得自己赌对了。

现在李牧羊已经走了足足一个时辰，不仅丝毫没有疲惫的感觉，反而越走越精神。

他感觉到了不对，想停下来休息，可是他停不下来了。他的身体就像是一只风筝，风轻轻一吹，他就跟着飞翔。就算是没有被吹走，他也会因为惯性继续行走。他心里越着急，步伐就迈得越快。步伐迈得越快，身体也就越来越轻。最后他能够看到自己的身体，却感觉不到身体的存在。

他失去了对自己身体的控制能力。

“嗯——”

李牧羊闷哼一声，一阵强烈的痛楚传来。

他感觉全身的血液流淌得更加畅快了，就像堵塞的沟渠被人清理干净了，水流得以畅行无阻。

“砰——”

又一阵强烈的疼痛传来。

他感觉自己全身的气穴被冲开，气流爆炸，连成一片。这画面如果就此定格，就像漫天星辰连成一条又一条线，纵横交错。

“啪——”

李牧羊的骨头咯嘣作响，仿佛有人在锅里爆炒豆子。

李牧羊觉得自己就要变成一只飞燕，在空中翱翔了。

这种感觉很美妙，又让人心生恐慌。

他知道自己修炼的是破气术，气蓄于丹田，力发于瞬间。

他的身体越来越轻，又如何蓄气？

李牧羊终于后怕起来，虽然《破气术》上面说破气术是道门至宝，易练难精，可是万一自己走火入魔，或者陷入迷障，那么自己以前的努力就有可能毁于一旦。

更严重一些，气毁丹田，他变成一个痴呆之人也有可能。那样一来，他就彻彻底底地成了一个废物。

若他只是一个废物，他还能够接受这个结果，反正他从出生的那一天开始就是一个废物。但是在他站了起来，品尝到了成功的滋味后，再让他变成一个废物，他是万万难以承受的。

李牧羊不知道的是，修炼功法讲究循序渐进，有一个逐渐适应的过程。

李思念修炼了十年，虽然身边没有名师，却也练成了破拳。

这就是根基的重要性。

李牧羊修炼不足三个月，却紧追猛赶，一路突进。这样一来，他的身体就没有足够的积累，丹田就没有足够的沉淀。因此，他走得越快，进步得越神速，身体也就越空。

这就是破气术的巨大陷阱：走空。

身体空了，人也就飘了。

倘若没有人及时阻止或者给他渡气，等待他的只会是油尽灯枯。

没有名师指点，没有高手在旁助阵，李牧羊此时此刻的情况极其危险。

心中有了畏惧，就无法达到意识清明无垢的“出尘”境界。

李牧羊越想越怕，越怕越想。

李牧羊想大声喊叫，却发现自己张嘴难言，想转移方向朝房间跑，但是双脚仍然在原地打转。

前三后二，左右归一。前二后三，不知疲惫。

李牧羊的额头开始出现汗珠，汗珠越来越多，越来越密集，他的整个身体就像用水洗过一般。

李牧羊犹如胸口遭受了重锤，心“怦怦怦”地跳得厉害。

他的眼睛里布满了血丝，每一条血丝都像一条红色的蚯蚓，在他的瞳孔里面蔓延。

千钧一发之际已经来临！

生命危在旦夕！

正在这时，李牧羊的瞳孔里浮现了一抹血雾。黑色的鳞片再次出现在他手背上，一道又一道闪电在鳞片表面翻滚，却沉默无声。

李牧羊的身体变得燥热，一股强劲的热流从鳞片向他全身的穴位和经脉流淌。那热流如红色的岩浆，所过之处，一切瞬间毁灭又重建。千万条溪流蔓延至他的全身，最后朝着他腹部的丹田汇集。

万流入海，火力全开。丹田越来越热，李牧羊感觉自己快要被煮熟了。

他突然变得很愤怒，变得很嗜杀。他心里有千言万语、无尽的委屈想诉说，脑海里千头万绪，有无尽的痛苦想发泄。

李牧羊觉得自己的身体正在膨胀，他的丹田快要被狂涌而至的劲流撑爆了。他右手一动，然后一拳挥出。

“轰——”

伴随着一声巨响，李牧羊面前的墙壁出现了一个巨大的窟窿。

第一道光线从那巨大的窟窿里穿了过来，照在瘫倒在地的李牧羊身上。

天亮了！

罗琦和李岩从睡梦中惊醒，跑过来看到墙壁上的巨大窟窿时，当场呆滞。

李思念倒是相当淡定，打着呵欠走了过来，扫了一眼墙上的窟窿，没好气地说道：“李牧羊，你有完没完？还让不让人睡觉了？大清早的就起来练功，真是吵死人了！”

“这是牧羊在练功？”李岩瞪大眼睛，难以置信地看着墙壁上一人多高的大窟窿。就是自己要一番天王枪，怕是也只能在墙壁上戳出一个小洞。自己的儿子却一拳把墙壁打穿了，这到底需要多大的力道啊？

“当然是了。”李思念揉着眼睛说道，“破气术还是我教他的。”

罗琦所有的心思全放在李牧羊身上，她看着瘫倒在地的李牧羊，立即奔了过去，急声问道：“牧羊，你没事吧？你有没有哪里受伤？”

“我没事。”李牧羊指了指墙壁上的大窟窿，尴尬地说道，“妈，我不是故意的。”

“我知道你不是故意的。”罗琦若有所思地看着李牧羊，笑着说道，“谁会故意把家里的墙壁打成这样啊？”

罗琦已经见过李牧羊发威，所以对家里发生这样的事情有了心理准备。

李岩满脸欣喜，走过来问道：“牧羊也学了破气术？”

“是的。”李牧羊点头，说道，“我学了两个多月。”

“只是两个多月，你竟然就修炼到了如此境界，看来我也应当弃了天王枪改学这个。”李岩说道，心想自己的儿子、女儿都能学好，看来他们李家和破气术这门绝学有缘，自己可不能错过了。

李思念走到李牧羊面前，看看李牧羊，又看看墙上的大窟窿，很不满地说道：“哥，你使的是破拳？”

“应该是吧。”李牧羊说道，“我也不是很确定。”

“我学了十年才能够使出破拳，而且只能一拳破缸。你练了不到三个月就能够一拳破墙，哥，你这样让我很有压力。你文试考了西风帝国第一也就算了，连功夫也越来越厉害，以后我还能不能好好地欺负你啊？”

李牧羊洗了一个澡，擦干身体，然后换上了罗琦特意为他准备的白色长衫。

他看着镜子里的自己，感觉有些陌生。

不，是相当陌生。

李牧羊越来越看不懂自己了，他能从父母惊诧的眼神里知道自己最近发生了多大的变化。

正如李思念说的那样，他文试考了西风帝国第一也就罢了，只练了不到三个月的破气术，就能够一拳破墙，确实给了李思念很大的压力。

说出这话的人可是李思念啊，当地有名的天才少女，是以前李牧羊被人嘲笑打击的时候，罗琦用来翻盘的利器法宝。罗琦只要随便说一句“你们家那小子不也就是那么回事儿嘛，我听我们家思念说她从来没有在榜单上看到过他的名字呢”，就能立即让对方哑口无言，缴械投降。

现在就连李思念都觉得李牧羊进步神速，那么李牧羊的表现确实称得上有些惊人呢！

“我要低调一些，”李牧羊对着镜子咧嘴傻笑，拍拍自己的脸，说道，“再低调一些。”

李牧羊推门出来时，李思念正坐在房间里吃水果。

李思念看到身材挺拔、一身白衫的李牧羊，顿时眼睛发亮，连手里的苹果都咬不下去了。

“你哪位？”李思念终于把嘴里的果肉吞咽下去，出声问道。

“我是你哥。你傻了？”李牧羊觉得莫名其妙，这丫头不会连自己都认不出来了吧？

“你不可能是我哥。我哥又黑又丑，大家都叫他黑炭。”李思念把苹果丢到桌子上，随意地在李牧羊的被子上擦了擦手，然后跑过去伸手摸了摸李牧羊的脸和鼻子，说道，“快说，你是谁？你把我哥藏到哪里去了？”

“李思念。”李牧羊总是对自己这个宝贝妹妹特别无语。从小到大，自己一直被她欺负着，当然，也被她保护着。

李思念围着李牧羊转了几圈，嘴里哇哇叫，说道：“没想到，没想到啊，丑小鸭也能变天鹅，癞蛤蟆也能变王子。哥，你知不知道你现在越来越帅了？”

“有吗？”李牧羊面红耳赤，不好意思地摸摸自己的脸，说道，“可能最近我捂白了一些吧？”

李思念仔细端详了他一番后，说道：“你确实白了很多，但是这不是最关键的。最关键的是你的身体长开了，有肌肉了，摸起来手感还不错！”

“李思念！”李牧羊把李思念的“咸猪手”打掉，说道，“你是女孩子。”

“所以我才摸你啊！不然呢？你喜欢让男人摸？”

“……”

“还有，你长高了，现在我都要仰视你了。你身材修长挺拔，气度不凡，连脸上的神情也变了。以前的你总是迷迷糊糊的，就跟前一天晚上去偷牛了整晚没睡过一般。现在的你神采奕奕，信心满满，哎哟，就连笑起来的样子也好迷人！”

李牧羊心里高兴得不行，但是嘴上故意谦虚，说道：“没有你说得那么好，其实我还没长好。”

“不要谦虚，你已经很好了。”李思念拍拍李牧羊的肩膀，说道，“以后你好好长，努力向我看齐。有我这珠玉在前，难道还不够激励你？”

“……”

“不过我说真的，你要是以现在这身行头回学校，肯定会成为全校的偶像，会有无数女生追求你。”

“算了，还是你做学校偶像吧。”李牧羊笑道，“我的目标是星辰大海。”

李思念撇了撇嘴，说道：“哟，都看不起学校偶像了，你想做帝国偶像？”

“我只是不想和你竞争而已。”

“哼，好像你想争就能争得过我似的。”

罗琦在厨房做菜，李岩在旁边帮忙。

“真是舍不得啊！”罗琦情绪低落地说道，“我怎么也想不到会有这么一天，牧羊要离开我们去那么遥远的地方。他从来都没有出过远门，也不知道出去了能不能适应。”

李岩无奈地看着妻子，说道：“你这一辈子就是操心的命。牧羊刚刚被抱过来的时候，你没日没夜地担心他养不活。后来他的身体慢慢好了，你又担心他的智商不够高。现在他智商高了，考了个文试第一，身体也更好了，一拳就能够把墙打出一个大窟窿，你又开始操心他要出远门。”

“哪个当妈的不操心？我现在操心他出远门，以后还要操心他娶媳妇，等着抱孙子。除非我死了，不然就得一直替他们操心。”

“这话说得就跟我这个做父亲的不操心似的。”李岩低声说道，“你说这次陆家有没有出手？”

罗琦想了想，说道：“陆家应该出过手。之前牧羊一直嚷嚷着要去西风大学，我还特意问过牧羊，牧羊说自己报考的是西风大学，结果牧羊偏偏去了星空学院。虽然我不知道陆家为什么要把牧羊送到星空学院，但是我知道，他们肯定动过手脚。不然，以牧羊的成绩，他完全可以去西风大学嘛。”

“是啊。”李岩叹息，说道，“前一段时间我们担心牧羊考不好，希望陆家能够出手帮忙。现在牧羊考好了，我们又开始担心陆家这样盯着牧羊对牧羊会有什么不好的影响。”

罗琦也是一脸忧色，说道：“我们只能把事情往好的一面想，毕竟，据思念所说，星空学院也是不错的。”

“是啊。”李岩点头，说道，“我们只能往好的一面想。实在不行，我们就去求求小姐。她一定是站在我们这边的。”

“嗯。”罗琦露出深思之色，说道，“实在不行，我们就去天都找小姐。”

兄妹俩来到厅堂时，罗琦已经做好了午餐。

李牧羊想帮忙洗碗摆筷子，罗琦却把他推了出去，说道：“你刚换的新衣服，可别弄脏了。李思念，过来洗碗。”

“妈，我也是刚换的新衣服。”

“衣服脏了就洗，你又不是没长手。”

李岩和罗琦不停地给李牧羊夹菜，李牧羊的饭碗不得不换成了盘子。

很快盘子被堆满，罗琦都准备给他换盆了。

“你们重男轻女。”李思念用力地嚼着青菜，满脸委屈地说道。

“你这孩子——”罗琦用筷子敲李思念的头，说道，“你哥明天就要出门读书了，我得给你哥好好补补。男孩子这个年龄正是长身体的时候，所以需要多吃一些。等你哥出门了，我天天给你做好吃的。”

“羡慕死你！”李思念得意地对李牧羊说道。

“你可别吃成一个大胖子。不然到时候你去找我，我可不说你是我妹妹。”

“李牧羊你这个没良心的家伙，大家说你是黑炭的时候我也没有不认你是我哥哥。”

“李思念，你怎么说你哥哥呢？”罗琦又要动手了。

“妈，您怎么这么偏袒他啊？我到底是不是您亲生的？”李思念伸手捂着脑袋，没好气地说道。

罗琦一听，筷子敲得更重了。她说道：“你说你是不是我亲生的？你说你是不是我亲生的？！”

“是是是，妈，您别打了，您再打我就傻了——”

李牧羊低头吃饭，感受着家里这浓浓的温暖。

父母慈爱，妹妹又那么可爱，他真舍不得离开这个家啊！

李牧羊准备乘船去星空学院。

这让李牧羊对星空学院很不满。

你都让人乘鹤来送喜报了，怎么就不再随便派个人骑鹤过来把自己带到学校呢？这样不也给贫困学子的家里省却了很多路费吗？

枫林渡，家人都来给李牧羊送行。

罗琦拉着李牧羊的手不肯松开，走在路上的时候就已经偷偷抹过好几次眼泪了。

“牧羊，在外面要好好照顾自己，要按时吃饭，冷了要知道添衣服，热了要记得换薄衫。还有，你带的钱够不够？我再给你一百枚金币，你带着。”

“妈——”李牧羊握紧母亲的手，说道，“我知道，我知道。我已经不是小孩子了，会照顾好自己的。我带的钱足够了，您都给我三百枚金币了，有哪个学生出门读书带这么多钱的？”

李岩用力地拍拍李牧羊的肩膀，说道：“好男儿志在四方。牧羊，好好学习，好好练功，将来让那些人……让所有人都为你感到骄傲。”

“爸，我会的。”李牧羊感受着父亲手掌传来的力量，说道，“您也要注意身体，照顾好我妈。”

“家里的事不用你担心。”李岩说道。

李牧羊看着站在远处不肯过来的李思念，大声喊道：“李思念，你再不过来，我就要登船了——”

“走吧走吧，你当谁稀罕过去？”李思念站在柳树底下，背对着李牧羊，不肯过来道别。

她手里抓着柳枝用力地抽打着空气，倔强地喊道：“你又不是不回来了，我有什么好送的？”

在李牧羊看不到的地方，她的双眼红肿，大颗大颗的眼泪珠子顺着她洁白无瑕的脸滑落。

有种情感，叫作还没有走远就已经思念。

第25章
再见江南

“这傻孩子不敢过来。”罗琦眼眶湿润，轻轻地叹息道，“从小到大，你们兄妹俩几乎从来没有分开过。你这次出远门，怕是一年半载都回不来，她哪里舍得呢？”

“我明白。”李牧羊看着小姑娘轻微抖动的肩膀，鼻腔有些酸，声音也哽咽起来，他说道，“我不会离开那么久，很快就会回来的。思念不是说过吗？我们学校有可以载人的仙鹤，到时候我自己也养一只，每天都可以飞回来看你们，在家里吃完早饭再去学校。”

罗琦在李牧羊的肩膀上打了一下，说道：“胡说！你哪能天天回来啊？最关键的是你要保重身体，好好学习，不能让别人看不起。”

“妈，我会的。”李牧羊郑重点头道。

“登船了，登船了，再不登船，船就要开走了。”身穿短衣的船夫在船板上面大声喊道。

这艘船是客船，里面除了少数是前往天都的客商，大多都是李牧羊这种要去往天都读书的学子。

学子远行，亲友纷纷赶来送别。

枫林渡热闹非凡，寒暄声、笑闹声及哭泣声连成一片。

李牧羊摆了摆手，说道：“爸，妈，你们回去吧。我要登船了。”

“牧羊，”罗琦强忍着眼泪，松开了儿子的手，说道，“你本来应该过更好的生活，是爸妈没有能力。你一定要保护好自己，不要被人欺负了。要是在外面受了委屈，你就回来，爸妈可以养你一辈子。”

“妈，您说什么话呢？”李牧羊笑着说道，“我很庆幸自己是你们的儿子，我觉得自己现在就过得挺好的，而且以后会过得越来越好。您放心吧，我不会有事的。”

李牧羊知道自己不走，父母就不可能离开。他看了李思念一眼，小丫头仍然站在原地背对着这边。

“李思念，”李牧羊对着远处喊道，“我会想你的。”

他对着李思念的背影挥了挥手，然后转身朝着船板走去。

“李牧羊——”一匹快马朝着这边奔来，一个身穿武士服的年轻男人骑在马上大声吆喝着。

岸边所有人的视线全被那匹快马上的人吸引住了。

“李牧羊，请稍等！”男人策马径直冲到李牧羊的面前，从马背上面跳了下来，对着李牧羊拱了拱手，恭敬地说道，“城主大人要来为你送行，此时已经到达石林谷。”

此言一出，全场哗然。

“城主大人要亲自来给李牧羊送行？”

“城主对那个李牧羊也太好了吧？李牧羊不过考了个西风帝国文试第一，城主竟然就赏赐了那么多金币！这笔钱够他用一辈子了吧？”

“那个李牧羊不会是城主的干儿子吧？说不定是城主的私生子。”

“……”

李牧羊也是微微诧异，说道：“城主大人日理万机，实在不用为我特意跑这一趟。”

不仅别人怀疑城主和李牧羊的关系，就是李牧羊自己也开始怀疑了。

成绩公布之后，城主府就特命江南教育司送来了两千枚金币。

这个消息传出后，李家所在的巷子都沸腾了。

住在那里的很多人一辈子都赚不到这么多钱，但是李牧羊仅仅通过一场考试就得到了。

难怪大家都说“书中自有黄金屋”，这不就在李牧羊的身上应验了吗？

现在城主又亲自赶来送行，实在是让李牧羊感动不已。他心想：我是和您的儿子有些交情，但是您这也优待得太过分了吧？

“此言差矣！”一匹棕色大马朝着这边奔来。坐在马背上的是一个身穿褐红色文士服，浓眉大眼，美髯飘飘的中年男人。

一群身穿黑色武士装，腰佩长刀的军士紧随其身在两侧护卫，马蹄声阵阵，却整齐划一。

这群人训练有素，不是凡兵。

“咚——”

奔马未停，中年男人就已经从马背上跃了下来。

他的双脚落在地面上，仿佛将大地震出了一个大窟窿。

“为国家选才是头等大事。今日众多学子远赴天都求学求仕，作为一城之主，燕某理应赶来送行。”中年男人说话的时候故意提高音量，让岸边送行的众人都能够听见。

“您是江南城城主？”李牧羊打量着面前这个不高但是极具威严的男人，怯怯地问道。

他还是头一回和这样的大人物打交道呢！

这个男人身上有一股让人望而生畏的压迫感，普通人根本难以和他对视。

“我是燕伯来。”燕伯来笑着说道。

他也在打量李牧羊，这小子高挑俊美，并不像大家说的那么黑，眼睛清澈，和自己对视时不躲不避，看起来自信坦然，却又带有一点戒备之心。

“城主大人亲自赶来送行，牧羊实在感激不尽。”李牧羊深深鞠躬。

其他学子纷纷围拢过来，谁不想找个机会和城主拉上关系啊？现在他们虽然要出去求学了，但求学归来也得找一份好活计不是？在偌大的江南，还有什么工作比在城主大人身边做事更有前途？

“城主识才爱才，实在是我们江南生员之福啊！”

“感谢城主，我等自当勤学苦思，磨砺心性，将来好为城主大人效力！”

“城主，请受学生一拜！”

一次匆匆的送行，几句简单的话，燕伯来就折服了众多生员。

实在是深不可测。

燕伯来搀扶起那些叩拜的学生，大笑着说道："你等皆是我江南明珠，是代表我江南形象的最优秀人才，此去天都，正是鲤鱼跃龙门之时。燕某只盼诸位勿忘故乡，学成归来后共建这繁华江南。"

他大手一招，喝道："取酒来！我要和诸位年轻俊杰共饮一杯。"

侍者将准备好的酒水一一送到每一个生员的手里后，燕伯来端起一大碗，扬声说道："燕某祝各位一路平安，鹏程万里！"

说完，他将碗里的烈酒一饮而尽。

其他学生被他的言语和气势所感染，都情绪亢奋、热血沸腾，把大碗里面的酒饮尽了。

一些看多了侠怪小说的家伙甚至学起了江湖中人，喝完酒后大力地把碗砸在地上。看到身边的一些同学一脸莫名其妙地看着他们，他们才脸色潮红，羞愧不已。

"我自掏腰包让家人为各位准备了一些笔墨纸砚，还请各位大才不要嫌弃。"燕伯来摆了摆手，那些军士便将马车上早就备好的一套套文房四宝一一分发给那些生员。

"谢城主赏赐！"

"城主实在是厚爱我们！"

"城主，三年之后，我必当到城主府报到，任君驱使！"

……

燕伯来和众人寒暄几句，然后将视线放在李牧羊身上，说道："星空学院非一般学校可比，牧羊应该有所准备吧？"

"准备？"李牧羊一愣，说道，"我要准备什么吗？"

燕伯来见李牧羊不似作假，应该确实不知道星空学院的事情，于是哈哈大笑起来。

他拍拍李牧羊的肩膀，说道："没准备也无妨，星空学院不过就是路难走了一些而已，没有其他大碍。牧羊既然能够考上星空学院，那么自然能够登上山顶。在此，我就祝牧羊一路平安吧。"

“谢谢城主。”

“你既然和相马以兄弟相称，就叫我叔叔吧。”

“谢谢叔叔。”李牧羊犹豫了一下，还是顺了燕伯来的意。反正有一个城主叔叔自己也不吃亏。

“牧羊，好好学习，莫要让大家失望。”

燕伯来又勉励了大家几句，然后跃上马背，带着一群军士风驰电掣般地沿着来时的道路离开了。

李牧羊再次和父母告别，当他看向李思念的时候，小丫头也正向他看过来。李思念见自己偷窥被李牧羊看见了，对着他挥了挥拳头，然后又迅速转过身去。

李牧羊笑笑，然后带着包裹和燕伯来新送的文房四宝朝着楼船走去。

因为罗琦舍得花钱，所以他在这大船上有一个二等舱位。

要不是顶层的一等舱位已经被人提前包下了，罗琦无论如何都要花钱给儿子拿下一个。

二等舱不大，却是单人间，里面有一张小床和一扇小窗。通过窗口，可以看到碧波荡漾的落日湖。

李牧羊把行李安置妥当，然后摸了摸罗琦缝在他内裤里面的金币。这是罗琦强烈要求的，他反对无效。

你能够想象裤裆里面沉甸甸，叮当作响的感觉吗?

幸好罗琦也考虑到了李牧羊走路不便的问题，只缝了一部分金币进去，其他金币被她分成几小份放在几个极其隐蔽的地方，就连李牧羊都有些担心自己会找不到。

李牧羊收拾好后，走向前舱甲板。船即将开了，甲板上面站满了对着岸上的亲友喊话告别的人。

李思念终于转过了身，和父母站在一起朝着甲板上面张望。

因为没有看到李牧羊，所以她看起来有些着急。

“思念，我在这里——”李牧羊站在一个胖子身后，朝着李思念用力挥手。

“哥哥——”李思念终于看到了李牧羊，大声地叫道，“我不能保护你了，你要保护好自己。”

缆绳被解开，楼船开始向湖心移动。

李牧羊站在甲板上面，看着与自己越来越远的家人，看着他们慢慢变成几个黑点，心脏仿佛被人挖去了一块。

“再见，江南。”

楼船渐行渐远，直至枫林渡成了一道暗色的光线。

不知不觉间，泪水模糊了李牧羊的双眼。

李牧羊不喜欢哭泣。

越是委屈的时候，越是被人欺负的时候，他就越不会流泪。

别人欺负你，只能够证明你是一个弱者。

如果你因为被欺负而流眼泪，那只能证明你太懦弱了。

所以，李牧羊总是咬紧牙关坚持、忍耐。

但是，在看到母亲一边流眼泪一边努力微笑着对自己挥手，父亲那么刚硬的汉子也眼眶泛红难以出声，李思念拼命地从人群中间跳起来希望自己能够看到她时，他就再也忍耐不住了。

男儿有泪不轻弹，只是未到伤心处。

“牧羊兄，好男儿志在四方。此去天都是我等鲲鹏展翅之良机，你怎么哭哭啼啼的，如此伤心？倒是有些小儿女姿态了。”一个身穿青色生员服的年轻生员拱了拱手，看着李牧羊说道。

李牧羊用衣袖擦掉眼角的泪水，看着这个人问道：“我们认识吗？”

“嘉县张林浦，我想牧羊兄应当有所耳闻。”

江南是生员大省，嘉县是江南城的下属富县，张林浦虽然一直在县里读书，但是成绩异常优秀，在嘉县的地位正如崔小心在江南城的地位。文试时，张林浦从数千考生中脱颖而出，得到了进入西风大学深造的机会。这无疑是一件相当光宗耀祖的事情。

所以，他自信满满地认为李牧羊一定知道自己是何方人物。

“没有。”李牧羊干脆利落地说道。

以前的他整日睡得昏天暗地，所以不知道各县的才子佳人。等到他好好学习时，又两耳不闻窗外事，一心只读圣贤书，自然也无从得知嘉县有个张林浦。

李牧羊拱了拱手，说道："我还有点伤心，再回去哭一会儿。你随意。"

说完，他转身朝着船舱走去。

"此子狂妄！"张林浦指着李牧羊的背影大发雷霆，脸红脖子粗地吼道，"此子根本就不将我等放在眼里，仗着自己考了一个文试第一，有江南城城主撑腰，就目中无人。"

"就是！文试第一又如何？每年都有一个文试第一，但是最后有大前程的又有几人？倒是排在榜单后位的更加有名气。"

"入阁拜相者有几人是文试第一？更何况他连西风大学都没有进，反而进了一所没人听过的学院。"

在张林浦的率先发难下，众人纷纷附和，炮轰取得文试第一的李牧羊。

旅途无聊，有点儿事情做总是好的，反正大家闲着也是闲着。

再说，他们确实对李牧羊百般不满啊！李牧羊凭什么是西风帝国文试第一啊？他凭什么得到城主亲自送行的待遇啊？

文试第一又如何？

他们这些人抱团取暖，把他排斥在外。到时候他一个孤家寡人，在天都无同窗扬名，又无亲友相助，就是考得再好又有何出息？

"井底之蛙，安知星空之浩瀚？"一句戏谑的话语传了过来。

众人转身，看向甲板角落，那里站着一个身穿锦袍的矮胖男子。

矮胖男子毫不掩饰自己的鄙夷，嘲讽地看着那些挖苦打击李牧羊的生员。

"你是什么人？你有什么资格对我们说这种话？"

"我等都是金榜题名的生员，你又有什么不凡之处？"

"嘉县张林浦，本次文试榜第一百七十九名，不知这位兄台考了第几？"

"我又不是生员。"矮胖男子笑呵呵地说道，"我一看书就头晕犯困，实在做不了那个。不过，人各有志嘛！"

"那你又有什么大志？何不说出来让我们也长长见识？"

“不可说，不可说。”矮胖男子摇头晃脑地说道，“不过，我对你们攻击那个李牧羊的行为实在不敢苟同。铁血杀戮只能成就一方名将，那些在星空史上留名的大人物，哪一个没有悲天悯人的心肠？遇大善而不喜，遇离别而不哀。你们的心都被狗吃了？你们懂不懂什么叫口德啊？”

“放肆！你是什么人？有什么资格批评我们？”

“一无是处的废物，还有脸和我们谈青史留名的大人物？”

“等你比我们强后，再到我们面前张狂吧！”

矮胖男子笑笑，说道：“难怪那李牧羊不愿意搭理你们，你们和他本就不是一个世界的人。都说百年修得同船渡，想来就让人伤心，我修了一百年，就和你们这群废物同船渡？老天爷怎么着也该让我和几个倾国倾城的大美人邂逅一回才对。”说完，他也不再搭理这些生员，转身朝着船舱走去。

“你别走，把话给我说清楚！”

“欺人太甚！今天我非要让你尝尝我家传的迷心拳！”

“吃我一剑！”

楼船第三层是贵宾舱，在那些生员、客商上船之前，整个第三层就已经被神秘人包下了。罗琦想给儿子拿下一个好房间让他在路上住得舒服一些，可一再加价都没办法让船行松口，最后只能拿下二层的一个单间。

整个第三层都戒备森严，不仅楼梯口有两个身穿黑色劲装的大汉把守，而且每一个舱室都有高手守护。

三步一岗，五步一哨，论戒备程度，这里堪比宫殿帅府。

“楼下何故喧哗？”三楼舱板上，一个身穿黑袍的青年问道。

“禀少主，是船上那些学子发生了争执。”

“百无一用是书生。”青年冷笑，说道，“自古以来，这些书生也只能做做文案工作写写锦绣文章，哪个能成大器？”

“少主慎言。”老成持重的中年军师赶紧提醒。

天都宋家以诗礼传家，出了七代帝师、六代宰辅，被誉为“帝国文库”。

最关键的是，宋家和皇室联姻，已经有三任帝王娶了宋家的女子为后。也就是说，宋家出了三任把持后宫的皇后。

要是少主的这番话被传出去，那他们可就把宋家得罪死了。

“哼！”黑袍青年也知道自己这句话的打击面有些广，咧嘴冷笑，却并没有解释的意思，只是说道，“一切都安排妥当了吧？”

“全安排妥了。”军师苏荣躬身答道，“谁都想不到，我们会在吴锡弃船，用快马提前两天将犯将拖到了江南。我们乘坐今日的客船离开，两天后，押送犯将的军部船只停靠江南时，他们那边就是想反击，怕也有心无力。再说，军部船只上面还有一个假囚掩护我们，想必他们一时半会儿也发现不了。”

“很好。”黑袍青年放下手里的茶盏，说道，“我们去见见那位名震帝国的铁壁将军。”

三楼一个封闭的船舱中间，摆着一个乌铁打造的囚笼。

囚笼里面锁着一个披头散发的大汉，大汉被蒙住眼睛，塞住嘴巴，眼不能看，嘴不能言，身上血迹斑斑，似乎在上船之前就已经遭受过一番酷刑。脸看不清，船舱内只能够听到他仿若野兽一般粗重的呼吸。

“哐——”

厚实的舱门被人推开，漆黑的舱室里终于有了光亮。

黑袍青年站在囚笼前打量了大汉一番，说道：“许将军，我有必要提醒你一声，这舱室已经被人下了消声禁制，你就算大声喊叫，外界也根本听不到分毫。如果不信，你大可以试试。”

汉子不为所动，仿佛没有听到。

黑袍青年摆了摆手，吩咐道：“给许将军除去眼罩、口塞。”

一个护卫上前扯下蒙住大汉眼睛的眼罩，解开勒住大汉嘴巴的铁链。

“许将军一直在陆地上征战，是下山猛虎，应当不晕船吧？”黑袍青年笑呵呵地问道。

“崔照人——”大汉猛地抬头，眼神凶恶如狼，他盯着黑袍青年，狠声说道，“以莫须有的罪名陷害忠臣良将，你不得好死！”

“许将军，我以礼相待，你却是有些不知好歹了。”黑袍青年崔照人笑呵呵地说道，“再说，什么叫作‘莫须有的罪名’？我这可是人证物证确凿，有君上亲自下达的拘捕文书。你难道还想抗旨不成？”

“所谓的人证物证都是你们监察司有意捏造的！你们有巨大的人力物力，什么事情干不出来？”

“既然这都被铁壁将军看穿了，那实在是……”崔照人的脸上浮现出一抹狠厉，他笑着说道，“需要你好好配合一番啊！你只要在这份供词上面签个字画个押，我就能够保你们全家……”

“呸！”铁壁将军许达猛地吐出一口浓痰，破口大骂道，“你们这些卑鄙小人，为了攻击政敌什么事情都做得出来。我宁死也不可能陷害陆督。”

“许将军不愧是陆行空一手提拔的心腹爪牙！许将军，大名鼎鼎的铁壁将军，镇守碎龙渊十年，大武难近我边疆一步。忠臣良将啊，小生佩服！我也知道你不怕死，可是，你怕不怕你的家人死？你帮我拉下陆行空，我保你许家一门的性命，你觉得这个交易如何？”

“啊！我的钱袋，我的钱袋不见了！”

某个船舱里传出杀猪一般的尖叫声。

这声音打破了楼船的宁静，将船上的客人从睡梦中惊醒过来。

“我的也是，我的钱袋也不见了！”

“船上有贼，快去报官！”

舱门被推开的“哐哐”声陆续响起，衣衫不整的生员都愤怒地大声嚷嚷着。

“船家，船家，快让你们的负责人过来！”张林浦一边系着腰带，一边脚步踉跄地跑了出来，大声吆喝道，“我袋子里面的一百枚金币全部被盗了，你们赶紧给我找回来！不然……不然我们和你们没完！”

“就是！还有我的五十枚金币！”

“我的一百二十枚金币！”

……

李牧羊睁开眼睛，听清楚外面的人在喊什么后，第一时间就摸向自己的裤裆。还好，金币都在。

于是，他闭上眼睛准备再睡一会儿。

李牧羊第一次出远门，第一次离开家人，所以昨天晚上躺在床上有点睡不着，脑中想着各种心事，竟然到了下半宿才合眼。他没想到自己才睡了一会儿就被人吵醒了。

外面天色尚早，月亮还挂在天边，光影绰约。

突然，李牧羊从床上跳了起来，从舱板下面拉出包裹，在里面一阵翻找。

什么也没找着！他藏在这包裹里面的金币全部消失了！

罗琦分成好几小包，一包一包地藏在李牧羊衣服、食物和书盒里面的金币，竟然全被人寻了出来。而包裹留在原处，就像从来都没有被人移动过一般。

是神偷作案！

李牧羊推门而出，外面已经吵成一团。

张林浦等丢失钱袋的江南生员正在大声嚷嚷着，一个戴着三角帽的中年男人一直在努力地向他们解释什么，但是他们根本就听不进去，拉着中年男人的袖子让船家赔偿损失。

“各位公子，各位公子，请听我一言，请听我一言！”三角帽男人不停作揖，说道，“现在楼船进入了鸡鸣泽，鸡鸣泽是最凶险也最容易遇到强盗的地方。就算有偷儿偷了各位公子的钱财，他也不会在这里下船的。”

“楼船一路航行，没有在任何地方靠岸。所以，我敢肯定，那该死的小偷一定还在这楼船上。请各位宽限一些时间，我们马上组织人手到各个舱室搜寻一番。你们被盗的钱财不是小数目，不是那么容易藏起来的。我们把钱找到，不就可以找到小偷了吗？那个时候我们就可以给各位一个交代了。”

张林浦觉得此话有理，于是松开了管事人的衣领，转身看着同乡生员问道：“你们觉得怎么样？”

“搜！一定要搜！”众人满脸悲愤，高声说道。钱财虽然是身外之物，但也是救命之物。他们这才刚刚出门呢，身上的全部盘缠就被小偷偷走了。这到了天都他们喝西北风去吗？

张林浦看到从舱室里面出来的李牧羊，问道：“李牧羊，你的钱有没有被人偷走？”

“我被盗走了两百一十枚金币。”李牧羊说道。

众人咋舌，没想到李牧羊出门读书竟然带了这样一笔巨款。

“真的假的？”张林浦不信。

“这次我侥幸考了个文试第一，城主大人奖励了两千枚金币。家母原本是想让我直接带一半出来的，免得我在外面受累吃苦。我觉得自己用不了那么多，所以就只带了两百一十枚金币。”李牧羊解释道。裤裆里的那一小包金币是无论如何都不能让人知道的，那是他的保命钱。

众人盯着李牧羊又愤愤地想：这浑蛋凭什么考文试第一啊？

楼船管事叫作陈涛，他把船上所有的船员和一、二层的住客全部聚集在了甲板上，然后又组织了一批护卫进入每一个舱室搜寻。

所有生员都跟在后面监督，谁也没办法在大家的眼皮子底下作假。

可惜，让大家失望的是，所有船舱都搜完了，大家期待看到的，大堆金币在某个隐蔽角落闪闪发光的画面依旧没有出现。

“一定是小偷把金币藏起来了！”

“没有钱我们可怎么办啊？去了天都难道要等死不成？”

“不行！我们的钱是在船上丢的，船行得赔偿我们的损失！”

张林浦指了指三楼的楼梯口，说道：“陈管事，好像三楼还没有搜吧？”

陈涛大急，连连摆手，说道：“三楼不能搜。三楼是贵人住的，他们不可能偷你们这些学子的微薄钱财。”

张林浦的小心脏又受不了了，他指着陈涛大喝道：“陈管事，你是什么意思？楼上的是贵人，我们就是草根土灰？现在一楼、二楼的所有船舱全搜查了，你们也没有找到小偷和我们丢失的金币，我们自然要到三楼搜检一番。”

“就是！皇子犯法，与庶民同罪。凭什么住在三楼的就高人一等？”

“就算三楼有什么贵人，难道那些用人、护卫也比我们尊贵？谁能保证他们之中没有手脚不干净的？”

陈涛仍然拒绝，说道：“使不得使不得！再说，这事我也做不了主。三层被包下时我们船行就承诺过绝对不会让人打扰他们。”

“那我们的钱就这么算了？”张林浦满脸怒气，说道，“你们船行要是愿意赔偿我们这些生员被盗的所有钱财，这三楼我们就不搜了。不然的话，就算是天王老子的房间，我们也是要闯进去瞧瞧的。”

“对，我们就是要闯上去瞧瞧！”群情激愤，生员们纷纷附和道。

“你们嚷嚷什么？”一道倨傲的声音从生员头顶传了过来。

披着黑色披风的崔照人在几个下属的陪同下，不耐烦地出现在楼梯口。被人扰了一场美梦，着实是一件让人郁闷的事情。崔照人冷哼道：“你们的那几百枚金币，我们根本就不放在眼里。你们再敢随口诬蔑，看我不抽烂你们的嘴巴！都给我滚开！”

“你——”张林浦还想再硬挺一下，但是看到那些眼神凶恶的黑衣人纷纷手按刀柄，一副随时准备拔刀伤人的架势，到了嘴边的话就怎么也说不出来了。

“诸位还是让我们上去看看吧。”一道淡淡的声音传了出来。

站在最前头的张林浦为了向那群黑衣人表明自己不是说话之人，这件事情和自己没有关系，赶紧退到了一旁。

人群散开，跟在人群后面走过一个又一个舱室的李牧羊就被推到了崔照人的眼前。李牧羊被人推出来，也不惧，看起来还有些悠然自在。

原来是这个二百五。大家在心里想。

“你是什么东西？”崔照人嘴角微扬，毫不客气地问道。

“我是李牧羊。”李牧羊笑呵呵地回道。

“李牧羊又是什么东西？”

“李牧羊是一个活生生的人。”李牧羊一副笑容可掬的模样，说道，“江南城城主燕伯来是我的叔叔，城主之子燕相马是我的生死之交。燕相马是江南城最有名的纨绔大少，可是什么坏事都做得出来的。所以，还请这位少爷慎重啊！”

李牧羊在这里耍了一个心眼儿。

他想：既然这些人全是从枫林渡上船的，那么大多数应该是江南人。而又有哪个江南人不知道城主燕伯来的威势和纨绔大少燕相马的大名呢？

燕伯来刚才赶来为自己送行，楼船上的这些人应该都瞧在眼里。不管他们是什么身份，总要顾及城主府的面子吧？

至于燕相马，既然他经常说自己什么坏事都做得出来，那么作为他的生死之交、知心好友，自己是不吝啬给他扬名的。

第26章
冷面菩萨

两百一十枚金币对李牧羊来说是一大笔钱。

父母忙活一年，也不过有几十枚金币的盈余。

不说他们家以前的生活条件，哪怕是自己考了文试第一，获得一大笔奖金后，他们家也没有奢侈到随手就可以丢弃两百多枚金币的地步。

这也是李牧羊一直跟在这搜寻队伍后面不肯离开的原因。

那些生员需要找到自己的金币，不然，他们就算到达了学校，也难以生存。

李牧羊也需要找到那些金币，那些钱是自己辛苦赚来的，是父母担心自己吃苦，为了让自己有荤菜吃，有新衣穿，有能力请朋友吃饭喝酒，不会因为囊中羞涩而被人笑话，而小心翼翼地藏进行李的。

罗琦甚至还隐晦地提示过他，让他到了天都一定要请崔小心吃顿饭。大家毕竟同学一场，他能够获得文试第一，崔小心功不可没。

李牧羊也是这么想的，如果有机会，他是应该请崔小心吃顿饭表达一下谢意。当然，仅此而已。

假如崔小心没有拒绝。

只要能找回这些金币，被这个有着一副好皮囊但是无比高傲的家伙骂几句又算什么呢？虽然这家伙看着他们，就像看着一坨狗屎。

虽然这么想，但是李牧羊心里还是觉得非常不舒服，有一种被宵小冒犯的感觉。不过李牧羊自己都觉得莫名其妙，那家伙明明就是一只聪明可爱的小花猫，那种被冒犯的感觉是从哪里来的？

崔照人很无语。

他觉得自己遇到了天字号的大傻瓜。

竟然有人跑来用江南城城主和自己那个白痴表弟的名头吓唬自己？

李牧羊如果知道燕伯来、燕相马父子和自己的关系，想必表情一定会相当精彩吧。

“你当真要看？”崔照人越想越觉得有意思，嘴角不禁浮现出一抹笑意。

“刚才陈管事说三楼住的都是贵人。贵人自然有贵人的心胸和气度。我们也不全部进去，只选几个代表，让你们的人陪着四处查看搜检一番。

“倘若他们什么也没有查到，那自然最好。但是如果大少的手底下有什么人手脚不干净，取走了我们这些穷困学子的盘缠，还望大少能够替我们做主，把那些金币还给我们。我们必感恩于心，将大少的美名义举传遍天下。”

崔照人更加开心，连眼睛都笑弯了。

他看着李牧羊，问道：“我要是不愿意呢？”

“那我们自然也没有什么办法。大少出身高贵，背景不凡，手下护卫众多，实力强悍，我们这些手无缚鸡之力的书生是远远比不上的。不过读书人嘛，多少都有一些记仇。我们闲暇无事的时候就喜欢写写诗、写写文章，为赋新词强说愁，将生活中遇到的一些鸡毛蒜皮的小事无限夸大。譬如有人抽了我们一巴掌，我们就把他写成捅了我们十几刀的流氓恶霸。有人摸了人家姑娘一把，我们就把他写成身边跟着三五个狗奴才，当众非礼良家妇女的无良恶少……”

“我如果不让你们上去搜检，在你们的文章中就成了以强权强抢进京学子钱财，欺辱进京学子的恶棍？”崔照人打断李牧羊的话，笑着问道。

“这样写也不错。看来大少也是爱好诗文的雅人，来日咱们一定要好好切磋切磋。”

“放肆！”崔照人喝道，一瞬间就从笑脸相迎变为恶脸相对，这速度快得让人难以接受，“你以为我们是什么人？”

“你们是？”李牧羊问道。

你倒是快些报出你的来历啊！

你报出来我才好知道江南城城主和那个跑到天都的纨绔大少能不能压得住你、吃得死你。

崔照人张了张嘴，终究没有说出他们是什么人。

他们的行踪绝对不能暴露，为了完成这一系列的布局，前前后后有多少人参与其中？

倘若他为了这几个生员就自报家门，被有心人听到后传播出去，等待他的必定是陆家和陆家爪牙的沿路追杀。

以他身边这些人的实力，他当真是难以抗衡。

他好不容易才把铁壁将军拿下，这是刺向陆家陆行空的剑，也是陆行空争夺相位的拦路石。

和天都的那些大人物相比，船上的这几个生员算得了什么？

忍耐！

他必须忍耐！

“你说你叫李牧羊？”崔照人问道。

现在时机不对，但是以后总有对的时机。

到了天都，他要让这些人生不如死！

“是的。”李牧羊拱了拱手，说道，“敢问阁下贵姓？”

“你不配知道。”崔照人冷傲地说道，“这三楼你们上不去，这船舱你们也搜不了，都回去吧。”

他冷眼扫视眼前的众多生员，喝道：“倘若有人敢擅闯，格杀勿论！”

全场死一般的安静。

那些嚷嚷着“皇子犯法，与庶民同罪”的家伙吓得一句话也不敢说了。

公平和正义，他们也不过是嘴上说说而已。难道有人会把它当真吗？

“这就是欺负人了。”李牧羊有些不满地说道。

我都报了我的后台，说了燕伯来是我的叔叔，燕相马是我的兄弟，你怎么一点儿面子也不给？难道他们的来头还不够唬人？

“燕叔叔经常说，宁肯背后捅刀，不要当众打脸。你这么做可就是当众打我们的脸了。”

“你说是，”崔照人很洒脱地耸耸肩膀，说道，“那就是吧。”

“海盗！发现海盗！”有人大声吆喝道。

"张二狗，你傻了？这是大湖，哪里有海盗？"

"湖盗！发现鸡鸣泽湖盗！"张二狗再次吆喝起来。

鸡鸣泽近交青袍海、红星河和太渊湖三方水域，远接古梁山和十八子山，所以湖盗极多，势力极乱。

帝国屡派官兵剿匪，屡战屡胜，但是湖盗怎么也剿不完。

官兵一来，他们就一哄而散变成渔民。官兵一走，他们又会聚集成团变成湖盗，时不时出来骚扰一番，让帝国高层伤透了脑筋。

"湖盗来了？"有人惊呼。

这些生员大多娇生惯养，很多是第一次出门。

他们之前过得顺风顺水，日子波澜不惊，没想到这次才刚刚出门就遇到了湖盗。虽然金币被盗了，但他们终究能想到办法生活下去。要是被这些湖盗一刀砍了脑袋，那就谁也没办法想办法了。

李牧羊两腿一夹，感觉到裤裆中那沉甸甸的布包还在，心里才稍微踏实。

他心想：就算那些湖盗上船，自己也可以用这些金币买一条命。

"少主，有三艘大船在向这里围拢。看来鸡鸣泽湖盗是盯上了这艘楼船。"苏荣快步朝这边赶来。

崔照人眼神冷厉，说道："这些浑蛋全部该死！"

"可是少主……"

崔照人猛然转身，喝道："看好货物，不许有任何闪失！"

"是。"一群人躬身应命。

楼船上有十二个专职护卫，为的就是保护船上的客人安全抵达目的地。

无论是钱财安全还是人身安全，这十二个护卫都要管。

但是，这一刻船上的客商和生员纷纷表示他们一点儿也不安全。

钱财被人偷了个精光不说，现在连小命也要被那些匪盗拿走！这湖上之行总要给他们留点什么吧？

湖面上，三艘挂着不同旗帜的冲撞型大船已经拦截过来。众人聚集在甲板上，看着那血迹斑斑的船身，发出哀号惨叫之声。

“怎么办？怎么办？我们是不是要死了？”

“那些匪人应该不会杀人吧？”

“匪人怎么会不杀人？我听说他们还吃人呢！”

“那个该死的小偷！”张林浦眼眶发红，气急败坏地骂道。

“林浦兄，匪盗当前，你怎么还在想那点儿身外之物啊？”他身边的好友牛平之询问道，“现在保命要紧啊！”

“平之兄，你还想不明白吗？匪盗最喜欢什么？钱啊！我们的金币都被人盗了个一干二净，等到匪盗攻上船，找我们要钱的时候，我们告诉他们金币已经被人偷走了，他们能信吗？他们拿不到钱，那就要拿走我们的命了！”

牛平之听完也跟着担忧起来。

李牧羊对张林浦刮目相看，心想：这家伙能考出那么好的成绩，确实有不凡之处，至少脑袋里面的弯弯绕绕要比别人多上许多。

他夹了夹大腿，感觉到那包金币还在，紧张的心情才稍微得到了舒缓。

他是有钱的！

倘若那些湖盗当真登船抢劫，在身边的小伙伴都拿不出钱财的情况下，自己把裤子一脱，掏出近百枚金币拍在他们面前，那将是多么威武霸气啊！

虽然姿势不够优雅，但是自己一定要有气势！

楼船管事陈涛强装镇定，但是苍白的脸色还是泄露了他内心的惊惧。

以前他们也遇到过湖盗，但那都是十几人或者三五十人的小群匪盗，他们找找关系、送些钱财就打发走了。

今天这是怎么回事儿啊？这来的人也太多了吧？

“养兵千日，用在一时。平时船行好酒好肉地供着大家，可曾有过丝毫亏待？各位勇士，现在楼船有难，我们遇到了……遇到了一大群鸡鸣泽湖盗。三艘船的旗帜各不相同，来的可能是三群湖盗。我希望大家能够齐心协力，拿出所有的斗志和勇气！”

“陈管事，不是我等不尽力。您看看对面的三艘大船，那里面的湖盗怕是有数百人吧？您让我们十二个人去抵抗数百湖盗，我们就是神仙也做不到吧？”

“就是！就算让我们去送死，那也得让我们死得有价值！我们被人一刀砍了，在场的各位就能没事？”

“大家还是把值钱的东西收拾收拾，好言好语把他们打发了吧！”

这仗还没有开打呢，这些护卫就已经先胆怯了。

最要命的是，李牧羊竟然还觉得他们说得很有道理。

护卫也是人，也有爹妈儿女啊！你让人家去拼命，其实就是让人家去送死。人家怎么也不可能乐意吧？

陈涛大急，转身看向众多生员，说道：“各位都是有大才之人，现在大难临头，我们都是一条船上的蚂蚱，你们给出个主意？”

“我们没钱了。”张林浦大声喊道，“就算要投降，也得是你们船行拿钱打发他们。”

“就是！你们总不能让我们把身上的肉割几斤送过去吧？”

“陈管事，这件事情必须由你们站出来应付！我们是没有办法了。”

李牧羊张了张嘴，终究什么话也没有说出来。

他觉得大家说得确实有道理。

果然，危难时刻，群众的智慧是无穷的。

至于力量，谁会想到这种无聊的事情？

陈涛嘴唇翕动，说道：“我们先接触看看，看看他们要什么再说吧。”

三艘破旧大船横冲而来，彼此拉开距离，从正面拦截住了楼船。

湖面虽然宽阔，却没有楼船可以过身的位置。

陈涛吩咐水手放慢船速，免得楼船撞上去。若是人家还没动手，自己这边的船就先破了，未免也太可笑了。

为首的匪船上面，站着一个仿若铜皮铁骨的光头大汉。

一道深深的疤痕从大汉眉梢划过一只眼睛，最后到了他的嘴角。

大汉戴着一个铜制的眼罩遮住了受伤的眼睛，看起来还真有点儿像纵横远海的海盗。

他看着渐行渐近的楼船，大声喊道："取我锁链！"

于是，十几个下属就吃力地拖着一条足有手臂粗的铁链过来了，链子的前端是一个弯月铜钩。

"儿郎们都散开！"

大汉大吼一声，然后将那铁链抡了起来。铁链在空中转了几圈后，猛地朝楼船砸了过来。

铜钩无比巨大，无比沉重，在空中发出了"呼呼"的声音。

"咔嚓——"

尖利的铜钩砸在了甲板上，深深地扎进了船体深处。

"老大厉害！老大神功盖世！"

"花和尚好样的，这一次给你记首功！"

"把它拉过来！把它拉过来！"

湖盗看到自己的首领大显神威，发出一片叫好声。

"你们且看着！"花和尚豪迈大笑，然后将锁链在身体上缠了两圈，手臂猛地用力。

"嗖——"

那楼船就在花和尚的拉扯下，迅疾无比地朝着湖盗靠近。

船上的众人面如死灰。

这也太吓人了吧！

作为湖盗，好好劫财就行了，怎么还玩起了杂技表演？

那钩子砸在船上，就把楼船砸出了一个大窟窿，要是砸在人的身上，这人还有命吗？

李牧羊的神色立即变得冷峻起来。

就自己裤裆里面的那一点儿金币，怕是满足不了这些人的胃口吧？

楼船就像是咬了钩的大鱼，被渔夫拖着向前面驶去。等楼船进入那三艘匪船的领域，那些匪盗就会跳过来，打杀抢夺，无恶不作。

李牧羊伸手握拳，气蓄丹田，暗暗地戒备。

危急时刻，空中黑衣飘荡。

一人一剑横空出现，气贯长虹，带着燃烧的火焰斩向那手臂粗的铁链。

“嚓——”

铁链骤然断成两截，匪船上的花和尚因为之前用力太猛，身体不禁踉跄着向后疾退。

黑衣人从空中缓缓下落，最后站在了楼船的桅杆上。白帆激荡，黑衣飞扬，顺水而行的楼船竟然瞬间停止了移动。

冷面菩萨崔照人！

十几个黑衣汉子已经悄无声息地跃到了船顶，手按刀柄，冷漠地盯着对面的三艘匪船。

“何人敢斩断花爷爷的铁链？”花和尚鲁天气急败坏，朝着这边大声吆喝起来，“来来来，报上你的大名，让花爷爷教教你怎么做人！”

崔照人神情淡漠，但是心里的怒火熊熊燃烧。

这群该死的家伙，打谁的主意不好，偏偏找上了他们乘坐的这艘船！

他们不出手，难道还能指望船上的那群废物把匪盗挡下来吗？

可是，他们一出手，恐怕就会泄露行踪，引来陆家那方的力量。

崔照人还在犹豫时，楼船已经被花和尚的一记“罗汉勾魂”钩住，整艘大船都要被他拖到包围圈里去了。

他们再等下去，行踪仍然会败露。

于是，崔照人杀气腾腾，愤然出手，一剑斩断了花和尚的铁链。

“星空有路你不走，地狱无门你偏行。”崔照人眼神冷漠，喝道，“全部诛杀，一个不留！”

“是！”黑衣汉子得令，齐声应道。

“锵——”

十几把宝刀出鞘，然后他们分成三组，腾空而起，朝着那三艘大船飞去。

立时，三艘大船上展开了一场惨烈的搏杀。

那些黑衣汉子功夫高强，手段毒辣，每一次都朝着匪盗的要害出刀。一刀下去，匪盗身首异处。

崔照人瞄准那个骂骂咧咧的花和尚，嘴角微扬，脸上露出迷人的笑容，说道：“你想教我做人，我就让你做不得人！”

话未说完，他就再次跃起。

黑色的长袍在空中飘荡，他犹如一只翱翔于长空的大鹏，向下俯冲，一剑刺向花和尚光秃秃的脑门。

花和尚大声狂笑，挥舞着剩下的半截铁链攻向崔照人。

长链如长蛇一般朝着半空中砸去，花和尚大声吆喝道：“来得好！就让爷爷……”

花和尚说不下去了。

因为崔照人突然加速，一剑刺进了他的脑袋。

崔照人身体下沉，长剑也下行。

一剑惊魂！

一剑夺魄！

长剑一路向下刺，直到全部没入，只剩剑柄留在外面。

“做匪盗也要多读书，温文尔雅地打劫难道不好吗？”崔照人在空中倒立着，对花和尚说道。

然后，他身体一转，将长剑拔了出来。

“嚓——”

鲜血如泉，向着碧蓝色的天空喷洒。

这是单方面的屠杀。

由崔照人率领的监察司的十几个人杀了鸡鸣泽数百个匪盗。

他们根本就不是一个级别的，崔照人在一剑杀了花和尚后，又接连跃上另外两艘大船，砍下了匪首“浪里白条”李小二和“太渊湖魔王”赵四甲的脑袋。

至此，鸡鸣泽匪徒迅速瓦解，再无任何战力。

有人哀号惨叫。

有人跪地求饶。

更多的人想逃跑。

跑是跑不掉的。

崔照人在动手之前就已经下达了“全部诛杀，一个不留”的命令。

监察司是帝国的监察司，更是崔照人的监察司。

监察司的监察史对崔照人言听计从，将崔照人的话奉为天命。崔照人要别人的一根头发，他们就会取那人的一根头发，多取一根他们都会还回去。就算崔照人说要杀人全家，他们也会毫不犹豫地执行命令。

十几个劲装监察史挥刀乱砍，根本就不给那些匪徒说话的机会。

鲜血染红了鸡鸣泽湖面。

楼船虽然免于战火，但是甲板上的生员看到这一幕仍然觉得肠胃抽搐得厉害。其中胆小体弱、意志不够坚定的当场就呕吐起来。

他们中的大多数都生活在富裕安宁的地方，几时看到过这种杀戮的场面？

李牧羊很镇定。

不知道怎么回事儿，他一点儿也不觉得紧张，更不觉得这有什么可怕的。

哪怕那边杀得血流成河，他也不过在心里感叹几句黑衣汉子的心狠手辣。

他和其他生员一样，是第一次出远门，也是第一次经历这样残酷的大阵仗。

在学校里面被同学欺负一下，在班级里面被老师嘲讽几句，和今天经历的这一切相比又算得了什么呢？

可是，李牧羊就是没有一点儿感觉，就好像完全没将这样的事情放在眼里。

当然，李牧羊知道自己这样的状态是不对的。张林浦都抖成筛子了，还在用那双满怀探究欲的眼睛打量着自己。

李牧羊不想显得与众不同，于是也跟着张林浦的节奏抖动起来。

张林浦很生气：我有我的节奏，你凭什么模仿我啊？

于是张林浦抖得更加剧烈。

李牧羊也很生气：你突然加速是什么意思？你就是想让我显得比你们“诡

异”是不是？你想把我排斥在“正常人”的范畴之外是不是？

于是，李牧羊也跟着张林浦加速抖动。

要是再来一曲激昂的鼓乐，这就完全是两个舞林高手的斗舞现场。

就在李牧羊和张林浦摇晃个不停的时候，楼船突然剧烈地晃动了起来。

“砰——”

一个身穿花花绿绿的衣服，就像一只花蝴蝶的女人被人从高空丢了下来。

女人掉在了甲板上，骨头断裂的声音清晰地传入了楼船上所有人的耳中。

她惨叫出声，还没来得及从甲板上爬起来逃生，崔照人就已经轻轻落于一旁，将手里滴血的长剑抵在了她的脖子上。

一身黑衣不沾鲜血，黑色披风随风飞舞。

崔照人面如冠玉，冷峻阴沉，就像来自地狱的修罗。

“放了我，求求你放了我！我水鸳鸯愿意给你当牛做马，不管你要奴家做什么，奴家都愿意！”稍有姿色的女人神情惊恐，急声哀求。

“你只有一次机会。”崔照人不带一丝一毫感情，声音冰冷地说道，“是谁指使你们劫船的？”

“没有人，没有人指使我们，我们就是这鸡鸣泽的匪盗，以打劫为生，看到这艘漂亮的楼船自然会想着合起伙来捞上一笔。”

故事简单一些，不要涉及更加复杂的层面，这样才是保命之道。

长剑下刺，切入了水鸳鸯的咽喉。

鲜血沿着剑身溢出，瞬间就染红了水鸳鸯的脖颈和胸口。

“我不喜欢听人说废话，更不喜欢听人说谎话。”崔照人露出更加冰冷的眼神，说道，“我说过，你只有一次机会，我刚才就应该一剑把你杀了。但是很遗憾的是，你的其他同伴都死光了，如今我就算想找一个替代你的人都找不着。这是你的幸运，也是你的不幸。是谁指使你们来的？别着急，你想想再回答。”

在崔照人审问水鸳鸯的时候，三艘大船上的战斗已经结束。监察史将那些乌合之众杀了个干净。

现在他们杀气腾腾地站在甲板的四周，眼里带着杀意，身上带着浓重的血腥气。他们身上都沾上了鲜血，其中有敌人的，也有他们自己的。

这是一群出了牢笼的野兽。

“我说，我说！是有人提前给我们透露了风声，说今天有一艘楼船从鸡鸣泽经过，里面载着身怀大量金币的生员，还有江南首富贾家运往天都的大批珍宝，其中包括《帝君十二卷》。那个人说他们只想要《帝君十二卷》，船上所有的金币、珍宝和女人都由我们平分。

“他还说这艘船戒备森严，有高手坐镇，让我们多联络一些兄弟，避免到时候竹篮打水一场空。于是，我们花首领就约了另外两个水寨的老大一起来做这桩生意。”

“这船上根本就没有江南首富的大批珠宝，更没有传世名画《帝君十二卷》。”崔照人就像看白痴一样看着这个可怜的女人。

“不好！”崔照人猛地惊醒，大声喝道，“货物危险！”

“哗——”

四周的十几个黑衣监察史听到崔照人的话，立即朝着三楼飞去。

崔照人赶到三楼的时候，军师苏荣和一干近卫正守在关押重犯的舱口，他们不曾离开过片刻。

“恭喜少主大胜归来！”军师苏荣一脸笑意，说道，“一群宵小也敢拦船打劫，触怒雷霆，真是死不足惜！”

“货物怎么样了？”崔照人径直朝着舱室走去。

“我等一直守在门口，不曾离开片刻。”苏荣说道，“更何况舱室四周不仅有专人把守，还设有符咒禁制。一旦有人触碰禁制，符咒师就会有所感应。货物应该不会……”

苏荣的话说不下去了。

当崔照人急速推开舱门时，他发现房间里的那个囚笼不见了。

那由乌金打造的重约万斤的囚笼在他们眼前消失了，同时消失的还有囚笼下面的一大块木板。

竟然有人在他们的眼皮子底下打了一个洞，神不知鬼不觉地把铁壁将军救走了。这实在太让人匪夷所思，难以置信了。

不说那人突破禁制，符咒师却没有任何感应，也不说他悄无声息地割破地板，他们却毫无察觉，单是他扛着重约万斤的牢笼和牢笼里面的一个活生生的人从他们这么多人的防守下消失，就让人毛骨悚然。

这到底是一个什么样的人物？

“锵——”

剑若龙吟！

崔照人拔出剑，朝着舱室用力挥去。

“咔嚓——”

剑气袭过，楼船瞬间被分为上下两部分。

“轰隆隆——”

庞大而沉重的船顶朝着鸡鸣泽滑落，“哐当”一声跌入水下。

此时阳光普照，没有了舱顶的遮挡，整个三楼的房间都不再有任何黑暗。

崔照人站在烈阳之下，脸色苍白如上好的宣纸。

他的眼睛犹如一把冰刀，视线扫过之处，所有人都仿佛被凌迟着。

“少主，这是我的疏忽，我没有想到……”苏荣神色骇然，急忙道歉，“我没想到他们会用那样的方式把人救走，我这就……”

“追！”崔照人冷冷地吐出一个字。

“是！”一群黑衣监察史躬身接令，立即朝着鸡鸣泽四周飞去。

崔照人看着眼前的万里湖面，久久地沉默不语。

所有人都被聚集在甲板上，包括船员。

近百人的队伍，却没有发出任何声响。哪怕只是用眼神交流，他们都是那么小心翼翼。

沉静肃穆的气氛弥漫，空气仿佛凝固了。

虽然大家对黑衣监察史的行为很不满，可是，当那个黑袍飒飒作响的年轻人冷冰冰地盯着他们看的时候，他们还是默默地把委屈压在了心底，并且赶紧低头避免和他对视。

看到刚才的杀戮后，谁还敢轻易捋虎须？

目睹了这群黑衣汉子的彪悍和凶残后，他们甚至都暗自后悔，自己怎么会做出那样的蠢事，居然跑过去要搜查三楼的舱室？这不是自寻死路吗？

“船上的所有人都在这里了。”管事陈涛走到崔照人的身边，小心翼翼地汇报。

“楼船上是否少人？”

“我刚刚对过数，楼船上少了一人。”陈涛的脑袋都快要低到裤裆了。

“何人？”

“这个，我暂时还不知道。船上的客人比较多，我还没办法将各位客人的脸和他们的名字一一对上。”

“唱名。”

“是。”陈涛答应一声，赶紧取出客人登船时签名的名册开始点名。

“江南李易坤——”

“嘉县张林浦——”

“锡县陈庆之——”

……

陈涛每点到一个名字，就会有人走出阵列，去监察司众人看管的区域候着。

名字很快就点完了，陈涛提着名册走到崔照人的前面，说道：“有一个叫作沐轻候的人不见了。”

“沐轻候？”崔照人冷笑，高声说道，“可有人认识此人？”

没有人回答。

“见过此人者，可活命，且可得两百枚金币。”

“我见过。”一个瘦小的生员怯怯地举手，“我见过他，他是一个胖子。”

“好，赏其两百金币。”崔照人说话算数，当场就有人将一包金币丢到了瘦小生员的怀里。

“我也看到过，还和他吵了几句。”

“对，他还替那李牧羊说话，羞辱我们。”

李牧羊？

在一片吆喝声中，崔照人听到了他最关心的线索。

“李牧羊——”崔照人在人群中找到那个胆敢顶撞和威胁自己的白衣少年，冷冰冰地看着他，声音却异常平静，“你可知道，自己犯下了通敌之罪？”

第27章
鼍龙护主

真是人生何处不惊吓啊！

之前李牧羊还在暗自庆幸裤裆里面的那点儿金币总算是保住了，自己如果再稍微节俭一些，到了学校勤工俭学，赚足每天的饭钱，那么说不定一整年都不需要再向父母要钱，免得到时候不好解释，让他们心生疑惑。他们若是跑到船行去打听，知道了自己一路上的遭遇，怕是会担心得晚上都睡不着觉吧？

李牧羊只是想想就自责不已。自己既然不能为父母做些什么事情，就只能尽量不给父母惹什么麻烦。

但他没想到转眼间自己就被人扣了一顶通敌的大帽子！这可不是开玩笑，按照西风帝国的律法，通敌者，斩立决！

也就是说，这群黑衣汉子要是对自己心生不满，当场就可以把自己斩成数段，然后丢进这鸡鸣泽喂鱼。

至于罪名是否属实，还不是他们张嘴说一句话的事？

“你有何证据？”李牧羊心里暗恨，虽然很想把这个污蔑自己的家伙砍上十几二十刀，但还是竭力保持着平静。

自己越愤怒，就越有可能被他们认为是做贼心虚。

最关键的是，现在敌强我弱，要是当真把他们惹怒了，自己怕是只有吃亏挨打的份吧？

李牧羊刚才亲眼见到，他们一个个在空中飞来飞去，如履平地，一个黑衣青年一剑劈开了楼船的舱顶。他不禁想到了杀手乌鸦，就算是杀手乌鸦，遇到这个黑衣青年怕是也讨不到什么便宜吧。

自己还是小心谨慎一些为好，实在不行就把崔小心的名字报上去，说自己是天都崔家的上门女婿。

李思念曾经隐晦地给李牧羊透露过崔小心的家世。李牧羊听了之后很吃惊，也很苦恼，却也只能感叹命运弄人。

这次他倒是可以把崔家的名头丢出来吓唬吓唬这个一直板着一张死人脸的黑衣青年。

“证据？”崔照人指了指李牧羊身边的众多生员，说道，“他们说的话就是证据。”

“就凭他们的一面之词，你就认定我犯了通敌之罪？”

“这船上有那么多人，他为什么单单要帮你说话？”崔照人的脸上带着冰冷的笑意，他若有所思地打量着李牧羊，心里思考着李牧羊通敌的可能性到底有几分，嘴上说道，“帝国监察司押送重要罪犯，一路上行踪极其隐蔽，几乎不可能被人知晓，却仍然被人钻了空子。刚才那个水鸳鸯的话你也听到了，他们是被人蛊惑前来拦路劫财的。”

“还有，昨天晚上你们的钱袋纷纷被盗，然后你带着一伙人跑来要搜查我们的楼层，难道不是故意替那些人制造混乱，吸引我们的视线？这么多人亲眼所见，我总不是冤枉了你吧？”

“要求搜船的人可不是我。”李牧羊急忙解释，指了指身边的张林浦，说道，“是他率先提出要搜船的，也是他带人闯到三楼楼梯口的。难道这些不是大家亲眼所见？按照你的逻辑，他们不是比我更有通敌的嫌疑？毕竟当时的混乱是他们先制造出来的，我只是一个安静的跟随者而已。”

“李牧羊——”张林浦的小心脏都要吓裂了，他愤怒地指着李牧羊，破口大骂道，“你这卑鄙小人，别想拉我下水！当时我可是和那个胖子狠狠地争吵了几句，差点儿就要跟他大打出手。倒是你，他特意为你说了几句好话呢，还骂我们是井底之蛙，不知星空之浩瀚！你们不会很早就认识了吧？”

“你看看，这不更加证明我和他根本毫无关系吗？你要是和人合伙抢劫，难道不应该是假装与那人互不相识，甚至制造一些激烈的矛盾好在事后撇清关系？就像你和他吵架那样。如果我和他认识，他用得着当着大家的面为我说话？如果当真是我和他联手作案，那么既然他都已经得手，我为什么仍然留在船上没有离开？”

李牧羊神色黯然，哀伤委屈地对崔照人说道：“因为我考了个文试第一，被君主御批嘉奖，又因为江南城城主燕伯来是我的叔叔，城主之子燕相马是我的生死之交，所以他们对我非常排斥，极尽挖苦打击之能事。我明白木秀于林，风必摧之的道理，也知道大风刮倒的总是那些高耸入云、枝叶茂密的大树。可是，我也不想这样。我也不想考文试第一，不希望我的叔叔是江南城城主，但是我没办法懂装不懂，更没办法选择自己的出身。”

崔照人真的很想拔剑把这小子斩成两段。天都崔家，也是你这种无知小儿可以攀附的吗？

“我可以用我叔叔江南城城主燕伯来的名誉起誓，我绝对没有做过那等劫财助敌之事。我若有违此誓，让我叔叔不得善终！欲加之罪，何患无辞？这种通敌之罪，我李牧羊实在背负不起。”

崔照人握剑的手不停地抖动，他觉得自己已经控制不住体内的浩然正气，必须做出一些除暴安良的事情才能够解脱。

“你有没有通敌，你说了不算，我说了也不算。”崔照人的眼里杀气弥漫，他冷冷地盯着李牧羊，说道，“你跟我们回一趟监察司，一切自然就会真相大白了。”

监察司被称为帝国铁狱，李牧羊听说进去的人生不如死。就是仙人进去也会被他们剥掉一层金装，减去几成信仰之力。

李牧羊自然是不会去的。

他也不能去。

他没有傻到被人一忽悠就跑去大狱只为证明自身清白的地步，也没有被人刺激一下就跟人跑回家的闲工夫，更不会任由万般酷刑加身，只当置身火海，等待涅槃重生。他的嘴巴不是很利，骨头不是很硬。而且他才变白、变帅了一些，不想被丢进大狱变成厉鬼一样的废人。

“我不能去。”李牧羊说道，“我已经被星空学院录取，师兄骑鹤下江南送喜报的时候再三嘱咐我不要误了入学之期。”

“星空学院？”崔照人的眼睛里绽放出异彩，他难以置信地看着面前的李牧羊。

“正是。”李牧羊傲然地说道。谢天谢地，他终于蒙对了一个强硬的靠山。之前他说的江南城城主燕伯来和城主之子燕相马，人家根本就不放在眼里。看来燕伯来的权势也不过如此嘛！

崔照人目光闪烁，再一次上上下下、认认真真地审视李牧羊。

情况变得复杂起来。

这个家伙竟然被星空学院录取了，这倒是一件让人意想不到的事情。

“你说你被星空学院录取了？”

“是的。”

“以文试第一的成绩被录取？”

“是的。”

“呵呵。”崔照人冷笑几声。

帝国每年都有一个文试第一，只要文试不被废除，帝国就不停地会有文试第一。

但是，并不是每一个文试第一都能够被星空学院录取。

被星空学院录取的文试第一，除了眼前这个李牧羊，就只有千年前的诗仙李秋白了。

假如李牧羊没有说谎……

崔照人倒是希望李牧羊是在说谎，但他知道这不可能。因为李牧羊是不是文试第一，是不是被星空学院录取了，他轻易就能够查出来。

可是，假如李牧羊没有说谎，那么，就一定有人在李牧羊的背后推着他、捧着他。

崔照人突然有点相信李牧羊通敌了。

他一步一步地朝着李牧羊走去，笑着说道：“看来你还是得跟我们走一趟。你放心，我们不会误了你的入学之期。”

说话的时候，崔照人突然拔出剑，朝着李牧羊的脑袋斩去。

他想强行击杀！

不管你是帝国的文试第一，还是星空学院的新生，既然上了这艘船，蹚了这浑水，那就别想再全身而退。

人死了，文试第一又如何？星空学院的学生又如何？

只要监察司扣死你通敌的罪名，星空学院再不满，也得照顾帝国的面子。监察司是替皇帝办事的，难道星空学院会为了一个还没有入学的学生报复自己吗？

而且是一个死了的学生。

至于李牧羊身后的推动者，那就更不会被崔照人放在眼里了。

既然自己不能确定李牧羊的来历，那就证明李牧羊不是自己这边的人。在这关键时刻，不是自己人，就是敌人。

杀了也就杀了，其他人能奈我何？

冷面菩萨，菩萨护国，冷面杀人。

事发突然，谁也想不到崔照人会突然拔剑杀人。

那一剑如平地而起的惊雷，如划过天际的流星，转瞬即逝，根本就没有人能反应过来。

就是帝国的顶尖高手，在看见冷面菩萨崔照人使出这一剑时，也会生出此剑犀利刁钻、变化万千的感念。

渡劫剑下难渡劫，这是流传于西风帝国的一句谚语，称赞的就是崔家的渡劫剑法和与之相配的“十万八荒无意诀”。

至于李牧羊，在长剑出鞘的瞬间，就已经被崔照人看作一个死人了。

崔照人很喜欢那首传遍帝国的民谣：恨像一阵风，吹完它就走。这样的节奏，谁都无可奈何。

自己给李牧羊扣上一顶通敌之罪的帽子，然后一剑把李牧羊杀了，人死如灯灭，到时候谁也翻不了案。

崔照人本就对李牧羊挑战他威严的事情耿耿于怀，现在知道李牧羊竟然进了星空学院，那就自然更不可能对李牧羊手下留情了。

崔照人知道星空学院是一个什么样的特殊存在，李牧羊以文试第一的成绩被录取，假以时日，恐怕也会成为和当年的李秋白一样的神州强者。

即便那种可能性微乎其微，自己也绝对不能任其坐大变强。

除草要趁早，除虫要趁小。

等李牧羊进入星空学院，学有所成或者结识了什么学有所成的大人物，自己再想做这样的事情就很麻烦了。

这也是他突然袭击的原因。

崔照人早就踏入了闲云上品之境，却依旧勤奋修炼，刻苦钻研，假以时日，只要得遇良机，有所感悟，便可进入一念生一念死的枯荣境。

在如此年纪便踏足枯荣境的，整个西风帝国也没有几个吧。

一个闲云上品的强者击杀一个文试第一的文弱书生，结果理当不言而喻。

别人没有防备，但是李牧羊一直在警惕。

在看到崔照人的第一眼，李牧羊就感觉到了危险。

这个男人的面相不讨人厌，虽然他总是板着一张死人脸，笑起来也冷冰冰的，可是那个时候的他也算一个冰山帅哥不是?

这是一个看脸的世界。好看的人就算做了什么坏事，都让人觉得更容易接受一些。倘若是一些面相不佳的人做了丑事，那么根本就没有任何被原谅的理由。

可是，李牧羊从他的身上感觉到了一股阴沉的气息。

他像古墓里面腐烂的尸体，又像躲藏在草丛里面的毒蛇。看到他，就会让人想到死亡这种令人绝望的事情。

李牧羊清楚地感觉到了崔照人的敌意，虽然他不知道这敌意从何而来。

崔照人没有表现出他的杀意，但是李牧羊从他的笑容中感觉到了杀机。

所以，李牧羊一直暗中戒备着。

气蓄丹田，力聚一点。

这是施展破气术的基础。

李牧羊安静地等待着。

当崔照人没有任何预兆地劈来一剑时，李牧羊也轰出一拳。

这是他准备已久的一拳，也是他蓄势待发的一拳。

一拳轰出，万物破灭。

破拳！

凛冽、尖锐、森冷，此为剑。

霸道、磅礴、热烫，此为拳。

长剑对重拳，有心偷袭对小心提防。

剑光在长空闪烁，比烈日的光芒还要耀眼。

重拳犹如重雷，轰隆作响，震得人耳膜生痛难以回神。

甲板上人数过百，却没有人能看清眼前发生了什么事情，除了那两个当事人。

众人的眼前只有一团白光。

突然，仿佛有一颗火球在他们的眼前炸开。

“砰——”

拳剑对撞，仿若山体崩塌，又如洪水倒灌，海啸长鸣！

一股令人惊惧的大力席卷而来。

崔照人抵挡不住，身体连连后退，他用双脚紧紧地钩住甲板想止住退势，可惜那股力道实在太大，甲板片片飞起，他一直退到了船舷边。

“咔嚓——”

栏杆断裂，船舷被他撞进了鸡鸣泽。

李牧羊那边情况更惨。

虽然他苦修了几个月的破气术，但是与浩瀚星空里面那些修行者的修炼年头相比，这几个月实在不算什么。他连入门都谈不上，甚至都不能说是真正意义上的“开始”。

你站在什么位置？你将要去哪里？你走的是什么路？你要通过哪一种方式到达终点？

这些问题李牧羊一窍不通，又如何谈得上入门？

他不过是依靠那本古卷和李思念犹记在心的一点儿基础知识，以及不知道何时根植于他脑海深处的修炼法诀，进行了一系列的归纳和整理，制订出了一套适合自己的修炼方法。

甚至没有人告诉他修炼方向是不是正确的。

当然，李思念倒是有好几次夸过他聪明。

他做好了心理准备，但是他的身体反应不过来。

一个修炼不足一年的“废物少年”，一出手就遇到了一个成名已久且已经达到闲云上品境的天才剑客。

结果其实没有任何悬念。

在拳风和剑气碰撞在一起，两股特性相反的极端力量炸开的时候，李牧羊就已经被震晕过去了。

而且，他被炸飞了出去，在空中飞了好长一段时间，然后和一枚天石一般，“扑通”一声落入鸡鸣泽，沉入湖底，惊跑了附近的鱼虾虫类。

湖水浑浊，水流湍急，李牧羊的身体一半埋在泥沙里面，一半被湖水冲刷，被水草缠绕。他没被湖水冲走，也难以再浮出水面。

水里看不到天日，也无法计算时间。

那个和水草缠在一起的人虽然仍然散发着生机，但是很快就会发臭，然后变成鱼虾们最喜欢的食物，在它们围拢过来大餐一顿后，变作一堆白花花的骨头散落在那里。

李牧羊的下场将和无数落水之人的下场一模一样。

对于很多人而言，落入鸡鸣泽就意味着一生结束。

更何况李牧羊被埋在泥沙里，还在昏迷中。

这样过了一段时间，那些被吓走的游鱼大虾再次聚拢过来，想看看到底是什么玩意儿吓了它们一跳。

它们想知道真相，却又不敢做第一个靠近的勇士。

胆怯是每一个物种的天性。

更何况那个东西身上有一种让它们望而生畏的危险气息。

终于，有一条小青鱼等得有些不耐烦了，甩着尾巴朝着李牧羊游了过去。

它咬咬李牧羊的手臂，亲亲李牧羊的脸，李牧羊仍然没有任何反应。

“妈妈，这是一个怪物。”小青鱼“噗噗噗”地吐着泡泡，对妈妈喊道。

“孩子快跑，怪物最喜欢吃鱼了！”鱼妈妈在旁边摇着尾巴，拼命地对着孩子使眼色，示意它离开危险源。

鱼妈妈年长一些，嗅觉也更加敏锐。它觉得那个怪物很危险，就算不会动也不会说话，也不是它们可以轻易招惹的。

“怪物一点儿也不可怕。妈妈，我能吃一口吗？怪物看起来很好吃的样子。”

“傻孩子，怪物现在还不好吃，放臭了你再吃。”

“妈妈，那我们把怪物带回家吧。”

它张嘴咬水草，想要把李牧羊救出来。

但是水草太多、太硬，仅仅凭它一条小青鱼根本难以做到。

在小青鱼为难之际，又有一条小青鱼游了过来。

然后更多的鱼虾聚拢过来，它们或用嘴巴咬，或用爪子撕，把那缠着李牧羊的水草除去，拼尽全力地帮助李牧羊脱困。

“轰隆隆——”

湖水剧烈地涌动起来。

一旦出现这种情况，那就证明这片水域的巨无霸正在附近狩猎。

鱼虾们惊慌逃避，眨眼间便消失了个干净。

“轰隆隆——”

一条头部扁平，吻突出，四肢粗短，身长百丈的巨大鼍龙慢悠悠地游了过来。它并不急躁，甚至有一些小心翼翼。

鼍龙在游到李牧羊身前三丈左右时，还戒备地扫视了左右一番，又在四周绕了几圈，没有察觉到危险后，这才慢腾腾地游到了李牧羊的身前。

鼍龙慢慢地凑到李牧羊的脸前，贪婪地嗅着他身上的气息。

鳞片上的那些颗粒和带状纹路让它显得丑陋又凶残，只要它稍一张嘴，就能把李牧羊连同他身上的水草全吞进肚子里。

以前它最喜欢做这样的事情了。

可是，这一次它没有那么做，而且也不敢那么做。

它潜到李牧羊的身下，然后用自己结实的大脑袋顶着李牧羊缓缓向上游去。

一眼看去，身长百丈、岁数过千的鼍龙与李牧羊的坐骑无异。

那些躲到远处的鱼虾看到这一带的水霸王鼍龙不是来吃李牧羊的，而是来救李牧羊的，全都重新围拢了过来。它们欢天喜地，跟在鼍龙的身后，就像保驾护航的卫兵。

“噗——”

崔照人喷出一口鲜血，这才觉得舒服了许多。

李牧羊的徒手一击让他惊骇至极，直到现在他的内心还是没办法平静下来。

那个让他感觉不到任何威胁的家伙，竟然是一个隐藏的高手?

幸好刚才自己出那一剑时并没有太大意，如果只是把他当成普通人，那么现在被击杀的怕就是自己了。

差点儿在阴沟里翻船的经历让崔照人怒不可遏，他转身扫视湖面，冷冷地说道：“派出人手，活要见人，死要见尸。”

“是。”一干监察史大声应道。

正在这时，有人突然指着湖面大喊：“快看！那是什么？”

所有人都被这声喊叫惊醒，然后他们就看到了惊心动魄的一幕。

湖水翻滚，水鸟高飞，一条身长百丈的鼍龙高高地昂起脑袋浮出了湖面。

在它的头顶上，李牧羊神色安然地躺着，仿若王者。

“那是水龙吗？天啊！那是水龙吗？龙头上的人是李牧羊，他还没有死！”

“李牧羊被怪物吃掉了，怪物吃完李牧羊后要来吃我们！”

“快跑啊！怪物要来了！那是什么怪物？我们都要被它吃掉了！”

楼船上，所有人全仰头看着浮出湖面的鼍龙。

它看起来就像耸立在湖中的一座高山，又像笼罩着楼船的一片黑云。

它是那么雄伟，又是那么丑陋，身上的鳞片是坚不可摧的盔甲，而那一颗颗凸起的黑色颗粒就是盔甲上面的倒刺。

黑色带纹密布全身，给它增添了一些滑稽和憨态。

可是，它张开的嘴巴里臭水横流，仿佛只要它稍一用力，就能把他们所在的这艘楼船和船上的所有人全吸进肚子里。

这还只是露出来的部分，因为要支撑自己庞大的身体，所以那长长的尾巴还隐藏在湖水里面。

虽然如此，鼍龙也足以震撼每一个人的心灵。

“我命休矣！”张林浦等生员第一次见到如此大的鼍龙，却比见到崔照人大杀四方时还要恐惧一百万倍。只要是人，无论他多么凶狠，你都可以试着和他讲道理。但是如果你面对的是一只畜生，怕是你讲什么它都不会听吧。“完了完了，这次我们死定了。一船人都要葬身龙口！”

“怎会如此？怎会如此？！”陈涛是楼船管事，平时没少带队走这条水路，遇到过水匪，遇到过江蛇，也遇到过各种毒虫和食人鱼，但是从来没有见过这么大的鼍龙。“出门的时候我明明查过皇历，上面说此行大吉。这到底是哪个家伙胡乱编排的啊？”

“少主，是横行大江的鼍龙。看这体形和身上的纹理，它怕是活了上千年。”军师苏荣满脸担忧地说道，“这怪物速度奇快，一日能行千里，残忍好斗，但是一直在死亡之海的深水区活动，平时根本不会出现在人前，此次怎么会出现在这鸡鸣泽？”

“它为什么会出现在这鸡鸣泽并不重要。”崔照人倒提长剑，从怀里摸出丝帕，轻轻地擦拭嘴角的血渍。突袭没能杀死李牧羊让他很意外，落水的李牧羊被鼍龙救了起来让他觉得更意外。“一条伪龙而已，又不是什么真龙。它不来招惹我们就算了，胆敢过来，我们杀了就是。”

“那我们先按兵不动，看看那边有什么动静。”苏荣沉声说道，“如果它不过来，我们就让楼船从左侧的支流开过去。要是它自己朝着这边冲过来，我们就动手绞杀。”

“可惜啊！”崔照人遗憾地说道，将视线投放在那鼍龙头顶的李牧羊身上。

因为那鼍龙过于庞大，所以它头顶上的李牧羊就是一个漆黑的小点。

要是普通人，也就只能看到一道模糊的影子。

可崔照人不是普通人，哪怕是鼍龙沉重的呼吸声和齿缝间的碎肉，他都能听见、看见。

所以，他能够看清李牧羊的样子和每一个表情并不奇怪。

李牧羊眼睛紧闭，仍然处于昏迷不醒的状态。

他神色安详，不像刚被自己一剑打飞出去，更像进入了深层次的睡眠。

李牧羊被一团水草包裹着，就像被母亲保护着的婴儿。

骄阳似火，灼烤着这辽阔无边的湖面。

李牧羊的脸颊被金色的光线照着，变成了一种近乎透明的淡黄色。

所有人都在等待，等待鼍龙的下一步行动，等待李牧羊苏醒或者“诈尸”。

李牧羊确实受不住渡劫剑的剑气，剑气和拳风互撞爆炸开来时他确实当场晕死过去了。

但是在落水的那一刻，李牧羊就被湖水惊醒了。

可是，当他想睁开眼睛时，悲哀地发现身体根本就不受自己控制。

李牧羊现在的状态很奇妙，他感觉自己进入了另一个世界。

那里有蛮荒大漠，有烈火焚城，有龙吟长空，有一剑断山河的人类强者。

到处都是厮杀声、嘶吼声，以及龙息。

大地在燃烧，人类在死亡。

一条黑色巨龙横亘长空，上揽九天，下潜黄泉，几乎要把整个天空都填满。它威严而强大，用冰冷的眼神看着正在发生的惨剧，黑色的瞳孔里满是倨傲。

“愚蠢的人类。”巨龙的嘴里发出响彻星空的声音。

那些人类强者发现了巨龙，持着可以毁灭天地的神器朝着巨龙冲了过去。

每一个人都有一个终极目标：屠龙。

画面突变。

那条黑色的巨龙看到了李牧羊，并且朝着他冲了过来。

巨龙飞到李牧羊的面前时也没有减速，而是直直地朝着李牧羊的身体撞击而来。

“轰——”

李牧羊的胸口抽痛起来，就像有一把刀子从中间把他剖成了两半。

黑色的巨龙消失了，李牧羊看到了自己漆黑如墨的眼睛。

他能够看到自己的眼睛，就像灵魂出窍了站在自己的身体对面，与自己的身体互相对视。

李牧羊感觉到，那条巨龙进入了他的体内，他和那巨龙合二为一了。

李牧羊能够看到这一切，但是没办法分辨这是梦境还是真实。

如果这是真实，那他为什么一点都不了解？

那翱翔于高空的巨龙，那被巨龙毁灭的城池，那些一剑断山、一拳断江的强者，都真的是存在的吗？

可是，如果这是梦境，又怎么会如此真实？

他能够看到那巨龙的眼睛，能够感受到自己内心的疼痛。

那种被撕裂的感觉一闪即逝，可是那浸入骨髓的哀伤又是怎么回事儿？

他是一条巨龙啊，怎么有一种被全世界背叛的痛楚？

李牧羊在拼命地挣扎。

他想睁开眼睛，想脱离这个荒谬的世界。

他想回去，回到楼船上，回到父母和妹妹的身边。

那才是自己的生活。

那才是现实。

身体暖洋洋的，就像沐浴在阳光下。

“吭哧、吭哧……”

李牧羊的耳边响起了粗重的喘息声。

这是什么？我在哪里？李牧羊在心里想。

他猛地睁开了眼睛，然后被眼前的光线刺得眼睛生痛。

他重新闭上眼睛，等逐渐适应后才重新睁开。

李牧羊急忙伸手摸向裤裆，那沉甸甸的金币还在。

他再次放下心来。

嗯？我怎么躺在这么高的石头上？李牧羊在心里想。

突然，他发现身体被水草缠住了，赶忙一阵乱扯，把那些水草都随手扔掉。

太恐怖了，崔照人的实力太惊人了！

他那一剑，就像要把一座山劈成两半。

李牧羊还记得之前发生的事情，崔照人突然拿剑砍他，他将蓄势待发的一拳轰出。

后面的事情他就不知道了。

“咦，下面是一艘船？”李牧羊惊呼。

他发现自己身下的“石头”还在移动，才猛然坐直了身体。

然后，他身体颤抖，吓得都要尿裤子了。

他躺的哪里是什么山峰大石啊，分明是一只怪物的头颅！

更可怕的是，那只怪物大到可以将自己顶到半空。

难怪他刚才感觉阳光那么强烈，难怪他看到的一切都如此渺小。

因为他在距离太阳更近，和山峰齐高的云间。

“完了完了，我死定了！”李牧羊满脸惊恐地坐在那儿，很想大喊大叫几声，却担心这样会惊动屁股下的怪物。

监察司的那些走狗！李牧羊在心里痛骂不已。传言不虚，他们果然是什么恶事都做得出来啊！据说他们为了达到不可告人的目的，什么酷刑都用得出来！太歹毒了，实在是太歹毒了，简直没有人性！那是一群走狗，是一群畜生！

他们为了坐实我的通敌之罪，为了让我坦白“罪状”，竟然把我丢到一只怪物的脑袋上。

李牧羊心里很悲愤，也很委屈。

“救命啊——救命啊——”李牧羊大声喊道。他拼命地挥手，想引起楼船上崔照人的注意。

楼船上，无人应答。

“我愿招——”李牧羊的眼眶红了。他知道，一旦自己招供，等待自己的只有死路一条，自己将要和亲人永别。

可是，他宁愿接受帝国的审判，也不想葬身在这怪物之口。

在李牧羊的心中，帝国监察司，乃天下第一等恶毒之地。

他相信，家人不会相信他通敌卖国。他也坚信，总有一天监察司的罪孽会被公布于众。

那个时候，世人将会还他清白。

“我愿招——”李牧羊泪流满面。

距离太远，楼船上的人听不到李牧羊到底在喊什么。

但是，他站在鼍龙头上手舞足蹈的模样，就像在炫耀和挑衅。

“你来啊，有本事你来打我啊，你不来打我你就是我孙子！你们——都是——我——孙子——”

这是楼船上所有普通人对李牧羊行为的解读。

“那个浑蛋在做什么？他是想让我们去打他吗？”

“那只怪物为什么要帮他？难道他和那只怪物是一伙的？”

“李牧羊不仅通敌，还通怪，实在是罪不可赦！”

“少主，”苏荣担心崔照人在愤怒之下冲动行事，赶紧提醒道，“我们还有更加要紧的事情要做，不如让他们把楼船驶进支流，加快速度向天都那边行进。和杀那个李牧羊相比，追寻货物对我们来说更加重要。货物丢失，那边肯定会疯狂反扑。我们提前一天回去，也可以早些做准备。还请少主三思。”

“更加重要的事情？”崔照人看着鼍龙头顶的李牧羊，神色变得越发冷峻起来，他说道，“你觉得李牧羊还不够重要吗？”

“虽然他考了文试第一，被星空学院录取了，但只要回到天都，我们就有很多的机会。难道他还能够一步登天不成？”

“刚才那一剑没有劈死他。”崔照人说道。

“那是少爷被其没有修为的假象蒙蔽，疏忽大意了。”

“这个世界上没有蒙蔽，没有大意，也没有幸运或者不幸。我那一剑没有砍掉他的脑袋，是大家都能够看到的事实。”

“可是——”

“还有，你看看那鼍龙，看看它的眼神，你从它的眼睛里面看到了什么？”

苏荣仔细地看过去，说道：“眼屎，还有温顺。”

苏荣心头微震，看着崔照人说道：“少主，您的意思是李牧羊降伏了这条鼍龙？在他落水之后？在那么短的时间里？”

“除此之外，你还有什么理由可以解释我们看到的这一切？”崔照人的嘴角浮现出一抹冷意，他说道，“刚才你还说过，鼍龙速度奇快，一日千里，而且生性残忍，喜好杀戮。可是，它把李牧羊从湖里救了出来。”

“他用一种神奇的拳法挡下了我的渡劫剑，又在重伤落水之后被鼍龙救起，是帝国的文试第一，而且被星空学院录取了。这样一个人，你还觉得不够重要吗？”

“少主——”

“此子不除，我心难安。”崔照人手提长剑，暴喝一声，“杀！”

守在四周的黑衣监察史得到命令，立即拔出长刀，一个个单脚借力腾空而起，朝着屹立在湖水中间、与云齐平的鼍龙飞去。

“锴——”

“锴——”

“锴——”

那些黑衣监察史避开攻击力最强的龙头，朝着鼍龙那如平原大地一样宽阔的腹部和背部砍去。

尽管有鳞片护体，但是当那些黑衣监察史直接落在自己的身上，握紧刀柄高举长刀，双手用力地向下刺时，鼍龙还是感觉到了难以招架的疼痛。

“嗷——”

鼍龙发出让人毛骨悚然的嚎叫。

它的身体开始摇晃，但是因为担心把头顶上那带有王者气息的主人甩到湖水里面去，它还是尽量保持着平衡。

一刀又一刀落下，刀刀凶狠，刀刀致命。

鼍龙在湖水中起起伏伏，想把身体上面那些渺小的人类甩掉，或者把他们带进湖水里面。他们就像那该死的龙虱，让它痛苦欲狂。

李牧羊看呆了。

这到底玩的哪一出？这只怪物不是监察司用来严刑逼供的道具？他们现在是想杀了它？

敌人的敌人就是朋友。

难道这只看起来相当凶残的丑家伙其实是自己的小伙伴？

李牧羊实在是激动坏了。

他又发现了一线生机，他觉得自己有救了。

难怪这只怪兽一直没有伤害自己，把自己顶在头顶，就像一只乖乖的坐骑。原来大家是好朋友。

可是，自己的小伙伴在被人欺负。

李牧羊愤怒极了。他盯着那个距离自己最近的黑衣男人，气蓄丹田，力发瞬间，一拳轰出。

“砰——”

破气术之破拳！

那黑衣监察史甚至都来不及呻吟一声，身体就突然裂开，朝着鸡鸣泽落去。

同伴阵亡，其他黑衣监察史悲痛不已，难以接受。

作为帝国特殊部门的一员，平时都是他们欺负别人，哪有人敢欺负他们？

几个黑衣监察史对视一眼，然后从三个方向朝着站在鼍龙头顶的李牧羊攻去。

虽然李牧羊很厉害，但是双拳难敌四手。他们三人同时进攻，就算李牧羊一拳打死他们中的一个，另外两个也能够趁机出刀，在那一瞬间把他的身体斩成三百多段。

“嗷——”

鼍龙感觉到了危险，猛地张嘴吐出大量的黄绿色汁水。

正前方的黑衣监察史躲闪不及，被黄绿色汁水射中，立即感到难以呼吸，沉甸甸的身体朝着湖面跌去。

攻击李牧羊的黑衣监察史只剩下两个。

鼍龙摇晃着脑袋，用尖利的牙齿撕咬其中一个黑衣监察史手里的长刀。

剩下的一个黑衣监察史从李牧羊的背后杀来，将真气灌入长刀。长刀瞬间大亮，发出青色的光芒。整个长刀连带着刀柄都“嗡嗡”震动，就像要脱手而出。

距离在拉近。

黑衣监察史在鼍龙身上奔跑了好长一段路，接连跳跃几次后，手中长刀的刀光终于笼罩住了李牧羊的头顶。

“死！”黑衣监察史怒喝一声，手提长刀朝着李牧羊的脑袋砍去。

“砰——”

黑衣监察史的身体没有任何预兆地裂开，化作了一片血雨。

在他的身后，鼍龙如同天柱的尾巴缓缓地收回去，卷起千尺浪。

“废物。”崔照人轻声说道。他纵身一跃，便从船舷上面消失了。

当他再次出现的时候，已经站在了鼍龙的后背上。

崔照人手持通天剑，砍向鼍龙的腹部。

鼍龙后背上的一大块皮肉被他切割下来，鲜血迅速流出。

“嗷——”

鼍龙扭动得更加疯狂了，崔照人的杀招给它造成了太大的伤害。

“砰——”

鼍龙的尾巴拍打过来，却打在了自己的身体上。

崔照人一击成功后，早就已经迅速逃离。

他绕着鼍龙庞大的身躯飞行，一圈又一圈。每一圈过去，他都会在鼍龙身上切下一块肉。

数十圈下来后，鼍龙庞大的身体已经血肉模糊，伤口深可见骨。

因为身体庞大，所以鼍龙攻击和躲避时显得极其笨拙。

崔照人就是抓住了这点，所以肆无忌惮。他知道只要避开鼍龙的利嘴和尾巴，就可以肆意攻击。

尽管有鳞片护体，鼍龙也难以抵挡渡劫剑的锋芒。

最重要的是，它要保护李牧羊不受伤害，所以不能潜水逃跑。

这样的鼍龙就像一个四肢发达、头脑简单的傻大个，任敌人切肉削骨，却做不出任何有力的反击。

“嗷——”

“嗷——”

“嗷——”

鼍龙不停地哀嚎，一声比一声痛苦，一声比一声惨烈。

李牧羊眼眶泛红，目眦尽裂。

这些监察史不仅要杀人，连这么可爱的怪物都要杀掉，只因为这只怪物救了自己，在竭尽全力地保护自己。就因为这只怪物和自己有联系，难道他们还要诬陷它也犯了通敌之罪吗？

这是自己的兄弟，是自己可以信赖的伙伴。

李牧羊不允许他们这样伤害鼍龙，虽然他现在还不知道鼍龙的名字。

“浑蛋，你来找我！”李牧羊握起的拳头咯嘣作响，他对着快如林鸟的崔照人嘶声大吼，“你这个懦夫，来杀我啊，有本事来杀我啊——”

“如你所愿。”崔照人冰冷的声音传了过来。

他一剑袭向鼍龙的脑袋，在鼍龙甩起的尾巴拍过来的时候，他的身影却瞬间消失了。

与此同时，空中出现了无数个崔照人。无数个崔照人持着无数把通天剑刺向鼍龙的每一个部位。

庞大无比的鼍龙竟然被数不尽的崔照人包围了。

修炼“十万八荒无意诀”，无意无心，无尘无垢，可有分身十万，可纵横八荒。

天道最大，世界万物皆可杀。

“嚓——”

巨大的脆响传来，然后一颗硕大无比的脑袋朝着湖面落去。

“扑通——”

湖水飞溅而起，然后大片的湖水被鲜血染红。纵横水域千年的畜生，初通人性一心护主的鼍龙，就这样被崔照人一剑砍掉了脑袋。

鼍龙原本是可以不死的，但是它察觉到真正的杀招是向李牧羊用出的，在最危险也最关键的时刻选择把李牧羊甩出去，错过了一线生机。它用自己的命换了李牧羊的命。

鼍龙的无头尸体在湖水中坚持了好一阵子，然后才不甘地向后倒去。

“哐——”

湖水四溅，整个大地都为之颤抖。

“你该死。”李牧羊从高空降落，然后悬浮在空中。

他眼眶泛红，漆黑的瞳孔被血雾覆盖。

李牧羊右手手背上的黑色鳞片仿若有了生命，离体而出，在他的头顶疯狂旋转。

“轰隆隆——”

烈日当空，天上却响起了惊雷。

“咔嚓——”

风和日丽，大湖上却电闪雷鸣。湖水滔滔，黑云翻滚。空中的白云被驱逐，大团大团的乌云笼罩而来，遮天蔽日。蒙蒙细雨降下，瞬间变成中雨，而后变成大雨，变成暴雨。整个世界像是被暴雨淹没了，世界末日仿佛即将来临。

天生异象，倒霉的楼船在惊涛骇浪中颠簸，随时都有可能被打翻。有人哭喊，有人哀求，还有人向天神祈祷。他们紧紧抱住自己能够找到的比较牢固的东西，希望有哪一路神仙听到他们的求救而施以援手。

崔照人停止了攻击，悬浮在半空中，身体僵硬，动作迟钝，和李牧羊遥遥相对。

他感觉到了一股足以对自己的生命造成威胁的压力，几乎喘不过气来。

“这到底是什么怪物？”崔照人见势不妙，立即纵身朝着楼船飞去，就如同暴雨中的一只海燕。

他落在楼船上，然后转身朝着鼍龙倒下的地方看去。

让人震惊的一幕出现了。

在暴雨中，无数的鱼虾浮出了水面。

它们成群结队，密密麻麻，从水中跃起，然后落下，再次跃起，再次落下，就像被暴风掀起来的海浪，状若疯狂地朝着楼船扑来。

“啪——”

冲在最前面的水蛇撞在了楼船上，立即晕乎乎地落入水中，然后更多的水蛇冲撞过来。

“咔嚓——”

一只足有磨盘大的螃蟹撞在楼船上面，将自己坚硬的蟹壳撞得粉碎，却也将楼船撞出了一道巨大的裂缝，给楼船带来了致命的伤害。

一条小青鱼撞了过来，又落了下去。一阵浪把小青鱼的尸体卷走了，更多的青鱼又不畏死地撞了过来。

百万雄兵护真龙，龙王一怒天地惊。

第28章
暴雨和刀

这是让人叹为观止的一幕。

鸡鸣泽里的鱼蟹就像和这楼船有仇似的，状若疯狂地撞向楼船的船身。

它们一条条一只只地扑上来，用自己身体的每一部分来发动自杀式的袭击。

用脑袋撞的，头破血流。

用背脊撞的，粉身碎骨。

大量的鱼儿撞晕了过去，然后被湖水冲走。

“啪！啪！啪……”

开始的时候它们没有组织，也没有经验，看起来杂乱无章。

当越来越多的同伴死去，整个大湖都像煮沸了的开水一般沸腾起来时，它们变了，铺天盖地的它们组成高墙，组成巨浪，向着这边冲来。

它们就像一条五颜六色的巨龙，朝着这艘楼船撞来。

“砰——”

“砰——”

“砰——”

它们总结出经验之后，撞击的声音就变得整齐，变得惊天动地起来。

它们有一种不死不休的搏命精神！

“砰——”

所有鱼蟹一心。

“砰——”

撞击声震耳欲聋。

“砰——”

威能动长空。

它们一次又一次地撞击着，楼船不毁，怒火不熄！

暴雨倾盆，越下越大，整个大湖都被雨箭笼罩。楼船在大湖上颠簸起伏，看起来船毁人亡为期不远。船上的那些旅人都吓坏了，甚至有许多的人被吓哭了。

“天啊，这些鱼蟹是要吃了我们啊！我不想死，我不想死啊！”

“天谴，这一定是天谴！刚才他们杀了那条大龙，现在我们遭到了报应！”

“那条鼍龙一定是成了精，这些鱼虾都是它的子民，要替它报仇雪恨！”

恐惧的情绪在船上蔓延，哭喊声此起彼伏连成一片。

到了这个时候，崔照人已经没有心思去管别人说了什么了。

他一直盯着悬浮在空中的李牧羊，此时雨太大，黑云太浓，尽管他眼神极好，也只能看到高空中李牧羊模糊的影子。

也正是因为只能看到李牧羊模糊的影子，所以他才感觉到揪心。

看清楚了，才知道敌人的极限在哪里。

看不清楚的东西才会让人觉得深不可测。

初见李牧羊的时候，崔照人并不觉得李牧羊有什么奇特之处。

在众多的生员中，嘉县那个张林浦看起来都要比李牧羊出众一些。

只是江南城城主燕伯来亲自跑来给李牧羊送行，崔照人在楼船上听到那些人大喊李牧羊的名字让李牧羊留步，才对这个家伙有了那么一点儿好奇。

最近一段时间崔照人一直在边疆办案，远离繁华之地，消息闭塞，对文试开榜这事和燕伯来称李牧羊为“江南名驹”这话一点儿都不清楚，更不知道李牧羊已经被那所被传成野鸡大学的星空学院录取了。

不过，从燕伯来和李牧羊的谈话中，崔照人知道自己这个姑父是不喜欢李牧羊的——燕伯来要是当真喜欢李牧羊，就不会在众目睽睽之下赶来给李牧羊送行了。

越是亲近和喜欢一个人，就越是要让对方懂得韬光养晦的重要性。人只有低调一些，才能活得更长久一些。

江南城城主不喜欢一个人，可以直接一剑杀了他，也可以让人把他装进麻袋丢进大江或者投进野兽林里面去，用得着忍着不快如此费神？

崔照人身负重要任务，不想多生事端，但心里想着：倘若有机会，自己不妨替姑父解开这个心结。

毕竟，这次自己从弃军部大船不用，用快马拖着重犯赶到江南，到从江南枫林渡走水路朝着天都进发进行得如此顺利，都多亏江南城城主鼎力相助，自己欠了他一个天大的人情，先还给他一个小人情也是应该的。

或许连崔照人自己都没有发现，他心里早就已经将李牧羊这个小人物列入斩杀的名单了。

后来楼船乘客失窃，李牧羊站在那些生员后面强行出头想要上楼搜查，并且抬出了燕伯来和燕相马的名头，这让崔照人格外气愤，仿佛家门受辱。

好好的一朵鲜花，怎么就和这牛粪扯上了关系呢？

为此，崔照人在心里连燕伯来和燕相马父子都气上了。他们怎么就和这样的小人物有了牵扯？难道他们不清楚，那些身处底层的贱民都是没脸没皮的？只要他们稍微给那些贱民一点点颜色，那些贱民就能在外面开起一间大染坊。要是这个小人物在外面招摇撞骗，打着燕家、崔家的名头做一些违法乱纪的事情，那不是给崔、燕两家抹黑吗？

这样的无赖，他绝对不能够留着。

在他心里，李牧羊终究只是一个小人物——一个他以前根本就不会看一眼的小人物而已。文试第一又怎样？西风帝国每年都有一个文试第一，但是他们中能够熬出头的又有几人？难道他们个个都是李秋白吗？

崔照人没有拿过文试第一，但是还真没有把那些所谓的文试第一放在眼里。

直到听说李牧羊已经被星空学院录取，崔照人才没有继续把李牧羊往泥里踩，反而有了那么一些不好的预感——这是一个扮猪吃老虎的家伙。

既然他把自己扮成猪了，那么他想吃掉哪一只老虎？

这个答案不言而喻。

崔照人不想成为被猪吃掉的老虎，所以他要让那只猪成为真正的死猪。

他突然袭击，劈来一剑。这剑至险，也至狠！按照他的想法，这一剑就能把所有的事情了结。

重犯逃脱后，他胸中就憋了一口恶气，这时也恰好可以出了。

他没想到的是，这一剑落了空，他不仅没有斩断李牧羊的脖颈，反而被李牧羊一拳打得连连后退，在下属和那些生员面前丢尽了脸面。

他更没想到，事情就此一发不可收拾，李牧羊落水，鼍龙出现，鼍龙被杀，然后是天地异象——虾兵蟹将闹大湖。

崔照人看着空中的李牧羊，难道这就是这个李牧羊的不凡之处？星空学院知道这些，所以才特意录取了李牧羊？如果真相是这样，那这个家伙到底是什么境界的高手？

自己已经是闲云上品境，是帝国年轻一辈中最负盛名的高手之一，就是江南城城主燕伯来也不过和自己同一个境界。

难道李牧羊已经是枯荣境了？或者是更高的星空境、神游境？

这不可能。

帝国上下枯荣境高手总共不过数十个，或在皇宫尽忠职守，比如皇家供奉；或在朝堂上翻云覆雨，比如巨阀之主。没有守在天都的，或是征战一方的大将军，或是治理一方的封疆大吏；不愿意入朝为官的，已经是一派之尊……

李牧羊如果已经达到了枯荣境，还用得着跑去星空学院吗？

至于星空境、神游境，那就更不可能了。那样的超级强者，哪一个的名字不是响彻整个神州大陆？

屠龙境？

神州大陆上万年都不见真龙，屠龙境高手更是一个也没有出现过。

“少主——”苏荣的双手紧紧地抓着船舷，满脸都是雨水。他的长发已经被大风吹乱，身上的黑袍早就被大雨淋湿。“雨势太大，现在我们已经没办法改道。那些鱼虾再这么激烈地撞下去，这楼船恐怕支撑不了片刻就要解体，一船人都要葬身在这大湖中。”

狂风怒吼，大雨摧船，崔照人却像置身在阳光明媚的湖面，俊美无俦，发髻一丝不乱，黑袍一尘不染。那些风雨就像长了眼睛似的，在离他还有数丈时就自动避开，根本就不敢靠近。

“军师可有什么好的建议？”崔照人微抿嘴唇，脸上露出一个冰冷的笑容。

“属下斗胆，请少主不要和此人缠斗，趁早抽身离去，让属下和众监察史拖住他——”苏荣有些艰难地说出了自己的建议。苏荣知道自己的主子是一个极其骄傲的男人，自己建议他提前逃跑，等于是说他打不赢。他还没开始战斗，自己就先抽了他一记耳光。

他若怪罪下来，自己怕是不会有什么好果子吃。

但是，情况紧急，话又已经说开，自己已经没必要再藏着掖着了。

苏荣看向围拢在四周，神色戒备地盯着同一个方向的黑衣汉子们，说道：“我等不惜战死，也定会护少主周全！”

“抽身离去？”崔照人收起脸上的冷笑，看向苏荣的目光中多了一丝温情。苏荣毕竟是崔家的老人，对自己也确实忠心耿耿。虽然他的提议有些刺耳，自己却无法否认他是诚心诚意地替自己考虑。“我可以逃，崔家的人也可以逃，但是帝国监察司的人什么时候可以逃了？”

“少主——”苏荣急了，劝道，“这只是权宜之计而已。只要过了今天，少主还怕没有机会和这李牧羊较量？”

“现在说这些已经晚了。”崔照人摇头道，“我就算想走，那一位怕是也不肯答应了。”

崔照人看向那个悬浮在高空中的人，不安的感觉更加强烈了。

他在看那个人的时候，那个人也在看他。

那是一双怎样的眼睛啊，血红的，就像被画师涂抹了一层红色的颜料。

“众位监察史兄弟——”苏荣大声喝道，“你等可愿随我出战？”

“我等愿意！”众监察史齐声答道。

“杀！”苏荣暴喝一声，他身上的黑袍突然翻飞起来。

真气外放，湿淋淋的衣服立即被烤干，雨水也被逼开了一点。

苏荣将右手在船舷一按，高高地跃起，朝着悬浮在高空中的李牧羊扑了过去。

“锵——”

长刀出鞘，十几个监察史对着崔照人鞠躬行礼后，提刀准备向那高空中的李牧羊杀去。

“砰——”

坚硬的甲板一阵震动，就像被一颗巨大的陨石击中了一般，发出了“咔嚓”的断裂声。

甲板上沉积的雨水变成了深红色，浓重的血腥味在周围弥漫。

撞在甲板上的不是石头，而是率先冲出去的军师苏荣。

苏荣飞了出去，又飞了回来。

活着的苏荣飞了出去，死了的苏荣飞了回来。

这不过是一息之间的事。

在这一息内，那些准备和苏荣一起去搏命的监察史才刚刚拔刀。他们向崔照人行礼，也算是告别。

可是，他们还没真正行动，苏荣就死了。

一招毙命！

苏荣死得太快了，太出乎他们的意料了。他们甚至都没有看到李牧羊出招，更别提去支援了。

这让这些做好了必死准备的监察史有点儿进退两难。

上还是不上，这是一个问题。

苏荣是崔家放在崔照人身边的军师，是一个智囊。

崔照人虽然因为觉得自己比苏荣要聪明数百倍而很少采用苏荣提出的建议，但是为了照顾家族的颜面，也为了显示自己的谦虚谨慎，还是愿意把苏荣放在身边的。当然，他也不会一直将苏荣当摆设，有时候也会把一些处理不过来的事情托付给苏荣来处理。毕竟，监察史们大多只会舞刀弄剑，干不好那种需要动脑的事情。

苏荣只有高山上品境的实力，在一座小城里算是高手，但是在龙蛇混杂的天都，那就只能算低手中的低低手了。

可是，一个高山上品境的苏荣被李牧羊一拳轰死了，那这十几个实力还不如苏荣的监察史又够李牧羊轰上几拳呢？

崔照人看清了李牧羊出手的动作。

在这黑云压顶、暴雨倾盆的时候，他是现场唯一一个仍然能准确捕捉到李牧羊身影的人，无愧于他的盛名。

苏荣急速朝着李牧羊扑过去，使出了他最擅长的搬山拳。

一拳轰去，宛若搬山。

拳影分散开，苏荣也一分为六，继续朝着李牧羊挥拳。

现在的苏荣只能变出五道幻影，形成这次的攻击阵形。这就是说，天空中的六个苏荣，其实五虚一实。

苏荣以命相搏，战意自然浓烈。

崔照人虽然眼光挑剔，也要承认这一拳水准超常。

这是苏荣杀伤力最大的一拳。想必苏荣当时的心情也是激动亢奋的，天下虽大，却尽在我手。

六个苏荣冲到了李牧羊的身边，分上、中、下三路抢攻。

李牧羊反击了。他像是早就准备好了，那只一直垂着的右手突然挥出一拳。他只是挥出去那一拳，然后，苏荣就飞了。

苏荣的真身飞了。

李牧羊根本就不受那些幻影的影响，由始至终一直盯着苏荣的真身。这意味着，从一开始，苏荣的惨剧就注定要发生了。

“深不可测。”这是崔照人对李牧羊的评价。

一个黑衣监察史蹲下来探了探苏荣的鼻息，然后狠声说道：“军师没气了。兄弟们，和他拼命，替军师报仇！”

崔照人伸手阻拦，轻声说道：“你们不是他的对手。”

“我们不惜战死。”

“那你们就只有一个‘死’字了。”崔照人一只手按住剑柄，说道，“你们都是我的心腹，好好地活着吧。这次监察司不能全军覆没。”

“咔嚓——”

在那些鱼虾持续不断的疯狂撞击下，楼船的底部被撞出了一道大口子。

下舱开始进水，楼船开始倾斜。

那些鱼虾以那道口子为突破口，更加用力地撞击楼船。

“咔嚓——”

“咔嚓——”

更多的地方被撞裂，原先的裂缝不停地扩大。

“轰——”

楼船发出巨大的声响后，四分五裂，轰然崩塌。

“救命啊！我要死了——救命啊——”

“贼老天啊，你快把雨停了吧——收了神通吧——”

“别抢我的木板，这是我先抱上的——”

船上的生员和客商痛哭流涕，有人哀求，有人诅咒。聪明人早就在船塌之前选择好了自己的“浮木”，一旦楼船崩塌，他们就可以抱着“浮木”浮在水面，不至于跟着其他人一起沉入湖中。

虽然在这被暴雨笼罩的大湖上面漂泊也很难活命，可是他们终究还有一线生机，不是吗？

在楼船崩塌的瞬间，崔照人腾空而起，衣衫翻飞，再次出现在李牧羊的对面。

一个是白衣，一个是黑袍。

一个瞳孔漆黑如墨，一个瞳孔艳红如血。

他们仿佛是注定的对手。

相同的是，他们都眼神冰冷。

李牧羊的眼神冰冷、沧桑，含着难以掩饰的杀意。

崔照人也眼神冰冷，但这是他一贯的态度。

除了冰冷之外，他的眼睛里更多的是疑惑和杀意。

狭路相逢，勇者胜。

崔照人已经看出来了，这次他要和李牧羊斗一个不死不休了。

“你是李牧羊？”崔照人沉声问道。他不是第一次问出这个问题，他已经在心中无数次地问出过这个问题。

他的心中已经有了答案，是的，自己眼前这人就是李牧羊。

可是，他怎么会是李牧羊?

李牧羊只是一个大学新生而已，怎么可能有这样的实力？他如果有这样的实力，那还跑到星空学院去做什么?

崔照人更相信这不是真的李牧羊。换一个说法，现在的李牧羊应该是被什么怪物控制了身体，只有那样，才能解释眼前发生的一切。

难道说李牧羊在被自己打入湖底之后突然觉醒了什么高贵的血统?

“我是李牧羊。”李牧羊平静地回答道。他的声音不疾不徐，也没有任何感情，听起来就像之前的崔照人发出的。

现在，李牧羊比崔照人更像崔照人了。

“看来你是不愿意暴露自己的身世了？”崔照人扬起嘴角，露出一声冷笑。

“我说又如何？不说又如何？”李牧羊看向崔照人的目光充满了怜悯和同情。

他竟然在同情崔照人，同情一个无比强大的家族的嫡系子弟。

崔照人不喜欢李牧羊的眼神，甚至有些被激怒了。

“反正你都要死。”李牧羊舔了舔嘴唇，冷冰冰地说出这几个字。

“那么——”崔照人嘴角的笑意一点一点地消失。他是一个严肃的人，也是一个认真的人。不管在什么场合，他都会严肃认真地做好自己的分内之事，譬如在这里，杀人。

崔照人说道：“我也是这么想的。”

“锵——”

长剑出鞘。

当这声音响起时，崔照人已经幻化出十万虚影，朝着悬浮在空中的李牧羊劈了过去。

第29章
黑火燃烧

“十万八荒无意诀”是世间一等一的功法，是崔家这个顶级家族屹立于西风帝国千百年不倒的重要根基。

渡劫剑下难渡劫，形容的是崔家剑法里威猛霸道的渡劫剑。

但是，渡劫剑只是枝丫，是繁花中的一朵，是千万果实中的一颗。

“十万八荒无意诀”才是主干，是灵魂，是深入泥土不停地给枝干输送养分的重要根基。

“十万八荒无意诀”分为九段，崔照人只修炼到第五段。虽然如此，他也已经是西风帝国了不起的人物了，在接管西风帝国监察司的三年中，立下了赫赫战功，深受西风帝国皇室的器重。

他才二十几岁的年纪，就已经达到了很多人一辈子都难以达到的高度。崔家还有不少已经垂垂老矣之人还没有越过“十万八荒无意诀”第三段，跨入更加高深玄妙的中级阶段呢!

李牧羊想要让崔照人死，崔照人也有同样的想法。

所以，一句话还没有说完，崔照人就已经幻化出十万虚影。

拔剑的声音才刚刚传出，十万把通天剑就带着十万道虚影朝着李牧羊笼罩而去。

崔照人不是苏荣，苏荣的搬山拳五虚一实，只有那一实才是致命杀招。

崔照人幻化的十万虚影每一道都是虚的，每一道也都是实的。

你必须挡住每一剑，因为只要挡不住其中一剑，你就会被这一剑斩得灰飞烟灭。

以一敌万，以一拳挡十万剑，岂是人力可为?

十万道虚影连成一片，笼罩了半个天空。

十万把通天剑剑气纵横，竟然隔绝了暴雨雷鸣。

其他区域仍然是黑云翻滚，电闪雷鸣。这里却一片漆黑，暴雨不进，雷声不响，没有任何杂音，成了真空地带。

一剑，可耀星空！

渡劫剑之斩尘缘！

这是渡劫剑的第一剑，也是崔照人掌控得最好的一剑。

李牧羊仍然悬浮在空中，带着一股厚重的沧桑感和仿若来自远古冰川时代的寒意。他看着那十万剑影，血色的眼睛里露出一丝疑惑。为什么他会有一种熟悉的感觉呢？

他竭力回忆，却想不出那种熟悉感到底是从何而来。

这种感觉很美妙，也让李牧羊很苦恼。

因为它让李牧羊不得不思考一个哲学问题：我到底是谁。

李牧羊感觉到了压迫，那压迫由外而内，也由内而外。

由外而内的是剑势，由内而外的是恐惧。

李牧羊感觉到了这一剑的可怕，这是能够斩断过往的一剑。

他变成了旋涡里面的一颗球，随时都有可能被那两股强大的力量碾成碎末。

黑发飘扬，白袍翻飞。

数月之前还是一个废物的少年，现在竟然有了和帝国强者对决的资格。

李牧羊闭上了眼睛。

那块脱体而出，悬浮在李牧羊头顶的黑色鳞片仿若菱形的黑色墨石，外面金光闪动，光彩照人，内里一道细小的闪电左冲右突，难以破体而出。

剑影将李牧羊完全笼罩，李牧羊却突然消失了。

崔照人仿若神佛，漫天都是他的身影。

“轰——”

金色的光芒闪烁。

一根光柱冲天而起，整个大湖顿时亮如白昼。

不，此时正是白日。只是因为风云突变，暴雨倾盆，天地间才显现出日夜颠倒之象，好好的白天变得比黑夜还可怕。

也许是崔照人和李牧羊的动静太大，有点吓人，所以那些在大湖中抱着木板忙着逃命的乘客都不禁满脸惊诧地抬头看去，不知道那个地方到底发生了什么事情。

因为光芒太过耀眼，那一整块区域都变成了金黄色。

一眼望去，半边天空都是金黄色的。

那片金黄色就像干了的颜料，风吹不散，雨洗不净。

只有时间才能让那片区域褪色。

随着时间的流逝，金色的光芒逐渐变淡，然后消失。

天空再次变黑，大雨还在落下，黑云依旧翻滚。

李牧羊不见了，崔照人的十万虚影同样消失不见了。

"噗——"

湖下传出一阵响动，一身黑袍的崔照人手持长剑从大湖深处跃了出来。

他再次悬浮在半空，俊美的脸如冰山冷玉，鲜血从他的嘴角流了出来。

崔照人从口袋里摸出一块白色手帕，细细地擦拭着嘴角的血渍。

然后，他松开了手，那块白帕立即被暴雨打湿，然后被狂风卷向远方。

很快，白帕就和李牧羊一样不知处于何处了。

李牧羊不见了，崔照人很担心。

李牧羊不是死了，而是不见了。

崔照人感觉得到，李牧羊没有死。

在剑气从四面八方将李牧羊挤压成一个白色的小点时，他以为这一剑足以解烦忧，自此之后再无烦恼。

可是，当他的剑气即将触碰到李牧羊的身体，他连起来的剑势即将把李牧羊碾成灰尘时，那悬浮在李牧羊头顶的黑色鳞片突然加速旋转，然后爆裂开来。

原本困于黑色鳞片内的闪电伴随着轰隆的雷声不管不顾、蛮横霸道地在他的十万道虚影间穿梭，把他的十万道虚影冲得支离破碎，将他好不容易才连起来的剑势打得狼狈不堪，威势尽失。

它来得突兀，生得威猛，威力惊人，势不可挡！

全力施展渡劫剑的自己虽然有心想要避开这道闪电的锋芒，但还是被剑气和闪电碰撞产生的余波打到了湖底的淤泥中。

他已经脱困，李牧羊又去了哪里？

崔照人凝神戒备，等待着李牧羊的回归。

他知道李牧羊一定会回归。

李牧羊从高空降临，从更遥远、更黑暗的高空缓缓降落了下来。

他再一次站在了崔照人的面前。

李牧羊这样的出场方式让爱面子的崔照人很不满，也让他有了非常强烈的危机感。

剑气和闪电碰撞产生的威力他是清楚的，而李牧羊竟然能够从容升空而不被余波所裹挟！

仅凭这点，李牧羊就已经比他高出不止一个境界。

可是，李牧羊到底是什么境界啊？崔照人都想在心里骂娘了。你好好地说话不行吗？好好地回答问题不行吗？你不知道你是什么境界，难道鬼知道啊？

“我想起来了，”李牧羊看着崔照人说道，他的声音冰冷、沧桑，还带着一丝找回一点记忆的喜悦，“你杀过我。”

“何时？何地？”崔照人神色疑惑。天地良心，自己和这个李牧羊是第一次见面，几时杀过他了？

要是上一次没有成功，这一次他还会做这等愚蠢的事情吗？

如果这是第二回，那他怎么都要聚集群英，带着家族的最强者来打个埋伏。

“你没有成功。”李牧羊嘴角微扬，露出一个嘲讽的笑容。

崔照人很生气。

他不喜欢被人诬蔑，虽然他经常诬蔑别人。在崔家政敌环伺的时候，他身为监察司的掌控者，如果不干点诬蔑人的事情，那还叫崔家的人吗？还有存在的必要吗？

他更不喜欢被人鄙视。作为崔家这等顶级家族的公子哥，他平时都是把眼睛放在头顶，只观星月，可不会注意地上的那些草芥。被自己都不愿看一眼的草芥鄙视，谁心里舒服？

李牧羊把崔照人最不喜欢的两件事情全干完了。

我要杀了他。崔照人在心里想着。

“我想你一定是记错了。”崔照人说道。虽然咽喉不太舒服，但他强行忍住了想要咳嗽的冲动。他不愿意在李牧羊面前那么做，觉得那样会让自己的仪态有些不优雅，很可能会让李牧羊找到嘲笑他的机会。他可是见识过了，这浑蛋牙尖嘴利，很会嘲讽人。

“如果我以前杀过你一次，今日就一定不会有这一幕。第一次没有杀掉你，我会认识到自己和你之间的差距，然后想更妥当的方法解决掉你。我从来都不会在一个坑里摔倒两次。这和荣誉无关，只是一个人的智商问题。”

“在我的心中，没有好人和坏人，只有聪明人和蠢人。”崔照人的脸上露出厌烦的神情，他说道，“我讨厌蠢人，所以，奉劝你一句，千万不要把我和他们划分到一起。”

“我说的不是你，”李牧羊说道，“是这剑法。它叫什么名字？”

“渡劫剑。”崔照人说道。

“渡劫剑，渡劫剑下难渡劫。”李牧羊喃喃自语，露出深思的模样，“我不记得自己是在哪一本古卷上面看到过这句话，活得太久，看的书也太多，实在是记不清楚了。”

崔照人快要抑制不住内心的愤怒了。

你再这么装的话，我们就没办法好好地做对手了。

你才多大的年纪？

你也有脸在我面前说什么“活得太久，看的书也太多”？

你这是把我当成白痴吗？

“作为聪明人，我应该选择立即离开此地。”崔照人说道，“我要是一心逃跑，你拦不住我。”

“没错，我拦不住。”李牧羊叹息。

“但是我选择留下来。”崔照人露出一抹笑意，说道，“因为我真的很好奇，你到底能够做到什么程度。第一剑名曰斩尘缘，被你的闪电破了。现在我奉上第二剑斩因果，请君赐教！”

聪明一世，愚蠢一次。崔照人在心里对自己说道。

崔照人决定做一件傻事，做一次疯子。

他不是第一次杀人，甚至可以说杀人如麻。处在那样一个位置的人，杀人这种事情就是家常便饭。

他为了权势杀人，为了利益杀人，为了上司杀人，为了家族杀人，因为一言不合杀人，因为想杀人而杀人……

这一次，他不为其他，只为斗技。

古人有言：习得屠龙技，卖与帝王家。

这句话里利益的色彩太浓重，好像所有人努力修行就是为了那个“卖”字。

人各有志，修行应该有不一样的目的。

有人是为了追求长生，有人是为了提升实力。有人希望千古留名，还有人只是因为内心喜好。

纵观整个星空史，只有那些因为内心喜好而习武修行的人才能真正地站在星空之巅，成为整个世界的最高主宰，譬如李秋白，也譬如杜若甫。

崔照人是一个非常骄傲的人，对自己的才学有信心，对自己的智慧有信心，对自己的家传绝学更有信心。

这一次，他为渡劫剑而战，为“十万八荒无意诀”而战，也为检验自己多年苦修的成果而战。

他要竭尽所能地和李牧羊搏杀一次。

不是你死，就是我亡。

这看起来很公平。

李牧羊明白了崔照人的意思，说道：“我很不喜欢你。”

“我也是。”

“但是现在，我倒是有些钦佩你了。”李牧羊沉声说道，“一个豪门公子，临危不逃，遇险不惧，宁死不降，倒是有一股英勇之气。”

“我也是。”崔照人看着浮在高空中的李牧羊，说道，“草根之身，却能够呼风唤雨，大显神威。我虽然不清楚你身上到底发生过什么事情，但是对身怀绝技的人相当尊重。宝剑锋从磨砺出，‘磨砺’二字说起来简单，却并不是每个人都能做到的。”

优秀的人总是能够得到同样优秀的人的肯定，那些愚蠢的人只会指着他们的背影说：他们就是靠运气。

李牧羊和崔照人闲聊两句后，倒是对对方有了一种惺惺相惜的感觉。

他们终于从对方的身上找到了一丝丝闪光点。

“那么，就让我领教你的第二剑吧。”李牧羊说道，“这剑名为斩因果？”

“是的。斩断因果，方能到达彼岸。”崔照人笑着说道，“这一剑我还没掌握好，这次是第一次完整地施展，希望不会让你失望。”

“好，我会记住这个名字。”李牧羊说道，“倘若以后有人再对我使出此剑，我会记起它，也会记起你。”

崔照人的心里又有些不舒服了。你说这话是什么意思啊？战斗还没有开始呢，你就说以后会记起我，好像我这次一定会死掉一样。

“我也会怀念你的，在心里。”

崔照人不再说话，行动是最好的语言。

他神色平静，抬起右手，高举长剑，身上的黑袍因为难以承受外放的真气而翻飞起来。

“刺啦——”

裂帛声传来，崔照人的黑袍下摆被撕了下来。

但是那布片并没有被风吹走，而是和崔照人一样悬浮在空中。

一个旋涡突然出现，包裹住了崔照人和那块布。

崔照人幻化出十万虚影，占据了这片天空的每一个角落。

十万虚影瞬间归一，十万个崔照人变成了一个崔照人。

崔照人右手舞剑，左手瞬间结了十几个法印。这一幕看起来无比华丽，让人眼花缭乱。

被高高举起的通天剑闪烁着微弱的光芒，燃烧起了黑色的火焰。黑色是死亡的颜色，那是来自地狱的冥火。

传言，地藏菩萨见地狱众生受苦，感同身受，遂发愿下地狱救度众生。

“世人度尽，方证菩提；地狱不空，誓不成佛。”地藏菩萨以菩提之心，取地狱的冥火，添加大智慧，创出了这渡劫剑法，传授于世人，助世人斩断因果，弃肉身成佛。

随着真气的浇灌，那火焰不停地高涨，呈现星火燎原之势。

那把长剑为火把，把这一带的天空都点燃了。

黑色的火焰在燃烧，你却感受不到任何热度，反而脊背发寒。

寒冷！

冷入骨髓！

“咔嚓——”

“咔嚓——”

随着冥火的燃烧，空气被冻结，倾泻下来的暴雨瞬间变成一颗颗的黑色冰球，落在了湖面上。

“啪！啪！啪……”

冰球拍打着湖面，那些还在湖里沉浮的人面临着一场毁灭性的打击。

湖面开阔，一眼望不到边。湖里的人几乎不可能凭借自己的体力游到岸边。

他们在掉进湖里时，就开始盼雨后天晴，盼其他楼船驶来把他们打捞起来。

结果，楼船没来，冰雹却来了。

张林浦都已经开始在内心咆哮了。

“老天爷，您一会儿烈阳高照，一会儿暴雨雷鸣，一会儿上演鱼虾撞楼船，现在又来一场冰雹，是要把我们这些人玩死才甘心吗？我不去天都了，我想回家——”

李牧羊也感觉到了寒冷。

那股寒冷不是作用在他的身体上，而是作用在他的灵魂上。

有人问地藏菩萨，世间何物最热？何物最冷？何物最霸道？

地藏菩萨答，地火最热，冥火最冷，天火最霸道。

冥火是世间最冰冷之物，能冻住人的肢体、血液，甚至思维……

最可怕的是，冥火还能够冻结因果。

天空为绸缎，冥火为泼洒在绸缎上的颜料，迅速无比地朝着李牧羊蔓延。

“咔嚓！咔嚓！咔嚓……”

冥火未至，寒意已经渗入骨髓。

李牧羊不躲不避，正面迎敌。

他知道，崔照人的剑势已成，自己只要稍有动作，崔照人就会毫不犹豫地挥剑。

崔照人引而不发，只是因为还没有找到自己的破绽。

人若不动，自然是没有破绽的；但若稍有动作，就有了破绽。

当然，当双方势均力敌之时，这句话才有用。倘若一方势弱，那他动不动都是被一剑秒杀的命。

李牧羊的头发被白雾包裹，湿淋淋的衣衫瞬间结冰。

就连他睫毛上的一滴雨水和嘴角未干的鲜血都凝固起来。

“咔嚓！咔嚓！咔嚓……”

李牧羊变得僵硬起来，就像一尊冰雕。

冥火未停，崔照人正在结印的左手突然一顿。

然后，崔照人双手握着剑柄，高举长剑，朝着仿佛已经被黑色冥火冻成冰雕的李牧羊斩了过去。

简单的一剑。

随意的一剑。

可是，这看似普普通通的一剑是崔照人有生以来境界最高的一剑。

崔照人的速度不快也不慢，力道不重也不轻。一切都刚刚好，看起来赏心悦目，唯美和谐。

和谐，才是世间的至高法则。

“咔嚓——”

一道黑色的火焰突然出现，仿若火龙一般划破长空，朝着高空的另一端撞去。

“轰——”

黑火燃烧，天地失色！

整个天空都被冥火笼罩，此时此刻就像有一块黑色的巨布遮住了众人头顶的日月星辰。

天空陷入了长久的黑暗。

暴雨未停，那些黑色的冥火一时半会儿也不会熄灭。

黑暗之中，传来一个无限惆怅的声音。

“为什么会是这样？”

那是崔照人的声音。崔照人还活着，但是他的声音里有着让人难以忽视的疲惫和遗憾。从这句话里听得出来，他对第二次过招的结果很困惑。

“我说过，你杀过我。”李牧羊的声音也从黑暗中传来，“当然，那个‘你’不是你崔照人，而是这渡劫剑。不过，那次用的不是斩尘缘，也不是斩因果，而是另一剑——”

“那就是斩天道了。”崔照人苦笑，说道，“渡劫剑有三大剑招，斩天道代表渡劫剑的最高剑意，千百年来家族无人领悟。没想到你不仅知道这斩天道，而且还能在斩天道下活下来。你到底是什么人？”

“那一剑没能杀了我，反而让我发现了一个秘密。”李牧羊说道。

“什么秘密？”

“你的两剑都有破绽，斩天道才是完美无缺的。我见过完美无缺的斩天道，所以你斩出来的这两剑被我发现了破绽。”

“这真是——”崔照人剧烈地咳嗽起来，咳得撕心裂肺。

这个时候，他已经顾不上维持贵族的优雅，保持自己的形象了。

黑色的火焰渐散，天空再次恢复如常。

暴雨停了，黑云散了。

骄阳重返人间，天空恢复成了让人心动的蔚蓝色。

在湖中挣扎的人纷纷抬头，脸上的笑容还没来得及绽放，就陷入了更加惊恐的状态。

这一切来得快去得也快，难道都是人为操纵的吗？

“原来是我弄巧成拙。”崔照人咳出大口大口的鲜血，说道。

“弄巧成拙倒也谈不上。我只是恰好想起了一段往事而已。”李牧羊说道。

“你说你见过斩天道？”

“不错。”

“我有一个请求，虽然没有立场说，但是再不说就没有机会说了。你能否让我见识一番那第三剑？”

“我只得其形，不得其神。”

“能见其形，我已十分满足。请阁下不吝赐教。”

李牧羊稍微犹豫后说道：“好，我可以给你比画一遍。”

“谢谢。”崔照人无比感激地说道，“就请阁下拿我这残体喂剑吧。”

第30章
无处容身

崔照人手指一弹，他手里的长剑便飞到了李牧羊的面前。

李牧羊伸手一抓，剑便到了李牧羊的手里。

剑柄漆黑，剑刃银白。

烈阳之下，剑刃上居然出现了流光浮影。

这是把好剑。

“此剑乃天都铸剑名师曹冶子用海外神铁打造而成，我名之通天，意为早日参悟出渡劫剑的第三剑斩天道。此时看来，我倒是有些自取其辱了。”崔照人的声音里带着无限的遗憾。

世间繁华，奇人异物数不胜数。倘若能够多活一天，他就能够多见识一些。可惜，可惜啊!

“我看牧羊兄还没有佩剑，如若牧羊兄不嫌弃，我就以这把通天剑作为谢礼。礼物虽然轻微，却也是我一番拳拳心意。”崔照人一脸诚恳地看着李牧羊，说道，“他日牧羊兄觅得好剑，也不必为难，将通天剑赠予不会辱没它的人便好。作为它的第一个主人，我总要让它有出头之日。”

李牧羊感受到崔照人对通天剑的不舍和怜惜，心想：早知今日，何必当初?

不过，他对崔照人倒是高看了一眼。

他问道：“我还没请教阁下尊姓大名。”

“崔照人。”崔照人心里微喜，这人在这个时候询问自己的姓名，分明是想记住自己这个对手。“记住”这两个字对武者来说有特殊的意义。因为这证明一个武者获得了对手的尊重。不然的话，别人为什么要记住他的名字?他们经常说“报上你的姓名，此剑不杀无名小卒”便是此意。

“崔照人？”李牧羊眉头微皱，沉思良久，问道，“你姓崔？”

“正是。”崔照人不明白李牧羊为何变了脸色，露出如此为难的表情，说道，“天都崔家。”

这一次，李牧羊思考得更加久了。

“我的身份可有问题？”崔照人有些担心。这家伙不会听到自己的背景后就不敢使剑了吧？要是那样，自己可就见不到斩天道了，不仅现在见不到，或许一辈子都见不到。这实在是人生一大憾事啊！

“没有。”李牧羊说道，“你可想好了，倘若我以你的身体喂剑，你便再无活下去的可能。”

“倘若我不以身体喂剑，你便会放过我吗？”崔照人笑着问道。

李牧羊这次回答得很干脆：“不会。”

在楼船上时，崔照人不给李牧羊任何辩解的机会，直接斩来一剑，意欲强行击杀李牧羊。

幸好李牧羊身怀奇学——破气术，而且一直凝神戒备，这才只是被打入大湖。不然，李牧羊早就成为鱼虾的腹中餐了，哪还有机会和崔照人对决，感受崔照人对武道的追求和对名剑的爱惜？

善因，结善果。恶因，结的自然就是恶果。

死人不会宽恕凶手。

李牧羊不会原谅崔照人。

“所以——”崔照人对李牧羊的回答一点儿也不意外，笑着说道，“能够以身殉道，而且殉的是我崔家千百年来无人可以触及的斩天道，我死而无憾。”

李牧羊点了点头，说道：“那你看好了。”

崔照人闭上了眼睛。

像他这样的高手，即使闭着眼睛，也察觉得到对手的一举一动，倘若留心，甚至连对手的每一次呼吸都能够有所感应。

但这个时候他闭眼不是为了装蒜，而是因为眼睛会欺骗他，让他不能直接地感受那技惊天地的一剑。

李牧羊动了。

他高举手里的长剑，似斩非斩，引而不发。

就起手式而言，李牧羊的斩天道和崔照人的斩因果一样，但两者终究是不同的。

崔照人的斩因果先蓄力再泄力。力从何来？他修炼“十万八荒无意诀”为时不短，得来的真气便是力。力发以何形？冥火即力之形。

冥火威力强大，燃烧一切，寂灭空间，在杀敌的同时也将他体内的真气泄掉了，将他的根基摧毁了。

这斩因果，倒是有点儿欲杀人先杀己的决绝。

好在大多数人都敌不过这霸道无比的一剑，施剑者算是求仁得仁了。

然而斩因果法印烦琐，一般人实在难以掌握。

而李牧羊的斩天道没有多余的变化，除了有金色闪电在剑刃上跳跃，就像一个普普通通的举剑式。

闷雷响动，仿若远在九天之外，又好像近在眼前，声声叩击耳膜。

就是这样一个举剑式，却让崔照人大开眼界，顿悟了。

去芜存精，化繁为简。

崔照人在心间喃喃自语：第二剑比第一剑烦琐，所以大家都以为第三剑会比第二剑更烦琐。《渡劫剑》上关于斩天道的记载只有这一个举剑式，大家便以为这是一本残谱，举剑式后面的部分缺失了。其实不然。斩天道的绝妙之处就在这举剑式的“引而不发”上。

传言渡劫剑为地藏菩萨所创，那么这代表渡劫剑最高剑意的第三剑自然应当包含佛门至高无上的智慧。佛门有拈花一笑的公案：有一次大梵天王在灵山上请佛祖释迦牟尼说法。大梵天王把一朵金色波罗夷花献给佛祖，舍身为床座。佛祖拈花示众，不言一语。大家都不明白佛祖的意思，面面相觑，唯有迦叶尊者破颜微笑。佛祖当即宣布：吾有正法眼藏，涅槃妙心，实相无相，微妙法门，不立文字，教外别传，付嘱摩诃迦叶。

地藏菩萨自然深谙佛理，将极繁化为极简，将有迹可寻化为无迹可寻。没有踪迹，便没有破绽；没有破绽，便无法防范。所以，这个李牧羊说他见过更完美的渡劫剑。

崔照人的内心激荡不已，他知道自己以前实在是太着急了。他越心急，心境就越倒退。第三剑不是练出来的，而是悟出来的。何为斩天道？没有参悟天道，如何斩天道？

何为斩天道？

斩天道，不是获得，而是舍弃。

舍弃情欲，舍弃利益，才有至高修为。

非大智慧者难以抵达这个境界。

六根清净，方能成佛。这是最简单的佛理，却被所有人忽略了。

“我明白了。”崔照人释然，露出一个无比纯粹的微笑，竟然隐隐有了几分佛陀的慈眉善目，“我明白了。”

李牧羊一剑挥出。

这一剑没有气势，没有剑气，甚至没有任何声响，就像普通人挥出的。

可是，九天之外有惊雷响应。

伴随着轰隆隆的雷声，一道剑光朝着崔照人劈去。

“有冥火，此剑更佳。”崔照人叹息着说道。

李牧羊虽然记下了渡劫剑第三剑的剑招，却并不知道剑诀。更重要的是，他不知“十万八荒无意诀”，催不动冥火。所以这一剑只有形，没有任何的神魄，发挥不出斩天道一成的威能。

“谢谢。”崔照人轻声说道。

白光遮掩天际，闪电比天上的烈阳还要炽热耀眼。

这一剑的光芒竟然将太阳的光芒也挡下了，众人只见白光当空，却难以见到那照耀世人的烈阳。

一条白色的沟渠出现在空中，将天空和白云分成了两半。

一朵白云飘来，竟然难以跨越这条白色的沟渠。

这条白色的沟渠就像真实存在一般。

白光未散，崔照人已经消失不见。

李牧羊悬浮在空中，沉默不语。

“长史——”大湖里一个抱着船板的监察史看到监察司的一司之主崔照人不见了，顿时眼眶泛红，暴喝一声，“兄弟们，你们迅速赶回报信，星夜替长史报仇——”

他说话之时，已经从湖水中跃起，脚在船板上一点，人便已经凌空。

长刀已然出鞘。

“锴——”

他一刀劈向缓缓下落的李牧羊。

“砰——”

李牧羊一拳轰出，那监察史就像烟花一样被炸得灰飞烟灭。

“清风去替长史报仇，兄弟们速走——”

又一个监察史跳了起来，然后被李牧羊一拳秒杀。

“兄弟们替我照顾家小，莫超去和仇人拼命——”

那些黑衣监察史就像一个个傀儡，凌空而起，举着大刀朝着李牧羊劈去。

同伴一个一个地死去，却难以阻挡他们复仇的心。

他们与李牧羊不死不休！

此役，西风帝国监察司二十一名监察史全部战死，包括监察司长史崔照人。

痛！李牧羊感觉全身的骨头都像是断掉了。

浪涛拍岸，流水潺潺，湿泥的气息一阵阵地传入李牧羊的鼻腔。李牧羊睁开眼睛，发现自己正躺在一片草丛中。一人多高的芦苇随风飘荡，将他和外界隔绝开来。

这里倒是一个极佳的藏身之所。

天高云淡，骄阳似火，看起来今天是一个好天气。

我怎么会在这里？李牧羊疑惑地想。

脑袋昏昏沉沉的，李牧羊感觉自己做了一个悠长又逼真的梦。

梦里有妖龙咆哮，有鱼虾撞船，有一剑横空，还有——自己杀了崔照人？

李牧羊记得自己和崔照人的仇怨，也知道自己被他突袭打入湖里，当场昏死过去。但是后面的事情怎么就变得离奇梦幻起来了？

在那个梦里，自己做了很多很多的事情，施展了很大很大的威能。现在想起来，他都忍不住心跳加速、热血沸腾。

可是，那怎么可能呢？如果那不是梦，那么一定是有人控制了他的身体。

李牧羊对自己有一个清晰的认知，虽然现在他已经不再是人们嘲讽鄙夷的废物，可是，他也无法和崔照人那种强者对抗，甚至将其击杀。

就拿最简单的一个事实来说吧，即使是在空中悬浮小半天这样的事，也不是现在的他能够办到的。

不说那个，就是让他从河岸这边跨到河岸那边，如果河流太宽，他也是没办法做到的。

那么，问题就出现了：自己到底有没有杀掉崔照人？崔照人是不是天都崔家人？是的话，他和崔小心又是什么关系？

如果崔照人是崔小心的哥哥，就算只是崔小心的远房哥哥，自己杀死了崔照人，崔小心怕是也会对自己怀恨在心吧？

“你醒了。”一个带着些喜悦的声音传来，然后他的眼前出现了一张圆滚滚的大脸。

“你是谁？”李牧羊大惊，猛地从地上爬了起来，一脸戒备地盯着那张大脸的主人。

他没想到这里还有别人，他竟然在一个陌生人面前走了这么长时间的神，实在是不可原谅。

他离开江南的时候父母再三嘱咐他，不要和陌生人讲话。虽然不能说外面的每一个人都是坏人，但是谁也不能保证自己遇到的每一个人都是好人。

李牧羊虽然开始时有点慌，但最终还是恢复了镇定。对方在自己昏迷和走神时旁观良久也没有做出任何不人道的举动，应该并没有伤害自己的念头。

李牧羊伸手摸了下裤裆，就连那点儿金币都还在。于是，李牧羊对这个胖子的人品更加高看一眼。

这个胖子不为美色所动，不为钱帛所惑，当是铁骨铮铮的好男儿。

李牧羊的反应过于激烈，把蹲在不远处的胖子吓得连连后退。胖子将双手挡在前面，说道："你别激动，别激动，咱们有话好好说。你不认识我了？"

他很怕李牧羊突然发威，就像对待崔照人那般对待自己。

李牧羊认真地打量着胖子，说道："阁下看起来是有点儿面熟。"

胖子拱了拱手，笑着说道："本人公输垣，在枫林渡登船时见到江南城城主燕伯来亲自为牧羊公子送行。牧羊公子在甲板上和人起了争执，在牧羊公子回到船舱后，我还帮腔了几句。牧羊公子应该并不知道此事。"

"我想起来了，我们确实见过。"李牧羊指着公输垣说道。他确实见过公输垣，但当时他正和家人告别，看到李思念蹦起来和他挥手时，眼泪都要出来了，也没有心思去思考别的事情，更不会在意船上的人都是什么身份。

"牧羊公子想起来了？"公输垣大喜，笑得眼睛都眯成了一条缝。

"我想起来了。"李牧羊点头，说道，"我们怎么会在这里？其他人呢？"

李牧羊见公输垣眼神诡异地看着自己，疑惑地问道："你怎么了？为什么要这么看着我？"

"之前的事，牧羊公子都不记得了？"公输垣一脸错愕。他一直以为自己已经非常擅长伪装了，现在看来在这门技艺上这小子比自己还要精通千百倍啊！你看看人家这表情，看看人家这动作，再看看人家这眼神，里里外外都是戏啊！

"我不记得了。"李牧羊说道。

"你和人发生争执，被打进水里，这件事情你记得吗？"

李牧羊点了点头，说道："记得。"

"鼍龙救主——"公输垣费力地将手臂张开，说道，"那么大的鼍龙把你从水里面顶了起来，你记不记得？"

"记得。"

"湖水沸腾，百万鱼虾大军疯狂攻击楼船，将楼船击沉，你可记得？"

"记得。"

“你和帝国监察司长史崔照人大战，惊雷闪电贯穿天地……”公输垣越说越夸张，越说越激动。

乖乖，这小子到底是什么怪物啊？公输垣只要想到自己目睹的一切，就觉得自己的小心脏有些不太好了。这哪里是普通人啊？这简直是神啊！

在李牧羊昏迷时，他好几次想把李牧羊解剖了，就像拆解木头一样。他想好好地研究研究这家伙的身体到底是由什么铸成的。

“等等，等等！”李牧羊打断公输垣的话，脸色铁青地看着公输垣，问道，“你说的都是真的？”

“千真万确。”公输垣一脸认真地说道，“一桩桩一件件全是我亲眼所见。我公输垣见多识广，却还是第一次见到这等事。”

他拍拍自己肉乎乎的胸口，说道：“那会儿可算是吓死我了！”

李牧羊呆若木鸡。

“牧羊公子，你怎么了？”

“我杀了崔照人？”

“是啊。”公输垣激动得胖脸涨红，说道，“那可是闲云上品境的崔照人啊，是帝国年轻一辈中最有名气的几个家伙之一，年纪轻轻就接管了直属皇室的监察司，位高权重，几乎主宰了世间大部分人的生死，结果被你活劈了。”

公输垣满脸崇拜地看着李牧羊，恨不得当场拉开衣襟让李牧羊在自己的胸口上面签上大名。他看得出来，此子不是凡人，以后定然非同凡响。

不不不，李牧羊现在就已经光彩照人，能够闪瞎很多人的眼了。

“此事传到天都后，牧羊公子将会名震西风帝国，甚至直接登上强者如云的乘风榜——”

李牧羊的额头上“嗖嗖”直冒冷汗，他强行保持镇定，看着公输垣的胖脸小声问道：“公输兄，你觉得，此事会不会传到天都？”

“应该，会吧？”公输垣斟酌着用词，说道，“你和崔照人的一战，船上诸多人都是亲眼所见。你最后击杀那些监察史的那幕，更是被诸多人围观。天气好转之后，有楼船经过那里，那些落水的人都被救起，之前发生的事情怕是已经传开了。虽然没看到，但是我能够想象那些生员恢复过来后绘声绘色地讲述你和崔照人大战的情景。”

“……”

“牧羊公子——”

“……”

“牧羊公子，你怎么了？”

李牧羊的声音都颤抖起来，他问道：“如果此事传到天都，我会有什么下场？”

“你猜？”公输垣眨巴着自己的“大”眼睛。

李牧羊想一拳打在公输垣的胖脸上。关键时刻，你能不能严肃一点儿，好好回答问题？你现在装傻是什么情况？你知不知道你不仅一点儿也不可爱，而且还很蠢！李牧羊体内的正气又要爆发了。

世间贱人太多，怪不得他时不时地就想野蛮一回。

“你杀了崔照人，天都崔家必会和你不死不休。”公输垣笑着说道，他竟然笑得很开心，“崔家是帝国的名门望族，麾下猛将如云，势力遍布整个帝国。平时只有他们欺负别人的份，他们还从来没有被人这么欺负过。”

“而且，你还让帝国监察司损失惨重，皇室也不会饶你。”公输垣说道，“监察司肩负监察百官、正本清源、厘清外敌的重任，是皇室手里的一把宝剑。你把皇帝的宝剑折了，你说皇帝他老人家会怎么看你？”

李牧羊脸色惨白，悲怆地说道：“天下之大，竟然没有我的容身之处。”

第31章
战甲面圣

李牧羊知道，他的身体出现了状况。

也可以这么说，他的身体里隐藏着一条巨龙。

可是，这样的理由别人会相信吗？

“崔照人不是我杀的，是我体内的那条龙杀的。”

如果他这样解释，别人只会说他脑子有病吧？

李牧羊很想撕开自己的胸膛，把那条梦中相会过无数次的黑龙扯出来，拍拍它的脑袋说：龙兄，你跟着我，让我受苦了啊！

李牧羊听完面前这个可恶的胖子的分析后，顿时觉得生无可恋。

他知道这个胖子并不是为了吓唬他而危言耸听，说的话句句在理。

杀了监察司的监察史和监察长史后，他在西风帝国确实寸步难行。

“我死不足惜。”李牧羊一把抓住公输垣的手臂，说道，“我的家人会不会受到影响？他们不会有事吧？”

“帝国并没有株连罪。”公输垣说道，“不过，如果崔家暗中报复，你的家人可能会吃饭噎死了，爬墙摔死了，走路时突然发生了意外……”

“我要立即回去。”李牧羊赶紧从地上爬了起来，想回去保护家人。

就算是死，他也要和他们死在一起。

可是，天高海阔，此时他不知道自己身在何处，也不知道家在何方，又如何能够迅速地赶回去？

“回去？那才是死路一条。”公输垣没有起身阻拦，只是看着李牧羊说道。

“我不回去就能活命？”李牧羊已经没心思和这家伙多说什么了，他还有更加重要的事情要做。

他想变身，变成那条巨龙。

李牧羊努力，再努力，没有成功。

他还是李牧羊，那个不再是废物，但是也没办法腾空飞翔的李牧羊。

“对很多人而言，犯下你这样的重罪后，确实无处容身。同时得罪了崔家和西风皇室，你有几颗脑袋够他们砍的？”

李牧羊眼睛一亮，抓着公输垣的手臂问道：“你的意思是我还有一线生机？”

“自然。”公输垣笑着说道，“这原本是必死之局，你却偏偏能夹缝求生。天下之大，只有星空学院能够收留你了。”

“星空学院不是西风帝国的星空学院？”

“星空学院是神州的星空学院。你现在唯一的选择就是立即赶往星空学院，如果有可能，迅速抱上一条大粗腿，多抱几条更好。那样的话，你得救了，你的家人也得救了。”

“只要进了星空学院，我就会没事？”

“我还从来没有听说过有哪方势力敢跑到星空学院抓人。”公输垣一脸遗憾，说道，“可惜啊，我没机会进去学习，这实在是人生一大憾事。”

“你还年轻，不要气馁。”李牧羊好心安慰道。

他听了公输垣的解释，终于恢复了一些精神，心中也多了几分希望。

天无绝人之路，只要有一点机会，他都愿意去努力拼搏一回。

即使不为自己，也要努力地为自己的家人活下去。

李牧羊面向公输垣，拱手行礼，说道：“公输兄，你既然一直守在我身边，又愿意给我说这些，一定不是个坏人。”

“我自然不是个坏人。”公输垣笑呵呵地说道，“不过你倒是很快要成为一个坏人了，会成为整个帝国最坏的坏人。”

李牧羊觉得自己没办法和这胖子聊天了。

“我明白你的意思。你帮了我大忙，我欠你一个人情。不然的话，我也不会把你从水里面捞起来。”

“我帮过你大忙？”李牧羊一脸茫然地看着公输垣，问道，“我们应该算初次见面，我何时帮过你？还有，你把我从水里捞起来是怎么回事儿？”

“你在战斗结束后力竭，沉入水中，是我跳进水里把你捞起来的。至于你何时帮过我，我觉得你最好还是不要知道。毕竟，你现在的麻烦已经够多了。”

公输垣看了一眼天色，说道：“你放心吧，我会以最快的速度把你送到星空学院。现在，我们开始和死神赛跑。”

“谢谢。”李牧羊深深鞠躬。这正是他的当务之急。

陆家。

百鸟园内，一群白衣少年正在侍弄笼子里的鸟。

那些鸟里有最普通的黑鸽、白鸽，头尖身重的沙鸵，巨大无比的熊鸟，全身纯白的白鹭，大漠中比较常见的飞鹰，还有疾飞如电的风雀……

正在这时，一只彩色风雀从高空降落，停在树枝上“叽叽叽”地叫唤。

一个白衣少年快步走来，把风雀抱在怀里，从它的脚上取下一个竹筒。

他把竹筒放入旁边的托盘，然后双手举着托盘迅速朝着前院跑去。

一般的消息都是由白鸽和黑鸽传送，这种鸟虽然速度慢了一些，但是数量众多，可以满足大部分需求，而且比较容易驯服，就算有所损失，他们也承受得起。

风雀就不同了，这种烈性鸟，仅仅是捕捉就非易事，需要人在悬崖峭壁长期蹲守才能发现其行踪。

至于发现风雀行踪之后怎样把它捉起来，也颇费脑力。

普通人难以在悬崖峭壁蹲守，就算可以也难以捉到鸟。

所以，只有陆家这样的名门望族才用得起风雀。风雀传送的消息都是重中之重，不需要甄别，也不需要走任何程序，直接被百鸟园的白衣少年送到陆府大管家手里，由其处理。

“风雀来信，管家在否？”白衣少年还没有跑到梅园，就朝着梅园门口的守卫打招呼。

“管家在里面植树。”守卫应了一声，任由白衣少年从他们的身边跑过。

一个老人正躬着身体给一株梅树松土，这是他常做的活计。看到白衣少年疾步而来，他不由得停下了手里的动作。

“云雀来信。”白衣少年躬身将托盘递了过去。

老人用脖子上的毛巾擦干手上的汗渍，然后取过竹筒，从里面抽出一张卷起来的纸条。

老人看了一眼后，快步朝着旁边的屋子走了过去。

陆行空正在书房阅览各地军报，虽然现在他不直接掌控军队，但是军队的大小事务他都会记在心里。

“老爷。”老管家拿着纸条进屋，急声说道，“牧羊少爷性命堪忧！”

陆行空接过纸条看了一眼，神色立即变得冰冷如霜。

老管家跟在陆行空身边数十年，知道此时此刻他是真的生气了。

遇到这样的事情，他怎能不气？

陆行空推开椅子，在书房里面踱来踱去。

“许将军可好？”

“监察司极力想避开军部的眼线，但是仍然被我们的线人察觉到了蛛丝马迹。他们找了一个替身假扮许将军，将真的许将军带到岸上，快马加鞭，抵达江南后在江南城城主燕伯来的掩护下，坐着普通楼船离开。许将军被我们的人救出来后，被严密保护了起来，不日将抵达天都。”

“派厉先生前去接应，务必保证许将军的安全。”

“是，我这就去安排。”老管家恭敬地答应。厉先生是陆家供奉，是陆家顶级的高手之一。由他去接应许将军，自然万无一失。“老爷，这次陆家怕是不得不出手相助了。牧羊少爷这次闯下天大的祸事，如果陆家不站出来遮挡一二，牧羊少爷恐怕没命走到星空学院啊！崔照人是崔家大力培养的后辈，监察司是皇室监察百官的利器，现在两者都被牧羊少爷毁了，崔家和皇室岂会善罢甘休？”

“世间之事真是玄妙无比。”陆行空声音如常，眼睛如千年寒潭一般幽深，眉毛却紧紧拧在一起。显然，此次发生的事情也大大出乎他的意料。“我原本不想将他卷入陆、崔夺相这事，没想到有一双无形的大手锲而不舍地把他搅弄进来。这是天意，天意难违啊！”

“老爷——”

“其他几家可得到了消息？”

“应该没有。”老管家沉吟道，“我们的人救了许将军后，立即用风雀将消息传给了我们。而崔家那边，包括崔照人在内，此次监察司出外执行公务的人无一生还，应该没那么快收到消息。”

“很好，这就是我们的取胜之机。”陆行空笃定地说道，好像一切尽在他的掌握中。

“老爷心中已有对策？”

“这是朝堂之争，崔家却在千里之外动起了刀子，真是欺人太甚！”陆行空如不败战神，气势如刀，威猛霸道，“准备惊龙战甲，我要穿着它进宫面圣。”

苍山。

山风吹拂，白雾翻滚。

悬崖上，有一楼亭，名为望月亭。

凉亭石几，一身锦袍的老者正和一个身穿道袍的老道下棋。

“三痴老道，世人都说你是茶痴、药痴、棋痴。但是你独守深山，从来不出去和人下棋。这棋痴之名名不副实，不要也罢。”锦袍老人说话的时候，重重地将一粒黑子落在棋盘边角。

羚羊挂角，无迹可寻。这一手“三边刺”是锦袍老人的成名绝技。

“老道出去找人下棋，倒不一定能够寻着棋手，费时费力，也坏了一天的大好心情。但是只要老道在这深山守着，就一定会有棋手主动找过来。老道久守深山，不愿意离开这苍山一步，也正是怕错过那些不怕远路，登山而来的真正对手啊！这才是真正的棋痴。”三痴老道一脸笑意地说道，将一粒白子放在中空部位，悄无声息间就做活了一条大龙。

“老道你为自己的懒惰找的借口真是别具一格，崔某佩服。”锦袍老人崔洗尘哈哈大笑起来。

正在这时，一只彩色蝴蝶从远处翩翩飞来。

守在凉亭后的一个青衫剑客手握巨剑，眼神犀利地盯着那飞来的彩蝶。

蝴蝶识主，径直飞到了崔洗尘的面前。

蝴蝶急报，自然有非同寻常的事情发生。

崔洗尘任由那只蝴蝶飞到自己的耳边。蝴蝶对着崔洗尘一阵窃窃私语后，化作一团白光消失了。

这只是一缕灵念而已，彩蝶完成使命后瞬间化为白光，不能复用。

崔洗尘听完密报，脸色顿时变得阴沉起来，双目喷火，须发皆张。

“砰——”

崔洗尘一掌拍向几案，那支撑棋盘的石桌瞬间化成一片灰尘。

“牧羊小儿，我必将你碎尸万段，挫骨扬灰！”

山风吹拂，那些粉末便纷纷扬扬地飞向远处，消失得无影无踪。

石桌没了，棋盘便没了支撑，眼看将要落地，三痴老道一拂衣袖，那棋盘便再次飞到空中，每一粒棋子就像被一股大力镶进了石头棋盘一般，都坚守在之前的位置上。

“孙儿惨死，家门蒙难。三痴兄，这局棋崔某下不下去了。”崔洗尘语带歉意地说道，眼里杀气弥漫。

“崔先生切莫悲伤。生死之事，皆由天定。万望崔先生保重身体。”三痴老道一挥衣袖，那棋盘就朝着山涧滑落。“我将此局封存，等崔先生尘缘事了，再来收官。”

崔洗尘拱了拱手，喝道：“告辞！”

他如同大鹏一般，朝着苍山的万丈悬崖下飞去。

守在凉亭外的青衫剑客对着三痴老道躬身告别后，紧随其后地跳了下去。

三痴老道走到悬崖边沿，看着飘荡在山涧上方的无数棋盘。

那些都是未下完的棋局，有人下着下着就走了，有人下着下着就死了。他将棋盘封存于此，等待下棋之人归来或者新的棋手重新开启战局。

这些棋盘承受着山间的风吹日晒，却不失肃杀之气，隐隐传出金戈铁马之声。

“都是好棋啊！”三痴老道喃喃自语。

西风皇宫，逐鹿台。

西风帝国皇帝楚先达正欣赏自己最宠爱的妃子灵妃画《君王夜宴图》时，内侍李福赶来，不合时宜地打扰道：“皇上，国尉大人求见。”

“陆行空？”楚先达正值壮年，英姿勃发，模样儒雅，一心想效仿先祖开疆拓土，成就不朽帝业，所以处理朝政还算勤勉。

他听到当朝资历最老的家伙来了，笑着说道：“国中无事，他跑来做什么？”

“国尉大人没说。”李福躬身回道。

楚先达看了灵妃的画板一眼，再过一会儿这幅画就要完成了，他想在第一时间大饱眼福，实在不愿意离开，于是说道：“你去告诉国尉，就说此时朕有要事在忙，不便接见。”

“皇上——”李福一脸为难地站在门口不肯离开，小心翼翼地劝道，“皇上，您还是去见一见国尉大人吧！”

楚先达怒了，喝道：“你这条老狗，还敢教导朕为君之道？”

“奴才不敢。”李福赶紧跪了下来，为难地说道，“国尉大人披着惊龙战甲，持着天王战枪上了太和殿。”

“你这老狗——”楚先达的脸色难看至极，他喃喃说道，“你这老狗——”

灵妃听到李福的话，握笔的手一抖，宣纸上就出现了一大团黑黑的墨汁。

“呀——”灵妃惊呼，数日的心血就此毁于一旦，“此画毁了。”

楚先达一看，更是愤怒，喝道：“老而不死是为贼，你们这些老狗尽给朕添麻烦，摆驾太和殿！”

楚先达带着一群护卫赶到太和殿的时候，身披家传重宝惊龙战甲的陆行空正站在大殿中，他的天王战枪在门口力士的手里。

面君之时，朝臣怎么可能带着武器？

陆行空昂首挺胸，威风凛凛。

这让楚先达心中更加不喜，这老家伙威势这么重，还有没有把自己这个皇帝放在眼里？

不过，楚先达表现出来的是另一副面貌。

他满脸惊诧地看着陆行空，一脸关切地问道：“国尉大人为何身披战甲前来？难道是有什么人想要加害国尉大人不成？”

“皇上，老臣前来辞别。”陆行空跪在楚先达的面前，沉声说道。

“辞别？”楚先达急忙把陆行空拉起来，皱眉问道，“国尉大人这是要去哪里？”

“老臣主动请缨，愿意前去镇守碎龙渊，不死不归！”陆行空朗声说道。

“国尉大人这是什么话？你为国征战多年，现在年纪大了，正是享福的时候，朕怎么能让你跑去边疆受苦呢？碎龙渊守将许达是国尉大人一手提拔起来的将领，和红河谷守将周侗并称为‘铜墙铁壁’。有他镇守碎龙渊，国尉大人还有什么不放心的？”

陆行空仔细观察楚先达的面部表情后，声音悲愤地说道：“皇上，许达被害，老臣担心碎龙渊有失。碎龙渊是我西风和大武国的疆界，双方都派遣重兵把守。倘若大武国发现我方主将缺失、军心不稳，突起兵戈，碎龙渊恐怕就要落入大武国之手。

“若碎龙渊被大武国占领，我西风西部大门敞开，大武国大军可长驱直入，直取清源、新口和长堤三镇。那个时候，我们再想把他们赶出去就难上加难，怕是要付出极其惨重的代价。”

“国尉大人——国尉大人——”楚先达打断陆行空的推断，问道，“此话何意？为何我方主将缺失？为何碎龙渊会军心不稳？许达呢？许达到哪里去了？朕委以重任，命他镇守边疆，他竟然敢临阵脱逃？”

“皇上——”陆行空一脸愕然地看着楚先达，说道，“难道不是皇上派人抓了许达？”

“朕什么时候派人抓了许达？许达何罪之有？”

“这——”陆行空的脸色难看至极，他怒声说道，“难道是监察司自行决断，做出刑拘边疆重将的决定？”

“国尉大人，这到底是怎么回事儿？”楚先达缓和了语气，看着陆行空问道。

陆行空义愤填膺，将许达被拘捕的事讲述了一遍。

“许将军是老臣一手提拔上来的猛将，镇守碎龙渊整整十年，身经百战，立下累累战功，才成就今日‘铁壁’的威名。因为许将军尽忠职守，大武国难近我西风帝国一步，西风帝国这才边疆安稳。

“皇上，许达何罪之有？为何突然就被监察司刑拘？而且，监察司一路上用尽了酷刑，为的就是屈打成招，逼其就范！老臣倒是不在意他们对付我，只是怕这种无法无天的行为会动摇国本啊！

“主将是否有违法贪墨行为，监察司应当先查明，收集证据，最终交由君上圣裁。可是监察司先抓人，再逼人招供，这是本末倒置！皇上因为不知情，派遣新将前去接班。碎龙渊那边的大小将领因为不知道许将军发生了什么事情，人心惶惶。如此，我军必会士气低落。要是大武国细作探得此事，碎龙渊定然会生出事端，后果不堪设想！”

“许将军何在？”

“托皇上洪福，许将军被监察司秘密关押在普通楼船上时，被少年英侠李牧羊发现。李牧羊施以援手，不然的话，许将军命已休矣！”

第32章
一路追杀

“李牧羊？”楚先达感觉这个名字颇为熟悉，好像在哪里听过。

每年都有文试第一，每年的文试第一都要“御批”，有时候是楚先达自己批，更多的时候是内廷司代批。

或许他在哪里看过一眼，但是记忆不够深刻。

“正是李牧羊。”陆行空向楚先达拱手，沉声说道，“恭喜皇上，贺喜皇上。”

楚先达挑了挑眉，问道：“国尉大人，朕何喜之有？”

“皇上喜得国家栋梁，难道老臣不该恭贺吗？皇上御笔钦点的文试第一，果然非同凡响，有勇有谋，行事正派。

“倘若不是那个李牧羊不惜冒着生命危险把许将军救了出来，我西风帝国将要痛失大将。所以，还请皇上嘉奖此少年英侠，以彰皇恩浩荡。”

楚先达若有所思地看着陆行空，说道：“国尉大人，你一再说监察司诬陷忠良，刑拘重将，你可知，监察司是朕的监察司，是西风帝国的监察司？”

“老臣知道。”陆行空躬身行礼。

“这些只是你的一面之词，朕没办法确定真相到底为哪般。等监察司长史崔照人回都，朕会召他前来询问。倘若事情正如国尉大人所言，朕必会还许达将军一个公道，也会对李牧羊——那个勇于救人的少年进行表彰。”

“皇上——”

楚先达摆了摆手，说道：“国尉大人，你是国之重臣，这般身披战甲面君，别人会怎么想？这满朝文武会怎么想？国尉大人，你这是打朕的脸啊！”

陆行空躬身道歉，说道：“老臣知罪。老臣只是心忧碎龙渊军情，担心国土有失，还请皇上治罪。”

“国尉大人为国为民，朕怎会治罪？那样的话，朕不就成了昏君吗？”楚先达笑容和蔼地看着陆行空，说道，“国尉大人先回去吧，等真相大白，朕自然会做出公正裁决。”

“是，皇上。”陆行空已经达到目的，准备转身走人。

“皇上，崔大人求见——”李福站在太和殿门口，躬身禀报。

“嗯？”楚先达看了陆行空一眼，笑着说道，“他是和国尉大人约好了吧？怎么也赶在这个时候过来了？”

楚先达挥了挥手，对李福说道：“崔大人来得正好，人多热闹，你就去请崔大人进来吧。”

崔洗尘大步进殿，看到站在一旁的陆行空，怒声喝道：“陆行空，你出手如此狠毒，难道就不怕遭到报应吗？”

“我不知道崔大人此话何意，但是说起行事狠毒，无人敢和崔大人比肩吧？”陆行空面无表情地说道。

“我确实和你政见不和，但是你也不能对一个晚辈下如此狠手。陆行空，你就没有儿子孙子吗？你就不怕断子绝孙吗？”

“不做亏心事，不怕鬼敲门。”陆行空一脸傲然。

“好，我倒要看看你有没有做亏心事，怕不怕鬼敲门！”崔洗尘眼露杀气。自己死了一个孙子，总要在陆行空这个老匹夫的子孙身上讨还一个公道。

“两位爱卿——”楚先达打断两人的争吵，说道，“在朝堂之上争吵，有辱国体。还有，哪位爱卿能告诉朕，到底发生了什么事情？”

崔洗尘“扑通”一声跪倒，哀声求道：“请皇上为老臣做主。”

“崔大人，你又有什么委屈要诉？”

“西风帝国监察司长史崔照人缉拿朝廷重犯许达进京时遭人劫杀，随行的监察史全部不幸战死。”崔洗尘俯首，一副悲伤得不能自已的样子。

“大胆！”楚先达暴跳如雷，在太和殿里走来走去，厉声喝道，“实在是无法无天！监察司是朕的监察司，是帝国的监察司。那些监察史也是朕的监察史，是帝国的监察史。何人敢劫杀他们？”

崔洗尘抬头，怨怼地看向陆行空，说道：“就是此人。”

“陆行空——”楚先达怒目而视，问道，“崔大人所说都是真的？”

“崔大人这是诛心之言，犯下了欺君之罪。”陆行空冷笑连连，说道，“详情老臣刚才已经向皇上禀报过了，句句属实。皇上只需派遣内廷司的人前去查证，真相自然就会水落石出。”

“陆行空，难道监察司长史崔照人不是你派人杀的？难道那些随行的监察史不是你的人屠尽的？”

“不是。”陆行空当场反驳，“崔照人乃少年英侠李牧羊所杀。李牧羊是皇上御笔亲批的文试第一，他在求学路上遇到此事，也能算在我头上吗？”

“再说了，崔照人身为帝国监察司长史，不奉君令，不顾国体，陷害忠良，诬蔑边疆重将许达——”陆行空霍然转身，看着楚先达问道，“皇上可曾授予崔照人密诏？”

“这个——没有。”

“皇上事先是否知晓崔照人刑拘许达，致使碎龙渊不稳的事情？”

“朕——并不知晓。”

“国之利器，却成为某些人打击政敌的工具！这难道不是欺君之罪？”

“陆行空——”

“崔大人，难道我说的有什么不对吗？”

“够了！”楚先达出声喊停，目光在陆行空和崔洗尘的脸上扫来扫去，他说道，“监察司长史崔照人与随行的监察史被杀，此事非同小可。其中的是非曲直，朕非要查个水落石出不可。现在只凭你们两人的片面之词，朕没办法做出判断。国尉大人，许达将军何日进京？”

陆行空看了崔洗尘一眼，说道：“许将军不日就能够抵达天都。”

“那个李牧羊呢？”

“据说此少年英侠和崔照人一番恶战后，身受重伤，下落不明，我们也正在努力寻找。”陆行空一脸担忧，说道，“此人乃皇上钦点的文试第一，倘若因为这个针对老臣的阴谋而陷入险境，实在是让老臣愧疚难安啊！”

崔洗尘正要反击，却被楚先达出声打断。楚先达说道：“那就辛苦国尉大人了。等许达将军进京，国尉大人第一时间带他来见朕。还有那个李牧羊，国尉大人找到后也一并带来吧。朕要亲自询问。”

“是。”陆行空说道，“老臣告退。”

等陆行空离开后，崔洗尘走到楚先达面前，说道：“皇上，此事我们不能善罢甘休！”

“废物！”楚先达怒喝一声，甩袖离开。

崔洗尘直起腰背，脸上浮现出一个残忍的笑容。

“陆行空你这老匹夫，你杀我一个，我灭你满门！”

崔家，后院。

燕相马急急忙忙地跑了过来，重重地在门板上敲着。

里面的小丫鬟不耐烦地走了过来，问道：“谁啊？这么急急忙忙的？”

“是我，燕相马！小心在吗？”

“相马少爷——”小丫鬟这才赶紧开门，她知道小姐在江南住了多年，和燕相马关系极好。“小姐在院子里看书呢！”

“我去找她。”燕相马说话的时候，已经快步朝着院内走去。

崔小心身着一条绣着天都樱的淡粉色长裙，头上梳着一个坠马髻，手握古卷，面前的几案上茶香四溢。

清艳绝尘，“帝国明月”确实有其不凡之处。

崔小心听到燕相马和丫鬟的对话，又看到他急急忙忙地赶来，于是合上书卷问道：“表哥，外面发生了什么事吗？”

“小心，你听说了吗？”燕相马坐在崔小心的对面，给自己倒了杯茶水，“咕咚咕咚”地灌了下去。

他听到那个消息后，第一时间就朝着这里跑来。崔府太大，这么一番奔跑后他还真是有些渴了。

“听说什么？”崔小心一脸疑惑。

“照人表哥被杀了。”燕相马压低嗓门说道。

“什么？”崔小心大惊失色，问道，“照人哥哥他……怎么会被杀？”

“照人表哥怎么会被杀我不清楚，但是照人表哥被谁所杀我是知道了。”燕相马一脸忧虑地说道。他看着表妹，心想：这下子那块黑炭怕是和崔家结下了死仇。他和表妹别说是走到一起，就是朋友也没得做了。

这么一想，燕相马又突然想起来——不仅是表妹，就是自己也没办法和他做朋友了。

他心里突然惆怅起来。

“照人哥哥是被谁所杀？”崔小心想到表哥急急忙忙赶来的样子，就知道这件事情肯定非同一般。

而且，这件事情应该还和自己有密切的关系，不然的话，表哥为什么巴巴地跑过来告诉自己？

“李牧羊。”燕相马声音低沉地说道。

“这怎么可能？”崔小心正要端茶润喉来平息内心的惊涛骇浪，没想到茶杯还没来得及送到唇边，就听到了这爆炸性的答案。她手腕轻颤，手里的茶杯就掉在了青砖地板上。

“咔嚓——”

漂亮的茶杯摔得粉碎。

“小姐——”丫鬟听到瓷器破碎的声音，快速跑了过来，急切地问道，“小姐，您没事吧？”

“我没事。”崔小心轻声说道，阻止了丫鬟要看她手掌的动作，虚弱地说道，“把地上的碎片收拾一下，小心别扎到手。”

“小心，你没伤着吧？”燕相马也没想到崔小心会如此激动，赶紧说道，“你也不要担心，李牧羊暂时还没事——”

燕相马在心里想：自己一提到李牧羊的名字，小心就紧张得把手里的杯子摔碎了，看来他们两人之间的感情还是相当深厚的。可惜啊，李牧羊那黑炭是没办法成为自己的妹夫了。

更可惜的是自己也没办法成为李牧羊的妹夫了。

崔、燕两家是一体的，崔家兴，燕家兴；崔家衰，燕家也要败。自己以后想要娶李思念，那也是不可能的事情了。

“我没事。”崔小心摇头，“照人哥哥的实力我是清楚的，他已经是闲云上品境，天都年轻一辈中又有几人能够胜得了他？李牧羊怎么可能……杀了他？他怎么可能会死？这消息你到底是从哪里听来的？有几分真实性？”

“我也觉得奇怪啊，听到这个消息时我比你还要震惊。”燕相马一脸疑惑地说道，“不过这是我在家里听到的。爷爷他们正在商量对策，我没有列席资格，所以只能偷听几句。据说不仅照人表哥出事了，监察司随行的监察史也全军覆没。虽然这件事难以置信，但是他们商量得那么认真，气氛也相当沉重，我觉得……这消息应该有九分是真实的吧。”

崔小心眉头紧皱，起身在院子里走来走去。

“李牧羊那个家伙是有些奇怪，说他实力深厚吧，他大多数时候就是一副手无缚鸡之力的样子；说他软弱可欺吧，他又时不时地说出一些惊人之话，做出一些惊天之事。论才智，我查他的底时，他是全年级倒数第一。但还没过几个月，他就考了个文试第一。论武力，他杀了乌鸦，就连照人表哥也栽在了他的手上……”

燕相马的疑惑也是崔小心的疑惑，她比燕相马更了解李牧羊，他们同学数年，她知道李牧羊到底是一个什么样的男人。

李牧羊几乎是她看着成长起来的，学习成绩一日千里，他吸收知识的速度和拼搏努力的精神简直让人感到震惊。

今天，他再次让自己震惊了一回。

“照人哥哥……他现在在哪里？”

“我不知道。”燕相马摇头，说道，“据说照人表哥战败，生不见人，死不见尸，凶多吉少。”

“表哥，我有些累了。”

“啊？你这就累了？”燕相马不愿意走，说道，“你再坚持一会儿，我还有事要和你商量呢！发生了这样的事情，你和李牧羊是不可能了，甚至李牧羊能不能活下去，能够活多久都是一个未知数。我们的立场是什么？李牧羊我们要不要救，如何救——”

“燕相马！”崔小心厉声喝道，神色冰冷地打断了燕相马的话。

燕相马知道表妹这次是真的生气了，连忙举起双手投降，说道：“行行，你别生气，如果打我有用，我就让你骂几句？”

崔小心默默无言。

燕相马轻轻叹息，看着崔小心说道：“我知道你很难过，我也很难过。一方是我的生死兄弟，一方是你的哥哥，现在我只能期待自己听到的消息是假的了。就算和李牧羊做不成朋友，我们也没必要和李牧羊成为敌人。”

崔小心站在院子里的天都樱下面，看着天都樱血红色的花瓣久久不语。

燕相马叹了一口气，转身离去。

“李牧羊，这一定不是真的，对不对？”崔小心心乱如麻。

红河谷。

一辆马车从远处驶来。

一个马脸男人隐藏在红河谷的上方，在马车经过时突然发动袭击。

“呼——”

重物从高空落下，如陨石一般砸来。

事发突然，几乎没给人任何思考的余地。

“跳车！”公输垣吆喝一声，肥胖无比的身体已经灵活地滚到了马车下。

马车向前狂奔，他的身体却向后狂滚。

李牧羊的反应也相当灵敏，在公输垣喊话前他就感觉到了杀气。他刚想一脚把公输垣踢出去，就发现自己踢了个空。

他并没有收回脚，而是顺势向厢板借力，朝着窗口钻了出去。

“咔嚓——”

马车车厢被无比巨大的子母流星锤砸得稀烂，碎屑四处乱飞。

就连在前面拉车的两匹骏马也承受不住这一锤之威，踉跄着向前栽倒，连续翻了好几个跟头才停下。

骏马躺在地上嘶鸣，难以起身，它们全身的骨头都断掉了。

李牧羊跳车之后，同样在地上翻滚。

滚着滚着，他就发现有什么东西朝着自己滚了过来。

那是马脸男人的子母流星锤，上面布满了尖刺！

马脸男人把子母流星锤当成暗器丢了出来！

“轰隆隆——”

大锤拖着小锤，像齿轮一样向着李牧羊翻滚，连地下的红土都带了出来，神挡杀神，势不可挡。

李牧羊急了，他身上没有能和这巨锤抗衡的武器。

如果被这巨锤追上，他怕是不仅要被它砸瘪，还要被它扎出无数个窟窿。

“呼！呼！呼……”

巨大的风轮声传了过来。

公输垣不知道什么时候跑过去搬起了一个被砸散的车轮，将那精钢打造的车轮朝着子母流星锤砸了过去。

“哐——”

车轮被弹开，子母流星锤也被撞偏了方向。

李牧羊没有逃跑，这个时候他不能逃跑。

他从地上爬了起来，拔剑朝着那个马脸男人刺了过去。

马脸男人连续两次失利，气得哇哇大叫。

他看到李牧羊这只小爬虫竟然还敢转身反击，更气了。他一抖手腕上的金圈，右臂立即变成了坚不可摧的“金臂”。

“铛——”

通天剑砍在了他的金臂上。

“无知小儿，自寻死路，快把你的脑袋摘下来，给爷爷拿回去领赏钱！”马脸男人用金臂挡下了李牧羊的剑，然后一拳朝着李牧羊的面门砸来。

他要砸碎李牧羊的脑袋。

马脸男人横练功夫了得，一身金刚大翻身极有功底，掌劈如飞刀，拳出如滚石，实力不可小觑！

李牧羊也出拳。

气蓄丹田，力发瞬间！

破气术之破拳！

“砰——”

李牧羊被打飞了出去，手骨几乎都要碎裂了。

马脸男人也后退了两步，大笑着说道：“小子，有两下子——”

他说不下去了。

他的胸前出现了一截带着鲜血的剑尖。

那是李牧羊刚才丢出去的剑。

公输垣站在马脸男人的身后，猛地将长剑拔了出来。

“扑通——”

马脸男人一头栽倒在地，满脸不甘心。

公输垣瘫倒在地上，看着被砸到远处的李牧羊，喊道：“你没事吧？”

“我没事。”李牧羊从地上爬了起来，才说三个字，就忍不住吐出了一大口血。

早知道这个马脸男人的拳头那么结实，他就不和马脸男人以拳碰拳了。

可是，如果他不以拳碰拳吸引住马脸男人的注意力，公输垣又怎么有机会把马脸男人刺个透心凉？

杀敌一千，自损八百，说的就是他这种人了。

公输垣在怀里一阵摸索，找出一个灰色的小瓶子丢给李牧羊，说道：“这是补气丹，我手里只剩下最后一颗了，你吃了吧！补气丹有舒筋活血、调气顺脉的作用。”

李牧羊接过药瓶，问道：“你怎么办？”

“嘿——”公输垣用力拍打着自己的胸口，说道，“胖爷这身体，咯喀喀……”

公输垣捂着咽喉剧烈地咳嗽起来，一副把肝肺都要咳出来的模样。

李牧羊走到公输垣的身边，把瓶子里的补气丹倒出来掰成两半，一半塞到公输垣的嘴里，另一半自己吃掉。他说道：“咱们一人一半。”

公输垣却把补气丹吐出来放到李牧羊手心，说道：“吃一半没用，药效发挥不出来。你把我这一半也吃掉吧。”

李牧羊看着那沾着口水的半颗黑色药丸，无论如何也没办法把它喂到嘴里。

半晌后，他还是把那药丸还了回去，说道：“小时候，我母亲就经常教育我说好东西就要和大家分享。你同样受了伤，凭什么我一个人吃补气丹，你却什么都没有？这不是朋友之间的相处之道。就算吃半颗补气丹没有什么用处，我也不能吃独食。”

公输垣闻言十分感动，把手心的半颗补气丹丢进嘴巴里吞了，然后说道：“好兄弟，以后只要有我一口吃的，就有你一口喝的。哪怕只有一颗补气丹，我也会留给你一半。”

李牧羊实在不愿意再和公输垣分吃一颗补气丹，补气丹入嘴奇苦不说，只吃半颗还没什么用处。

他转移话题，说道：“我们快走吧，这里离星空学院还有多远？”

第33章
剑客古漠

从鸡鸣泽走出来后，李牧羊和名为公输垣的胖子买了一辆马车朝着星空学院赶去。

此行危险重重，杀机四伏。

看来崔照人和帝国监察史死亡的事件已经发酵，这是崔家或者其他的利益相关方做出的激烈反击。

让李牧羊心中疑惑的是，这个胖子一直对自己不离不弃。

他只说他欠了自己一个天大的人情，却不说他欠了自己什么人情。

李牧羊心里很忐忑，觉得自己变英俊了后世界就突然变了。他在听说帝国一些贵族喜欢那种长得很清秀的人后，曾好几次偷偷对着河水照自己的脸，发现自己就属于那种类型。

于是，一路走来，他在配合公输垣的同时，又刻意地与公输垣保持着一定的距离。

譬如公输垣刚才把自己用嘴巴含过的半颗小药丸给他吃，他当场就发现了这是一个诡计，他要是接受了，那不是让公输垣得逞了吗？

他才不上当呢！他的初吻是要送给……

李牧羊认真地想了半天，也没想明白自己的初吻到底应该送给谁。

李牧羊在心里想：这个世界，一定会有那么一个人爱自己如命。

他想到这句话的时候，脑海中竟然出现了李思念的影子。

李牧羊吓了一跳，拼命摇头，把李思念的脸从脑海中给甩了出去。

李牧羊心想：那是自己的亲妹妹，自己怎么可以把初吻给她呢？自己真是一个禽兽。

不，自己连禽兽都不如。

李牧羊发现了一个更加悲惨的事实。爱自己如命的年轻女性，除了李思念之外怕是不会有别人了。

“我们快到了。”公输垣也从地上爬了起来，看着不远处已经死透的马脸杀手，心有余悸地说道，“这是第几批了？”

“第六批了吧？”李牧羊想了想，说道，“可惜没有马车代步，我们只能靠双腿赶路。你我都身上带伤，怕是会拖慢行程。”

“这点伤无妨，我们咬牙坚持一下，到了星空学院就好了。你到了那里，就没有人能够伤害你。”公输垣给李牧羊鼓劲儿，也是给自己鼓劲儿。

“这次真是多谢公输兄，如果不是你一路照应，我怕是早就遇害了，根本就不可能走到这里。”

公输垣摆了摆胖手，说道：“你开什么玩笑！崔照人都杀不死你，这几个废物就更不可能了。不过我们还是快走吧，崔家悬赏十万金币要你脑袋，那些杀手都疯了一样扑过来。现在来的还只是一些不知名的，倘若崔家请到帝国排名前十的杀手，你我合力也只有死路一条。你这功夫时灵时不灵的，也确实让人心里没个着落，每次遇到敌人时我都不知道我们到底是要打还是要跑。”

两人再次开始跋涉，朝着目标前行。

过了红河谷，入眼的是一片绿色的平原。

平原上空有大鸟掠过，地上有雄鹿饮水、狼群嚎叫，还有几只秃鹫正津津有味地啄着一具庞大的不知名动物的尸骸。

这些秃鹫看到有行人走来，也只不过是抬头看了一眼，然后继续埋头苦吃，一点也不畏生。李牧羊看着它们成群结队吞噬腐肉的模样，倒是有些心里发毛。

“这是花语平原。”公输垣说道，“这名字是不是挺有诗情画意？”

“名字是不错。”李牧羊点头。

“但它是神州十大死地之一，名列第六。”公输垣一脸高深莫测地说道。

李牧羊看看四周，说道：“不会吧？就凭这几只大鸟和狼群？”

公输垣翻了一个白眼，说道：“你知道这花语平原有多大吗？它比整个江南还要大上十几倍。而且，现在是白天，我们走的是官道。”

“官道？”李牧羊看了看不远处对着他们流口水的狼群，一脸惊诧地说道，“这儿连路都没有，哪里有什么官道？”

“所以我才说它是十大死地之一啊。”公输垣一脸警惕地看着四周，说道，“你小心一些。”

李牧羊瞄瞄四周，四周空荡荡的，没有一个人影。他说道：“星空学院今年不会就招收了我一个人吧？报到日期临近，为什么我没有看到其他学生？”

公输垣撇了撇嘴，说道：“星空学院是神州最神秘的学院，每年招收的学生自然不止你一人。那些学生从神州各个区域赶来，离这儿或远或近，到这儿有早有晚，最重要的是，有谁是像咱们这般一路被追杀过来的？”

“……”

“被星空学院录取后，还被人欺负成这个样子，李牧羊，你是星空学院史上最悲惨的入学新生了吧？”

两人一边聊天一边赶路，路上再没有遇到什么危险。

倒是夜晚的时候，狼群跟了过来，睡得正香的公输垣被狼群嚎叫的声音惊醒，冲出去忙活了一阵子。等到他再次回来时，狼群的叫声就消失了。他提了两条狼腿架在火堆上面烤着，第二天这两条狼腿就成了他和李牧羊的美味早餐。

李牧羊和公输垣在花语平原上又走了两天，路越来越不好走，不过，他们已经可以看到远处高耸入云的大山。

李牧羊大惊，说道：“我们是不是走错路了？我怎么发现周围越来越荒凉了？”

说话的时候，李牧羊就已经从里衣口袋里摸出了星空学院的地图。那是无忧师兄送给他的，用牛皮制成，所以在他落入大湖时没有被水给泡烂。

“我们快到了。”公输垣指着前面说道，“你看到那座最高的山没有？星空学院就在那上面。”

“星空学院不是学院吗？”李牧羊心中隐隐不安。这哪里还是学院啊，是神仙修道的洞府吧！

“如果不建在这里，它凭什么叫作星空学院？威风在哪里？品位在哪里？和神州其他千万所学院有什么本质的区别？”

李牧羊听到公输垣反驳自己的话，心里还是挺高兴的。

毕竟，星空学院是他将要进入的学院。这么高格调的学院都录取自己了，那自己该是多么优秀啊！

最关键的是，李牧羊现在处境堪忧，杀手成群结队地杀来，他的脑袋随时都有可能被人拿去换赏钱。这样的学院让他很有安全感，虽然他对这所学院一点都不了解。

唯一麻烦的地方就是：回家的路遥远了一些，艰险了一些。

不过，如果待在星空学院就能够保住父母和妹妹的命，那么就算永远有家不能回，他也愿意。

李牧羊终于体会到了“可望不可即”这句话的真正含意，以前他一直以为这句话说的是自己追不到心仪之人，譬如崔小心。现在他才知道，这句话还有它的本义。

李牧羊早就看到了那座高山，但是没想到自己又走了两天。

他觉得，自己这一段时间走的路比自己过去十几年走的路的总和还要多一些。越往前，他就越觉得有一股阴寒之气。

当他走到那座高耸入云的山峰的脚下时，已经感觉阴寒刺骨。

李牧羊感觉到了寒冷。

这儿没有寒风，这冷不是由外至内，而是由内至外。

李牧羊先是感觉心里寒冷，骨头寒冷，然后才感觉身上的皮肤寒冷。

公输垣也冷，身上的肥肉颤颤悠悠，他哆嗦着说道：“这鬼地方真不是人待的，幸好星空学院没有招我，招我我也不来。”

“……”

公输垣指了指那座高山，说道：“此山为无名山，星空学院就在上面。到了这里，我们就安全了。”

他话音刚落，云雾中就走出了几批人。

第一批是一个丑陋老妇，老妇身穿黑袍，手持蛇头拐。

第二批是两个和尚，两人头上各有九个戒疤，一人持铁铲，一人持木鱼。

第三批是七个持双刀的男人，七人有高有矮，有胖有瘦，都满头小辫子，穿着花花绿绿的衣服，一看就非中土人士。

第四批是一个怀抱巨剑的青衫男人。

公输垣身上的肥肉颤动得更加厉害了，他破口骂道：“我说这几天他们怎么跟老鼠一样都消失了，还以为他们是被咱们兄弟俩甩得没影了，原来他们是跑到了咱们前面，想要来一个彻底的截杀。”

李牧羊的心直往下沉，但是这个时候容不得他躲避，他和公输垣没有后退的机会。

挡在他们前面的就有四批人，那么那些闻着血腥味而来的又有多少？

李牧羊向前跨了一步，挡在公输垣的前面，说道：“公输兄，俗话说送佛送到西，你已经把我送到这学院脚下了，咱们就此分别吧。”

公输垣破口大骂，说道：“李牧羊，你把胖爷当成什么人了？在这种生死关头，我能丢下兄弟不管独自逃命？”

李牧羊眼眶湿润，大为感动，心想：生死关头不离不弃，胖子果然是自己的好兄弟。

“再说了，我就算想逃，他们也不会放过我。你的脑袋值十万金币，我的脑袋也值五万金币好不好！蚊子腿再小也是肉，五万金币再少也是钱啊，他们哪有看到金币不要的道理？！”

李牧羊愕然，问道：“你也被悬赏追杀了吗？之前我怎么都没听你说过？”

公输垣胖脸通红，很不满地说道：“我不想说。凭什么你的脑袋值十万，我的脑袋只有五万？这不是欺负人吗？”

李牧羊张了张嘴，重重地点头，说道：“他们简直欺人太甚。”

士可杀，不可辱。

李牧羊对公输垣的遭遇感到非常同情，大家都是同一个级别的菜鸟，凭什么自己的脑袋值十万，而他的脑袋只值五万？

更何况，如果按照重量算，这胖子的脑袋足有李牧羊的一个半那么重，这简直是把人往死里欺负啊！

李牧羊拍拍公输垣的肩膀，说道："公输兄不要放在心上，总有一天他们会明白你的价值。"

"我现在就要让他们明白。"一脸横肉的公输垣面对着那些围过来的杀手说道，"胖爷不发威，你们还当我是病猫呢！我们能解决掉前面的六批，就能解决掉现在的四批。"

李牧羊不无担忧地提醒他，说道："前面的六批都是一批一批来的，这次的四批是一次性站出来的，这真的没问题吗？"

公输垣就像泄了气的皮球，弱弱地问道："你现在能不能变身，就像干掉崔照人那样干掉他们？"

"我解释过多少次了，崔照人不是我杀的！"李牧羊对这件事情很敏感。为什么这个胖子总说崔照人是自己杀的呢？这中间有很大的误会，天大的误会！

"我知道，我知道。你是害怕承担责任。我要是你，我也拼命和这件事情撇清关系，可是有些事情不是我们不承认就可以当作没有发生的啊。我掐指一算，这件事情大家伙应该都知道了吧。"

"……"

这次轮到公输垣安慰李牧羊了，公输垣拍拍李牧羊的肩膀，说道："没事的。杀了也就杀了，反正后悔也没什么用。你承不承认，他们都是要杀你的。"

"你小子就是那李牧羊吧？"那个丑陋老妇笑眯眯地盯着白衣变黑袍的李牧羊，声音嘶哑得如老鸹，她说道，"老身想向你借一样东西。"

李牧羊觉得这台词很熟悉，他好像在一些志怪小说中见过。

于是，他一脸鄙夷地盯着那个老妇，说道："你不就是想要我的项上人头吗？何必说得如此含蓄！"

"不错。我还就是要借你这颗人头用用。"

"人头只有一颗，你开个价吧。"李牧羊说道，"价格合适的话，我就自己买回来。"

"哈哈哈，是吗？有人出价十万金币，如果你能够出更高的价格，我倒是不介意今日放你一马。”

“你看。”李牧羊转身对公输垣说道，“有钱能使鬼推磨，古人诚不欺我。这些人为了钱真是什么事情都干得出来，不知节操为何物。”

然后他对那个丑陋老妇说道：“我只有九十七枚金币。”

“有意思，你还真是有意思。”丑陋老妇脸上的笑容凝固了，恶毒地说道，“多少年了，还从来没有人敢如此戏耍我鬼寡妇。小子，你脖子上的这颗脑袋我要定了。”

“你虽然长得丑，但是品味好。这外号取得就很不错，和你的外貌相得益彰。”李牧羊脸带笑意地说道，“别人不敢这般戏耍你，也是因为你长得太吓人了吧。”

“她可是鬼寡妇，”公输垣伸手抓住李牧羊的肩膀，小声提醒道，“是川省唐门弟子，全身都是毒，杀人于无形。没有人敢得罪她。”

“那又怎么样？”李牧羊没好气地说道，“她要是肯放过我，我叫她干妈都行。我不得罪她，她就不杀我了？”

公输垣愣了一会儿，点了点头，对鬼寡妇说道：“对，反正都是一个死，胖爷我也要狠狠地骂你这个丑陋的老巫婆。神州还有比你更不能入眼的东西吗？胖爷说你是癞蛤蟆都是在侮辱癞蛤蟆。你平时都不照镜子的吗？照过镜子的话你怎么还有脸跑出来行凶？难怪你的名字叫作鬼寡妇，一定没有人愿意娶你吧？你的丈夫一定是不想再看你那张丑陋的脸而选择自杀的。我倒是有些佩服你那个自杀的丈夫了，他虽然眼睛很瞎，但是勇气可嘉。你说你到底活得有多悲惨？我要是你，早就一头撞死在石头上了！那边就有一块大石头，你赶紧去撞吧。”

“你这癞皮狗，狗嘴里吐不出象牙！”鬼寡妇暴跳如雷，气喘吁吁，恶狠狠地盯着公输垣，怒声喝道，“老身就算是死，也要拉你垫背！”

说话时，她突然朝着公输垣走了过来。

看似普普通通地走，其实是缩地成寸。

三丈多长的路瞬间就被她走完了，她手里的蛇头拐无比凶猛地朝着公输垣的脑袋砸去。

公输垣不顾形象，倒地翻滚。

人长得胖也有优势，至少滚得比别人更快一些。

鬼寡妇气愤至极，哪肯就此放过辱骂过她的公输垣？！

她双脚疾走，修为不及她的人只见其身影，却看不到其迈步的动作。

她手里的蛇头拐一下又一下地朝着地上的公输垣砸去。

“我命休矣！你这个丑八怪、恶毒妇，快去照镜子啊！照了镜子你就要自杀！”公输垣一边滚一边骂，他虽然打不过鬼寡妇，但至少嘴上占尽了便宜。

公输垣以自杀式的嘲讽技能把鬼寡妇吸引过去了，剩下的三批人的眼睛就都盯着李牧羊。

“阿弥陀佛，佛门清苦，洒家也要向李檀越借脑袋一用。”手持大铲子的和尚对着李牧羊单掌施礼，笑呵呵地说道。

“是极是极。佛门无酒无肉，灯油都点不起，洒家要是有了牧羊施主施舍的这颗脑袋，日子也要好过一些。”手持木鱼的和尚跟着补充道，“菩萨说‘我不入地狱谁入地狱’，牧羊施主一看就是有大慧根之人，想来愿意将脑袋布施给我们吧。”

“和尚别抢。这颗脑袋是我们虫谷七罗刹先看中的，你们想要拿这颗脑袋换灯油钱，也要先看看我们七兄弟手里的双刀同意不同意。”梳着小辫，打扮得花枝招展的大罗刹金得意大声喝道。

“哪里来的一群跳梁小丑，也敢跑到洒家面前撒野！”大铲子和尚怒极了，破口大骂道。

“兄弟们，给这和尚放放血！我倒是要尝尝这和尚的血和普通人的血有什么不一样！”

李牧羊一声不吭，冷眼旁观。

他心想：打吧，打吧，你们打个你死我活才好。

现在的李牧羊就是《西游记》那奇书中的唐僧，妖魔鬼怪都想要他的脑袋。

不过，李牧羊认为，他和唐僧不同。唐僧一路絮絮叨叨，不怕老人碰瓷，也不怕女妖仙人跳，还动不动就把自己神通广大的大徒弟孙悟空给赶走，实在没有多大的智慧。他比唐僧要聪明多了，老贼不扶，女人不碰。唯一的好兄弟公输垣一路上几乎都是对他各种奉承讨好，生怕自己说了一句重话，让他拍屁股走人。

“各位勇士少安毋躁。”骑在枣红大马上的青衫剑客终于开口说话了，他看着那两个假和尚和七个花里胡哨的罗刹，说道，“此子实力不容小觑，大家还是齐心协力为妙，切莫让他跑到那山上。今日成败在此一举。砍掉此子一只胳膊者，得三万金币。砍掉此子脑袋者，得十万金币。”

涨价了！

自己现场涨价了！

在上那艘楼船前，李牧羊从来没想过自己的脑袋会这么值钱。

“你又是何人？”李牧羊盯着那个青衫剑客问道。

虽然他之前都保持沉默，只是冷冷地看着眼前发生的一切，但是李牧羊感觉得到他才是现场最危险的人。

会叫的狗不咬人，不叫的狗才最凶狠。

这个青衫剑客身上不带杀气，没有煞气，却让李牧羊汗毛竖起，脊背生寒，有一种被毒蛇暗中觊觎的感觉。

“剑客古漠。”青衫男人面无表情地回答。

马嘴喷出大量的热气，马腿冻得直哆嗦。

因为被他以内功控制，他座下那匹骏马虽然畏惧此地，却不能离开。

“不认识。”李牧羊摇头道。此人不像其他人，其他人看自己时，眼里只有如同看到金山的欣喜，而他看向自己的眼神满含恨意。

难道他是崔照人的家人？李牧羊在心里想。

“李牧羊，今日就是你的死期。”古漠说话的时候，双腿一夹，连人带马腾空而起。

骏马受惊，四蹄乱踢。

骏马的马腹朝着李牧羊的头顶压来，与此同时，古漠手里那足有一丈多长的宝剑也“锵”的一声出鞘，朝着李牧羊的脑袋斩了过来。

重剑无锋，古漠的这把重剑没有开锋，可是剑刃上红光闪烁，仿佛燃烧着红色的火焰。

“嘶啦——”

空中传来燃烧的声音。

那是空中的一些易燃气体被重剑点燃了。

李牧羊全身出汗，衣服都要湿透了。

他站在原地不敢动弹，也不能动弹。

进是死，退是死。

逃跑更是不可能。

即使他能躲过那骏马的蹄子，也无法逃出那把重剑的攻击范围。

无论他如何躲闪，都没办法躲过那一剑。

更让李牧羊绝望的是，那两个酒肉和尚和虫谷七罗刹看到青衫剑客抢先出手，担心被青衫剑客抢了胳膊和脑袋，也一个个施展奇技朝着他攻来。

四面皆是敌，李牧羊陷入了生死危机。

第34章
无忧出手

自己如果还是原来的样子，是不是比现在活得更加轻松惬意?

一路走来，李牧羊总是情不自禁地想起这样的问题。

如果落日湖边的那次争斗没有发生，如果那天自己没有和崔小心聊过那番话，如果自己没有杀死乌鸦，甚至如果自己没有成为这次的文试第一，仍然是那个浑浑噩噩又软弱的丑陋少年，上课发发呆睡睡觉，回家听李思念唱唱歌撒撒娇，混吃等死，碌碌无为，一生最大的成就可能也就是接管家族“产业”成为一家店铺的小老板，那样自己应该也会活得很幸福吧。

这一段时间，李牧羊觉得自己活得很辛苦。他头一回意识到，仅仅是活着，就是如此艰难的一件事情。

一路走来，他和公输垣击退了六批刺客，现在好不容易来到了星空学院脚下，没想到他们两人又遭遇了这样一场厮杀。

李牧羊心里很委屈，很愤怒。

他看过的那些话本中，高手都自有一番傲气，杀人的时候是不允许别人帮忙的。两个高手丢一副白手套出去，然后举剑战在了一起，势均力敌，公平公正。

李牧羊看着骑着大马从自己头顶上方压来的剑客古漠，看着分别持着大铲和木鱼从左右两边奔来的两个酒肉和尚，还有穿得花里胡哨，奔跑起来满头小辫随意摆动的七个中年傻蛋，心中呐喊：这算什么？你们还讲不讲江湖道义了?

故事都是骗人的。

“哈哈哈，李牧羊你吃洒家一铲！”持着大铲子的胖和尚后发先至，把手里重逾千斤的半月铲挥舞得虎虎生风，一铲子下去能够碎金裂石，连半个山头也能被削没了。

胖和尚想要拿那十万金币的赏金，所以这一铲子是朝着李牧羊的脑袋铲过来的。这一铲若是铲中，李牧羊的脑袋就会高高地扬起，那十万金币就是胖和尚一个人的了。

手持木鱼的瘦和尚速度慢一些，不是直直地朝着李牧羊奔来，而是围着几人绕圈，在奔跑时还拿着木槌敲击木鱼。

“梆——”

“梆——”

“梆——”

瘦和尚每重重敲击木鱼一次，李牧羊都感觉到脑袋一阵昏眩，身体发软，站不稳。

“李牧羊，这木鱼鼓是一种很厉害的音波攻击法器，你快把耳朵堵上！”胖子公输垣身体灵活地躲开了鬼寡妇的一次蛇头拐攻击后，赶紧提醒自己的小伙伴不要被那声音所迷惑，变成傻蛋。

七个中年傻蛋“啊啊啊”地大叫着扑了上来，因为人数太多，没办法排成横排攻击李牧羊，所以只能排成长龙。

大罗刹手持双刀，第一个朝着李牧羊劈来，一击不成，立即退去，这时二罗刹的双刀已经向李牧羊的中路和下三路砍去。

他们步法诡异，刀法精妙，而且配合得极其默契，进退都暗合玄门法阵，形成一股狂潮。

李牧羊躲无可躲，避无可避，唯一的选择就是迎头反击。

李牧羊咬了咬牙，握拳轰出。

“砰——”

他蓄势已久的一记破拳轰在了马腹上。

“噗——”

一声闷响传来。

枣红大马的腹部被破拳击中，出现了一个大洞，鲜红的血液从那个大洞里面流淌出来。

李牧羊全力出手，那一拳竟然把古漠的坐骑打出了一个窟窿。

“嗷——”

大马吃痛，拼命地嘶鸣。

它拼命地挣扎，想要逃离战场，跑到一个安全的地方。

但是它被古漠的双腿夹住了，上唇还拴着控制它命运的缰绳，虽然想走，却根本走不了。

古漠死死地按着坐骑，让它变成自己身体的一部分。

他把那匹马当成肉盾，让它朝着李牧羊的脑袋压去，而他手里的重剑呼啸而来，裹挟着红色火焰，想收割李牧羊的脑袋。

他和胖和尚目的一样，也是来抢脑袋的。

只是，他这一剑是由上至下斜劈而来的，李牧羊如果被他砍中，损失的就不仅是一颗脑袋，身体也会被劈成两半。

“去死吧！”古漠目光如电，冷冷地说道。

他自小在崔家长大，被崔家培养，是崔家老爷子崔洗尘的近身侍卫。

就是因为一直跟在崔洗尘的身边，所以他清楚崔照人在崔家处于什么样的地位。这次陆、崔两家的相位之争中，崔照人处于一个关键的位置，他是崔家攻击陆行空的先锋军，是崔家击溃陆家的信号。

一旦许达被押送到天都，并且开口咬住陆行空不放……许达不开口也行，崔家只要说他畏罪自杀，并呈上一份他的指证文书，就可以顺利使出层出不穷的后续手段，直至将陆家打入谷底。

宋家的星空之眼也不喜欢陆行空，到时候他们崔家发动了总攻，想必其他家族也会跟着掺一脚吧。

结果呢？

天都的陆家还没有出手呢，他们这边的重要人物崔照人就被这个小子杀了。

局势变幻，天平已经向陆家倾斜。

现在陆家反咬一口，陆行空跑到皇上面前去告御状，崔家赔了夫人又折兵，真是哑巴吃黄连，有苦说不出。崔老爷子面圣回家后砸了不少名贵的瓷瓶。

就连皇上都被李牧羊狠狠地抽了一记耳光。监察司死了那么多人，他不说追究责任，就连一句狠话都说不出来。

他这皇上做到这地步，心里怎么会不憋气？

所以，古漠想：不管是为了崔家，还是为了西风皇室，自己都有必要把这个李牧羊杀掉。

这也是崔老爷子把他派出来，让他全权负责此次追杀的重要原因。

李牧羊知道情势危急，但是这段时间连番苦战，他身上的暗伤至今还没有好，精神也疲惫不堪，刚才那一拳已经耗尽了他全部的力量。

木鱼鼓还在他旁边“梆梆”地敲着，每一声都专往他的脑袋深处钻，就像一个锥子在重重地刺他的脑袋。

李牧羊头痛欲裂，双眼赤红，快要昏厥过去。

我要变身。李牧羊在心里呐喊。

黑龙兄，你倒是赶紧出来啊！你快回来，我一个人坚持不来！

自己什么时候会变身？如何变身？这些问题在李牧羊心中，还是完全未知。

现在他铆足了劲儿想变身，可是身体不为所动。这都生死关头了，黑龙兄怎么一点儿反应也没有？

李牧羊不想死。

他不想离开自己的父母，也不想离开自己的妹妹。

世界那么大，他想好好看看。

星空学院那么炫酷，他想要进去感受一番。

他想要活着。

“你们都去死吧！”

李牧羊再一次握紧自己的拳头，握紧那酸涩，甚至有些发抖的拳头。

他以不畏死的姿态朝着那些赏金杀手冲锋。

不管是谁想要摘他的脑袋，他都要尽己所能，让对方付出代价。

“呼——”

一阵狂风席卷而来，尘土飞扬，天地变色。所有人的眼睛都难以视物。

清脆的鹤唳声传来。

等到狂风停歇，尘土散去，众人眼前才再次恢复清明。

各路高手这才发现，被他们围在中间的李牧羊竟然消失不见了。

“李牧羊呢？李牧羊去了哪里？”

“李牧羊跑了！这个小贼会通天妖术！”

“老大，我们要不要去追？”

因为刚才这狂风太大，正在追杀公输垣的鬼寡妇也被风刮得睁不开眼。

她停下攻势，疑惑地朝这边看了过来，用那嘶哑难听的声音问道：“李牧羊呢？李牧羊那个小子去哪儿了？你们一群高手围攻一个无名小卒，竟然还让他跑了！你们还有脸出来干这种无本买卖吗？”

鬼寡妇很生气！大家都是来摘脑袋分钱的，结果脑袋提供方却跑得不见人影了。没有了脑袋，他们靠什么去换钱？！

不过鬼寡妇转念一想，自己一直苦打的胖子的脑袋也值五万金币，于是赶紧转身把他死死地盯牢了。

她心想：虽然这家伙便宜了一点儿，但是自己一个人砍下他的脑袋，也有五万金币可拿。无论如何，这五万金币自己是拿定了，可不能被其他人抢跑了。

“嗖——”

一只巨大的白鹤从九天俯冲而下，然后稳稳地停在了众人的面前。

众人想要击杀的目标李牧羊正骑在鹤背上。

没有人说话，所有人都盯着那个同样站在鹤背上，身穿白色流云袍的俊美少年。少年站在鹤背上，并没有下地的意思，衣衫飘飘，鞋子一尘不染，就像是从九天之上下凡的谪仙。

“滚！”少年仰头看天，面无表情地说道。

有人谦虚谨慎，有人懦弱无能，有人凶狠，有人残忍。

谁的拳头重一些，谁说话就更有分量一些。这才是这个世界的真实模样。

那个身穿白色流云袍的俊美少年站在鹤背上，仰头看天，根本就不把面前这些从四地赶来的杀手放在眼里，只简简单单地吐出一个字——滚。

什么叫作嚣张狂妄？

什么叫作目中无人？

什么叫作宗师典范？

大家伙儿今天算是真正地见识到了。

言语、衣着、容貌，以及最关键的那高高在上、不可一世的姿态完美搭配在一起后，让人生出一股难以超越的感觉。

无知和尚怒了，他刚才那一铲子差点儿就把李牧羊的脑袋割掉了，十万金币已经在对着他招手，结果这个浑蛋小子却把人抢走了。抢他的人就是抢他的金币，断人财路如杀人父母。他倒是不在意别人杀他父母，因为他根本就不知道自己的父母是谁。可是断他财路这种事情，他是万万不能忍的。

现在那个家伙根本就不看他们一眼，板着张脸让他们滚蛋。

他们要是滚蛋，这一段时间的千里追袭不就是白费功夫了吗？

他们要是就这么走了，等这件事传遍神州，他无知和尚哪里还有脸面在业内立足？

“你这黄毛小儿，是哪个旮旯儿出来的野种，敢对洒家说出这样的话？！你有本事就过来和洒家大战三百回合，洒家今天就把你那狗脑袋铲下来喂狼！”

无知和尚破口大骂，言语粗鲁，极尽羞辱之能事。

“嗖——”

解无忧消失在鹤背上，转瞬又回来了。

李牧羊坐在鹤背上，几乎没有感觉到解无忧的离开。解无忧的双脚再次落在鹤背上时，甚至连一阵微风都没有带起来。

可是，无知和尚的骂声戛然而止。

他瞳孔放大，表情惊恐，满脸不可思议。

他的嘴巴还张着，但是咽喉只能发出“咔咔”的响声。

“咔、咔、咔……”

那种声音不断传来，就像断裂的骨头在不停地摩擦，让人毛骨悚然。

“师兄！”手提木鱼鼓的无罪和尚大步跑了过来，喊道，“师兄，你怎么样了？师兄，你没事吧？你别吓我！”

他担心无知和尚出事，伸手碰了一下无知和尚的肩膀。

“扑通——”

无知和尚向前栽倒在地上，竟然已经一命呜呼。

所有人都震惊地看着那个衣饰华美、俊逸不凡的少年，难以相信他竟然在刹那间就杀死了一个绝顶高手。

在场诸人甚至都没有看清楚他是怎么出手的，除了剑客古漠，其他人怕是都不知道他是什么时候出手的。

他的攻击路数，他使用的功夫或者武器，都是一个未知数。

可是，在一瞬间，那勇猛无匹、手持千斤半月铲的无知和尚就已经被他解决掉了。

这个人不仅心狠手辣，而且深不可测。

解无忧从怀里摸出一块洁白的手帕，仔细地擦拭着手指间的污渍。

“身体发肤，受之父母。无忧不能日日陪伴在家母身边尽孝，已经百般愧疚。立身行道，扬名于后世，以显父母，孝之终也。无忧没能扬名于后世，反而替家母招引骂名，实在难以原谅自己。”解无忧云淡风轻地说道，像是在解释自己为什么杀人，更像是在排解自己心中的遗憾。

立身行道，扬名于后世，他还有漫长的道路要走。

“你这……”无罪和尚探了探师兄的鼻息，发现师兄已经死透，实在难以接受这样的事实。平时他们兄弟俩都是焦不离孟，孟不离焦，一个持半月铲近身攻击，一个持木鱼鼓在外围骚扰。他们两人配合默契，死在他们手上的高手不知道有多少。无罪和尚没想到今天他们还没真正地开打呢，那个面目可憎的小白脸竟然就已经杀了自己的师兄。

更让他感觉到羞愤的是，他原本想破口大骂一番，结果话到嘴边却硬是被憋回去了。

他不敢。师兄骂了几句就被人杀了，自己要是张嘴骂人，那下场不就和师兄一样？！

“你凭什么杀人？”无罪和尚终于想到了说辞，“我们兄弟虽然干的是拿人钱财替人消灾的买卖，但和你无冤无仇，你掺和进来干什么？”

“星空脚下，尔等也敢行凶，”解无忧像看白痴一样看着这群人，说道，“死有余辜。”

“你欺人太甚，今日我就要替师兄报仇！”无罪和尚手持木鱼鼓，准备重重地敲打下去。

“你真麻烦。”解无忧淡淡地看了他一眼，说道，“把脖子擦拭干净后再动手也不迟，我怕脏。”

无罪和尚额头上大汗淋漓，举起来的木槌是怎么也敲不下去了。

这个家伙怎么就那么惹人厌呢？

凶名在外的无知和尚和无罪和尚，一个被秒杀，另一个连在杀兄仇敌面前说一句硬话的勇气都没有。

“兄弟们，我们合伙把这小子宰了！”七罗刹中的老四头脑简单，看到解无忧这边只有一人，就想着大家伙齐心协力把人杀了。一个人能厉害到什么程度？他们这边可是有一大拨人呢。

“啪——”

大罗刹转身，一巴掌抽在他脸上，骂道：“闭嘴！”

剑客古漠脸色铁青，眼睛一眨不眨地盯着站在鹤背上擦拭手指头的俊美少年。他们在这里设伏的时候，就已经想过有可能会惊动星空学院的人。

但是，星空学院的人眼界奇高，一般不会理会这些事。

更重要的是，古漠觉得以他们的实力，击杀李牧羊不过是探囊取物，最多一个回合的事情，却没想到李牧羊没有杀成，反而引来了星空学院的人，而且对方一出手就杀了自己这方的一员猛将。

现在他们进退两难，如何是好？

古漠拱了拱手，沉声问道：“公子尊姓大名？”

“解无忧。”解无忧很坦然地说道。他才不在乎别人会不会来报复呢。

“解公子，我知道你们星空学院的规矩，你们并不过问山下打杀之事。”古漠指了指李牧羊，说道，“此子杀我少主，负罪逃逸，此仇不共戴天。今日还请解公子袖手旁观，他日古某必有重谢。”

“规矩改了。”解无忧面无表情地说道，“星空学院脚下，不许杀人。”

“规矩什么时候改的？”

“我说这句话的时候。”

解无忧扫视全场，又笑着问道：“你们这是不打算走了，是吗？”

鬼寡妇等人全看向古漠，古漠算是他们这个松散组织的领头羊。如果古漠说走，他们自然走；如果古漠说大家抄家伙上，他们自然也是要走的。古漠不说话，他们也不好意思提前跑。那样的话，他们就是临阵脱逃了。不管品性如何，江湖之人都是讲究脸面的。

古漠看了一眼无知和尚的尸体，大手一挥，喝道：“撤！”

他眼神凶狠地看着李牧羊，说道：“你逃得过今日，但逃不过一世！此仇古某暂且记下，你的脑袋也暂时留着。”

说完，他率先朝花语平原走去。

李牧羊从鹤背上跳下，那只白鹤很不爽地盯着他。

它是极爱干净的，李牧羊身上有一股它很不喜欢的气味。

李牧羊走到解无忧面前，对着解无忧深深鞠躬，说道：“无忧师兄，你的大恩大德，牧羊不知何以为报，如果不是你出手相救，我现在恐怕已经不在了。”

公输垣从地上爬了起来，一把搂住李牧羊的肩膀，说道：“没有恐怕。如果不是这位公子相救，你肯定已经死翘翘了！那个古漠有闲云上品境的实力，而且在剑道上的造诣十分惊人，你根本没办法接住他那一剑。”

公输垣对着解无忧拱了拱手，说道：“在下公输垣，是李牧羊的好兄弟。”

“嗯？”解无忧若有所思地看着公输垣，问道，“你是公输家的？”

“哈哈！”公输垣满脸尴尬，说道，“胖爷没能立身行道，扬名于后世，来历不提也罢。李牧羊是我看着长大的好兄弟，我现在就把他托付给你了。他得罪了帝国的大人物，一路被人追杀。他上了星空学院的话，应该就没事了吧？”

解无忧一脸笑意，说道：“星空学院内最简单也最复杂，具体如何，牧羊师弟进去后便知。”

公输垣点了点头，显然，他对星空学院的情况也了解一些。

“牧羊贤弟，你到了星空学院脚下，应该不会再有危险了，咱们兄弟也就此分别吧。我回去加倍努力，希望有朝一日我也能够登上无名山，和你把酒言欢，遨游天地之间。”

“谢谢公输大哥。”李牧羊这一次是真心实意地唤公输垣大哥。倘若不是这胖子一路相助，自己根本没办法走到这星空学院脚下。“今日一别，咱们不知何日能够再见。”

他从地上拾起那把通天剑，说道：“小弟身无长物，只有这把通天剑值钱。剑的原主人说让我给此剑找一个明主，我觉得公输大哥就是明主。俗话说宝剑配英雄……哎，公输大哥，你别跑啊！”

第35章
酒色财气

公输垣奔跑起来跟兔子似的。

一只肥嘟嘟的大兔子。

李牧羊满脸遗憾，握着那把没能送出去的通天剑，说道：“公输大哥怎么就跑了呢？不收礼物就算了，我还有很多离别之言没有和他说呢。”

不过，从这件小事中，李牧羊对公输垣的人品又高看了一眼。

一路上危险重重，杀手一批接着一批。两人齐心协力，患难与共，终于走到了这星空学院脚下。无论在多么艰难的时刻，哪怕是生命受到威胁，公输垣也从来没有说过离开的话，可谓威武不能屈。

他明明知道自己的脑袋值十万金币，只要趁自己没有防备的时候砍下一刀，这辈子就能够衣食无忧。而且他自己的脑袋也值五万金币，他也从来没想过把脑袋砍下来拿出去卖掉，真可谓富贵不能淫。

还有这通天剑，乃名师取海外神铁打造而成，价值何止十万金币？由始至终，他都没有多看通天剑一眼。

这样的好兄弟，世间少有，绝世无双啊。

李牧羊暗自决定，这个兄弟自己交定了。

解无忧看着李牧羊，劝慰道：“若是有缘，你们自有相见之时。”

“希望如此吧。”李牧羊看着公输垣远去的身影，心里微微叹息。这一路走来，两人饱受磨难，但是两人背靠背对敌，同吃同睡，嬉笑打闹，如今已经建立起极其深厚的感情。看着好兄弟远去，李牧羊心里很难受。

“胖子，我们若是有缘，自有相见之时。”李牧羊想起解无忧的那句话，轻声说道，“我在星空学院等你。”

解无忧知道李牧羊心里的伤感，转移话题道：“牧羊师弟可知此山何名？”

“无名山。”李牧羊答道。他刚才听胖子说，此山名为无名山。这么高大的山竟然没有一个像样的名字，也着实是一件奇怪的事情。

“原来牧羊师弟已经知道了。”解无忧轻笑，说道，“外界称此山为无名山，因为此山无人命名。但是学院师生都喜欢称此山为断山。”

“断山？”李牧羊一脸疑惑，抬头想要看看此山到底是什么模样。

但是断山山体庞大，连绵千里，主峰高耸入云，犹如擎天柱一般屹立眼前。这里只能够看到山之一角，难以目睹此山之真面目。

“不错。此山原本无名，所以被称为无名山。一位屠龙尊者游行于此，看到此地貌，极为欣喜，于是腾空而起，挥出一剑，削圆顶为平地，然后化缘于九国，在山顶建造了星空学院。那位屠龙尊者便是星空学院的第一任院长。”解无忧说到那屠龙尊者时满脸仰慕，一副追思先贤的表情，“此山因为曾被削断过，所以又名断山。”

李牧羊听得目瞪口呆。

挥出一剑，削圆顶为平地，集九国财力建造这星空学院，这屠龙尊者到底有多大的神通啊！

屠龙尊者，那就是传说中的仙人吧！

在李牧羊心中，只有仙人才能够做出这种让人想想就觉得热血沸腾的事情。

李牧羊简直激动得不能自已，为自己能够成为星空学院的一分子而感到十分骄傲，恨不得立即登上山顶，跪倒在学院院长的面前拜其为师。

他不求一剑斩山腰，他只要能一剑斩贼寇就无比满足了。

他要是有那样的能力，何愁杀手来袭啊！

“断山，原来这就是断山之名的由来。”李牧羊脸色潮红，双眼放光，说道，“无忧师兄，是不是只要进了这星空学院，我们就有机会成为第一任院长那样的屠龙尊者？”

“那是自然。”解无忧一脸傲然地回答，“星空学院就是为了培养人族精英而存在的。”

“这样的话，”李牧羊抿嘴微笑，此时此刻的他心花怒放，如果不是担心无忧师兄觉得自己没见过什么大世面，因而看轻自己，他早就咧嘴大笑，躺在地上打滚了，“我有一个问题想请教无忧师兄，星空学院出现屠龙尊者的概率有多高？平均一下，星空学院大概多少年能够出一个屠龙尊者？”

“一万年吧。”解无忧再次仰脸看天。

李牧羊脸上的笑容凝固了。这个世界并不如自己想象中的那么美好。

解无忧担心自己的答案会打击到这年轻的小师弟，赶紧给李牧羊打气，说道：“成神易，屠龙难。就算成不了屠龙尊者，只要能步入神游境，你也可以遨游星空，纵横神州。天地之大，神游境尊者何处不能去？

“当然，只要师弟刻苦努力，永不放弃，成为凌驾于星空之上的屠龙尊者也是有可能的。毕竟，有些东西不是看年纪，而是看天分。师弟若是有天分，一年成为屠龙尊者也有可能。或许，奇迹就出现在师弟身上呢！”

李牧羊是一个非常简单、很好忽悠的人，听了无忧师兄的鼓励后又热血沸腾起来。他眼神坚定，握紧拳头说道：“谢谢无忧师兄，我一定会努力的，为了我自己，也为了我的家人。”

李牧羊想起自己的家人，又开始担忧起来。他再次对着解无忧深深鞠躬，说道：“无忧师兄，牧羊还有一事，请无忧师兄一定要施以援手。”

李牧羊虽然不想麻烦他人，但没其他办法。胖子说他只要进了星空学院就好了，到时候多抱大腿，请求高人保护。这样的话，他远在江南城的家人就可以平安无事。

李牧羊还没跨入星空学院的大门，现在认识的高手也只有解无忧一人。李牧羊不抱他大腿，能抱谁大腿？

虽然人家刚帮助自己赶走强敌，算是救了自己一条小命，自己再开口实在有些不知进退，不知廉耻，但是，只要能暂时护住家人，就算被人骂作无赖，自己也认了。这是他必须要解决的事情。

“师弟但说无妨。”解无忧很爽快地说道。

“正如无忧师兄刚才所见，我得罪了很厉害的家族，一路走来，屡次被他们派的人追杀，历尽磨难才来到星空学院脚下。以后我有学院庇护，自然高枕无忧。可是我担心我远在江南的家人，担心那些仇人没办法找我报仇，就去报复我的家人。我每想到此，就心急如焚。如果家人的安全无法得到保证，我恐怕也没办法一心向学，在此能不能拜托无忧师兄帮我照顾一下我的家人？”

李牧羊再次对着解无忧鞠躬，言辞诚恳。

这件事情拖不得。要是家人出了什么事，就算以后他成为屠龙尊者了又如何？他这辈子都没办法原谅自己。

解无忧眉头微挑，说道：“按道理讲，我们一般是不管这种事的。不过，既然牧羊师弟有此请求，那我就让人帮忙照应你的家人一下吧。此为私谊，不宜与其他师生讲起。”

“牧羊明白。”李牧羊大喜，高兴地说道。倘若无忧师兄愿意帮忙照应，或者他找的其他人肯帮忙照应，那么想必可以保证他家人的安全。

李牧羊虽然不知道无忧师兄到底是什么境界，但是看到他刚才斩杀那大和尚的表现就知道自己远远不及他。

“那我们就上山吧。”解无忧笑着说道。他对这个师弟，实在是太优待了。

李牧羊抬头看了看那高不可攀的山顶，然后朝仙鹤的背上爬去，说道：“牧羊又要麻烦无忧师兄了。”

在他想来，山高路险，无忧师兄骑鹤而来，如果载他一程，一会儿的工夫他就能够到达山顶，办理入学手续。

解无忧站在原地不动，一脸笑意地看着骑在鹤背上的李牧羊。

李牧羊一脸茫然，看着解无忧问道：“无忧师兄，你还有什么事情吗？”

“牧羊师弟需要自行上山。”解无忧笑呵呵地说道，“其他人不可相助。”

李牧羊的脸瞬间红得仿佛要滴血，他赶紧从鹤背上面下来，对着解无忧连连道歉，说道：“不好意思，不好意思，我以为，我以为师兄可以载我一程。”

“山易断，路难行。”解无忧衣衫一展，人便已经站在了鹤背上。那只大白鹤昂首挺胸，看起来很温顺，完全没有李牧羊往它身上爬时的嫌弃神色。“不知断山真面目，只缘身在此山中。牧羊师弟，前面还有酒、色、财、气四关需要你去闯，师兄在此祝你好运。”

白鹤发出嘹亮的清鸣声，然后扇动着巨大的翅膀朝云雾中飞去。

李牧羊被劲风吹得踉跄后退，衣服和头发上沾满了草屑，看起来灰头土脸，极是狼狈。

李牧羊“咬牙切齿”地想着：星空学院，这辈子自己到底能不能走到啊？要是自己爬上山时，已经须发皆白，垂垂老矣，怕是娶不到媳妇了吧？

李牧羊很忧伤。

无忧师兄走了，烦恼就来了。

李牧羊看着耸入云霄，近乎笔直，既叫无名山又名断山的山，愁得头发都要白了。

一剑削平山顶的屠龙尊者听起来非常霸气，但是想要一步步达到那样的境界艰难无比。

李牧羊沿着山脚走了一会儿，没有发现山道，这里仿佛从未有人踏足，一切都呈原始状态。

怪石嶙峋，荆棘密布。山高且陡，猿猴难渡。

李牧羊往四周环视一圈，发现荒野空荡，不见人烟。远处倒是有几只不知名的彩鸟朝着这边张望，李牧羊并没有把它们赶走的意思，任凭它们瞧。

李牧羊在山脚找到一个偏僻的角落后，把裤子脱了下来，准备把裤裆里面的几十枚金币拿出来。

裤子里面还有内裤，那是母亲特意为自己缝制的。内裤有夹层，如果不把这裤子脱下来，一般人是很难把他裤裆里面的那些金币偷走的。

“临行密密缝，意恐迟迟归。”李牧羊一边脱裤子，一边念着《游子吟》。李牧羊想起母亲得知自己考上星空学院后大摆宴席，拉着自己的手挨桌敬酒时骄傲的样子，想起她担心自己没有更换的衣服，点灯一针又一针地给自己赶制新衣时的辛苦，想起她送别时眼眶泛红却拼命挤出的笑脸，忽地鼻腔发酸，有一种想要流泪的冲动。

“儿子不孝，刚刚出门就惹了那么大的祸。”反正这里也没有别人，李牧羊一边脱裤子一边自言自语，倾诉自己心中的担心和委屈。这些话就是在胖子面前他也是没有说过的。“我也不是有意的，就是觉得，就是觉得做人不能太欺负人。大家出门在外，应该要讲道理，对不对？好好说话，好好做人，这也是你们一直以来教我的道理。妈，爸，还有思念，你们可一定要好好的啊。我一定会好好习武学艺，等到学有所成，我就找无忧师兄借鹤去看望你们。你们千万不要有事啊。”

李牧羊原本想穿着内裤把裤裆夹层里装着金币的布袋扯下来，结果试了好几次，都没有成功。母亲担心袋子在途中破了，缝了好几道线。

李牧羊再次转身环视四周，周围杳无人烟，那几只彩鸟也不知道去了哪里。

李牧羊放下心来，蹲下身体把内裤也脱了下来。

天气阴冷，光着屁股的李牧羊觉得寒气袭人，一股股寒流向着他的裤裆和更私密的地方蔓延。他第一次体会到这种风吹屁屁凉飕飕的感觉。

李牧羊脱了内裤拿在手上，仍然没办法把里面的金币扯出来。

如果不把金币掏出来，李牧羊爬山时怕是要把大腿内侧的皮肉都摩擦烂。

手撕不破，李牧羊又不好用牙咬，无奈之下，只得用那把通天剑把袋子割破，然后里面的金币就“哗啦啦”地掉落在地。

李牧羊高兴坏了，第一次在心里感谢崔照人的赠剑之恩。

财不露白，这是千古以来颠扑不破的真理。

李牧羊撅着屁股准备捡金币的时候，突然觉得周围有点儿不太对劲儿。

他左瞄瞄，右瞄瞄，四周仍然是风吹草动，烟雾笼罩，不见人兽。他又前看看，后看看，前面是断山，后面是花语平原，一时半会儿不像是有人会来的样子。毕竟，他在这花语平原走了数日，都没见到什么同类。

李牧羊上瞅瞅，下瞅瞅，突然瞪大眼睛，嘴巴张圆。

在他的头顶上面，有一块凸出的大石头。

在那块大石头上面，站着几只巨大的蜂鸟。

在那些蜂鸟的腰背上面，坐着一群衣着华丽的人。

那些少男少女嘴巴张圆，眼睛瞪大，正看着下面光着屁股捡金币的李牧羊。

双方的目光在空气里碰撞出炽热的火花。

"你们，"李牧羊脸上的肌肉抽搐，委屈得快要哭出声来了，"流氓。"

昆山蜂鸟是昆山特有的一种鸟，如蜂，体形颇大，羽毛呈褐白色，腰背纤细，却力大无比，可以载人，脑袋和鸽子有些类似。

蜂鸟飞行时悄然无声，一日千里，所以是很多达官贵人青睐的出行工具。

但是，要想拥有一只蜂鸟，你得有足够丰厚的家底才行。一只蜂鸟就足足需要万枚金币，而且寿命极短，很有可能你才骑行一年，蜂鸟就一命呜呼了。总之，蜂鸟实在是高端消费品。

"我们没有来错地方吧？"一只巨大的蜂鸟上坐着一个样貌俊美的黑衫少年，他一脸惊讶地看着李牧羊，说道，"我从来没听说星空学院脚下发生过这样的事情。据家里的先生讲，星空学院的每个新生进山时都要经受酒、色、财、气四大关的考验。这算是色关吗？若是，星空学院的人怎么着也要派一个绝代佳人过来吧？"

"对啊，我还想着色关会是一个妖娆多情的大美女呢，这正好可以戳一下我的软肋。没想到我们看到的是一个光屁股的男人，爷们根本就不好这一口！"另一个圆头圆脸的锦衣少年戏谑道，"楚浔，我听说皇室不拘这些，你喜不喜欢这个'惊喜'？"

"家里倒是有一位叔叔对此有点想法，不过人家喜欢的不是这种类型。"黑衫少年笑着说道。

被众人拱卫在中间的是一个身穿白色华服的漂亮女孩儿，她坐在蜂鸟背上一言不发，眼睛一眨不眨地盯着蹲在地上的李牧羊，妖艳的紫色头发极其耀眼。

"喂！"李牧羊对着他们喊道，"你们有完没完？知不知道盯着别人换衣服很没有礼貌？"

圆脸少年大笑，伸手指着李牧羊说道："你当众裸奔，倒是埋怨我们看到了。要不是蜂鸟恰好落在这块大石头上面，谁会愿意多看你一眼啊！你有什么好看的？"

"就是。看你还脏了我们的眼睛呢。"一个扎着满头小辫的少女怒喝道。

"你是谁？"紫发少女开口说话了。她的脸上仍然没有任何表情，声音里也没有任何的感情。

“你又是谁？”李牧羊问道。

“陆契机。”紫发少女冷冷答道。

“陆契机？”李牧羊轻声重复着这个名字，心想：这个女孩子的名字还是挺好听的，和自己的名字有得一拼。

于是，他毫不示弱地报出了自己的大名，说道：“我是李牧羊。”

这些人衣衫华美，气质不凡，而且在这个时候骑着蜂鸟赶到断山，自然也是来这星空学院报名的学生。

以后这些人就都是自己的同学了，李牧羊觉得自己有必要和他们搞好关系。

当然，如果他们能够行个方便转个身或者闭上眼睛，给他一点点时间把裤子穿上，那就更好了。他这样光着屁股蹲在地上真的好冷啊，屁股都要冻裂了。

“果然是你。”陆契机眼里紫光一闪，背着她的蜂鸟明显感觉到了不安。这种鸟最是敏感，能够迅速察觉到主人的情绪。

李牧羊努力挤出一个笑脸，说道：“各位，你们也是星空学院的新生吧？”

“我们当然是了。”圆脸少年笑呵呵地说道，“你这个光屁股的家伙不会也是吧？”

“我是。”李牧羊觉得这家伙说话时真的很讨厌，什么叫“你这个光屁股的家伙不会也是吧”？

“山高路险，我只是想要整理一下轻装上路。”李牧羊解释道。

“所以你就把裤子脱了？”黑衫少年嘴角带着一抹淡淡的笑意，不喜也不气，就当这是一场好戏。在进入星空学院前看到这样一个搞笑的家伙，还真是让人心情愉悦呢。

“李牧羊。”陆契机平静地看着李牧羊，说道，“我在山上等你。”

说完，她从蜂鸟的背上跃了下来，朝着山峰攀去。

陆契机灵动如风，几个腾挪就上了好几丈，转眼间就消失在李牧羊的眼前了。她骑来的那只蜂鸟鸣叫一声后，朝着高空飞去。

李牧羊暗喜，心想：难道这个漂亮的小仙女喜欢上自己了？不然的话，为什么她第一次见到自己就对自己格外关注，还说“我在山上等你”这样的话呢？

李牧羊在一本闲书上看到，最受欢迎的男人一定是财大气粗的。

李牧羊看看脚下散落的金币，突然就明白了那句话的意思。

书中自有黄金屋，书中自有大道理啊。

“契机等等我。”圆脸少年对着远去的陆契机喊道，也从蜂鸟背上跳了下来，快速地向上攀爬。

黑衫少年没走，一双漂亮的丹凤眼看着李牧羊，他若有所思地问道：“你们认识？”

第36章
饮者六忌

楚浔给自己的定位是一个闲散王爷，和他的父亲一样。

他的父亲是西风帝国皇帝楚先达的堂兄弟，无望于大位，不敢表现得过于有能力，于是每日遛狗斗鸡、喝酒听曲，过得逍遥赛神仙。

按照楚浔之前的想法，他的一生是可以预见的：和心爱的女孩子在一起，去西风大学厮混几年，等到父亲百年之后继承王位，一生富贵。

他没想到的是，陆契机临时改变了主意，要去星空学院。

楚浔知道星空学院，也知道它是整个神州最神秘的学府。

陆契机要去星空学院，他自然也去星空学院，因为陆契机就是他深爱的女孩子，他内心深处甚至都已经把陆契机当作自己的妻子了。

除了陆契机，他不知道还有什么女孩子能够进入他的眼，撩动他的心。

因为星空学院是集九国财力建造而成的，所以第一任院长同意每国皇室可以选派二十个优秀的皇室子弟进入星空学院学习。除此之外，星空学院与各国毫无联系，完全独立于九国之外，不受任何一个国家管辖。

楚浔去求了父亲，父亲一口拒绝。

他从父亲的眼里看到了恐惧和担忧，他知道父亲在恐惧和担忧些什么。

他们身为皇室子弟，距离那个位置天生就要比常人近上一大步。他已经足够优秀，倘若再去星空学院深造，皇上难免会猜忌：你到底想要做什么？

他们不得不考虑皇上的想法，不得不考虑太子的想法，也不得不考虑其他皇子的想法。

楚浔不愿意放弃，又去找了他的皇帝伯伯。楚先达倒是一口答应，说好男儿就应该上星空学院，只有从那里出来才能够成为真正的人族精英。

于是，楚浔就有了和陆契机再次同窗的机会。

这也是他们相约同时抵达这无名山山脚的前尘往事。

只是没想到的是，他们竟然看到了那样一幕，一个光着屁股的家伙正用手拼命地撕扯自己的内裤裤裆，那咬牙切齿的模样，就像是和它有什么深仇大恨似的。

楚浔原本以为这只是一场滑稽大戏，但是他从陆契机的脸上看到了一些不一样的东西。

他太熟悉陆契机了，知道她是一个多么骄傲的女孩子。

一般人根本就入不了她的眼，就算是自己，也是因为陪伴了她多年才稍微特殊一些。她竟然会主动和一个少年说话，而且还说“我在山上等你”，这根本就不是他认识的陆契机。

事出反常必有妖！

妖在哪里？自然就在面前这个抓着裤子蹲在地上的李牧羊身上了。

这个问题，他必须要搞清楚才行。不然的话，他内心难以安宁。

“你们认识？”楚浔看着李牧羊问道。他不得不承认的是，他说这句话的时候声音里充满了敌意。

“什么？”李牧羊仍然蹲在角落里，心想：这个家伙怎么还不走啊？你们不走我就没办法穿裤子，不穿裤子我就没办法站起来彬彬有礼地和人打招呼。

“我说，你和契机以前见过？”楚浔有些不耐烦。他不喜欢重复自己的话，因为那样会让人觉得自己很傻。

“没有。”李牧羊摇头，说道，“同学，你能不能先转身让我穿个裤子？我觉得我这样实在太不体面了。”

楚浔当然知道李牧羊这样很不体面，不过他不在意这些。李牧羊再体面也没有自己体面。

他仍然眼神坚定地盯着李牧羊，说道：“契机认识你。”

“她认不认识我，这个问题你应该问她才对。”李牧羊心里有些不舒服了。这兄台也太冷酷了吧？到底有没有听人讲话啊？“反正我是第一次见到她。”

李牧羊在见到陆契机之前，见过的最漂亮的女孩子是崔小心，不，是李思念。哎，还是崔小心吧，反正最漂亮的就是她俩。

在见到陆契机之后，他觉得最漂亮的还是李思念和崔小心，毕竟，那两个都是活生生的人，一个是自己活泼可爱的妹妹，一个是让自己第一次动心的姑娘。

至于这个陆契机，美得太过，就像是头顶上的太阳。太阳光芒万丈，反而让人睁不开眼睛。

李牧羊喜欢那种带有生活气息的美，那是触手可及的，能侵入人心却又不会让人迷失。陆契机美得不像人，好像自己稍微触碰就会被她烫伤。

就算她喜欢自己的财大气粗，自己也是不会喜欢她的。

做人要忠于自己的内心。

李牧羊想着：要是她再主动接近，甚至冒昧告白，自己一定要把话说得决绝一些。不喜欢一个女子，那就不要耽搁人家的青春。

楚浔看到李牧羊脸上的不快后，比李牧羊更加不快。

平时他都是被人吹着捧着，是高高在上的楚小王爷，如今竟然被一个光屁股的家伙嫌弃了，这让他的内心很难接受。

“最好如此。”楚浔冷冷地说道，眼睛里闪烁着危险的光芒，“星空辽阔，路途漫长，我劝你好自为之。”

“我知道你在担心什么。”李牧羊说道。

这就是欺负人了，李牧羊准备起身反击，总这么蹲在地上算怎么回事儿啊？就跟请求别人原谅似的。

他才起了一半身，又赶紧躬身蹲下去。

没办法，他还光着屁股呢。

“什么？”楚浔冷冷地盯着李牧羊，问道。

“你是担心陆契机喜欢我，是不是？”李牧羊的声音更加冰冷。他先前接触了那个崔照人，现在又接触了这个楚浔，从他们的身上学到了很多东西，对装酷这样的事情已经很有心得了。

“不自量力。”

“你不要担心。”李牧羊扬声说道，“我不喜欢这种紫头发的女孩子。西风帝国以黑发为美，故意把自己的头发染成那样的紫色是不成熟的表现，我喜欢懂事的女孩子。”

“你该死！”楚浔怒喝，长剑出鞘。

这个不知死活的东西，竟然敢侮辱自己最心爱的女孩子。今天自己非要把他宰了不可。

“楚浔！”楚浔身边的小辫子姑娘赶紧阻拦。

李牧羊看得出来，这个女孩子很关心面前的黑衫少年。她一脸担忧地劝阻道：“星空学院有星空学院的权威，你千万不要轻举妄动。这个家伙着实讨厌，不过既然他是星空学院的学生，那我们等他进入学院后再慢慢收拾也不迟。”

楚浔慢慢地冷静下来，知道张婉婷说的是正确的。

星空学院有自己的一套规矩，皇权难以将其撼动。如果自己在星空学院脚下把李牧羊杀了，学院里面的那些老怪物到底会如何处置自己还真是一个未知数。他们的处理结果就是西风皇室都难以动摇。

“要是在天都城内，你早就是一个死人了。”楚浔把宝剑插进剑鞘，神色冰冷地说道。

他不想再听李牧羊的风凉话，从那蜂鸟上跃了下来，朝着无名山山顶迅速攀爬，想追赶跑在前面的陆契机。上山的路上新生要经历酒、色、财、气四关，他怕陆契机过不了关，虽然在他心里，陆契机是整个帝国最优秀的女孩子。

张婉婷秀气的眉毛微微拧起，她很不满地看着李牧羊，说道：“出门在外，眼睛最好放亮一些，不要还没来得及攀登星空，就被人一剑宰掉了！”

“你故意留下来不就是想多看我一眼吗？”李牧羊很不喜欢这个满头小辫子的女生。我招谁惹谁了？别人欺负我你没有看到，却说让我眼睛放亮一些，这世间还有没有真善美了？

“你！”张婉婷脸颊绯红，她狠狠地抓着手里的宝剑，说道，“李牧羊，我记住你了。等进了学院，你看我怎么收拾你！”

说完，她双脚在鸟背上一点，人腾空而起，朝着无名山上面爬去。

李牧羊松了一口气，赶紧把内裤穿上包裹住屁股。

直到这个时候，他才察觉到大腿内侧的一块皮被磨烂了。母亲把金币藏在这里的时候，怎么也没有想到他这一路是这么坎坷多灾吧。

李牧羊又把裤子穿上，这才觉得温暖了许多。

他把地上的几十枚金币一枚枚捡起来揣进怀里，然后抓着那把没能送出去的通天剑朝着无名山山顶攀爬。

他没有蜂鸟，没有白鹤，甚至连腾身飞起都做不到。

他只能依靠自己的双腿，依靠身体的力量。

李牧羊一路上攀爬岩石，越过荆棘。毒虫让人防不胜防。

他的衣服被撕开无数条口子，身上也多了好几十个红肿的包。吸血蚂蟥往他身上蹿的时候，被他用通天剑斩成了两截。吸血蚂蟥没有死，再次往他的身上跳跃，又被他斩成两截。

他再次在心里感谢崔照人，诚心诚意地。

前方有一株古柏，古柏下面有一个酒鬼。

李牧羊看不出酒鬼的年纪，甚至都看不清他的模样。

这个酒鬼袒胸露乳，长发披散着，胡须浓密，一张脸被遮住了大半，只有那浑浊的眼睛和带着酒渍的大嘴巴露在外面。

他身上的长袍已经看不清楚原来的颜色，好像被土灰色的颜料刷过一遍。

酒鬼怀里抱着一个巨大的酒葫芦，没有任何名士风范，像一个地痞无赖一样斜躺在一块虎皮斑纹的大石上面，醉眼蒙眬地指着李牧羊，说道："小子，过来陪我喝一杯，我就许你上山。"

李牧羊立即就明白了，心想：这就是无忧师兄所说的酒、色、财、气四关里面的酒关了吧。

李牧羊有一种梦想破灭的感觉，在他的心目中，星空学院这样的名校虽然并不为众人所知，但这个时候不是应当派出一个李秋白或者杜若甫那样的绝世高人吗？而且这个高人这个时候应该一边在花丛舞剑，一边吟诵绝世名篇《将进酒》：古来圣贤皆寂寞，唯有饮者留其名。

你找一个邋遢懒汉到底是什么意思？你知不知道这很破坏氛围，很拉低学院的品味？

而且这个局布得一点儿都不深，他一眼就看明白了。

李牧羊走到酒鬼面前，看着他说道："我不愿喝酒，怎么上山？"

李牧羊小时候心脏不好，不能够食用刺激性的东西。别说是酒水，就是茶水他都很少饮用。所以，他确实是不擅饮酒。

"这一关是酒关，自然与酒有关。你不喝酒怎么能过关？荒谬！这实在是荒谬！"酒鬼对李牧羊的态度很不满意。

"酒色财气四堵墙，人人都在里面藏。谁能跳出圈外头，不活百岁寿也长。"李牧羊对着酒鬼深深鞠躬，说道，"还请酒老放小子过关，小子感激于心。"为了能够蒙混过关，他把古人饮酒的经典诗句都搬出来了。

"你可以不喝酒，但是你不能侮辱酒。你知道什么是酒吗？兀然而醉，豁尔而醒。静听不闻雷霆之声，熟视不睹泰山之形，不觉寒暑之切肌，利欲之感情。俯观万物，扰扰焉，如江汉之载浮萍……这才是至人境界。有此境界者，方能够在遨游星空时得大自在。"酒鬼的情绪更加激动，他很不喜欢李牧羊把酒、色、财、气形容为四堵墙，说道，"酒是琼浆，那什么色啊财啊之类的肮脏物哪能和它相提并论？"

酒鬼自顾自地灌了一大口酒，高声朗诵道："饮酒不醉最为高，好色不乱乃英豪。不义之财君莫取，忍气饶人祸自消。小子，你太着相了，反而落了下乘。此路不通，你再去其他地方想想办法吧。"

李牧羊的眉头拧了起来。无忧师兄只说新生要经历这酒、色、财、气四关，却没有点明学院到底要考核什么。

这酒关是考核学生的酒量，还是考核学生的应变能力？是考核知识积累，还是考核酒品人品？外面还有言：酒品如人品。这是不是说这个酒鬼从自己喝酒的态度就可以看出自己的人品？

自己不愿意喝酒，所以在他眼里就是人品不好。

自己借用了上古佛印和尚的诗句，他就立即用佛印和尚的挚友东坡先生的诗句来反击。看来这酒鬼不仅仅海量，而且知识渊博。

李牧羊心有所思，一时间竟然有些呆了。

酒鬼自顾自地喝酒，嘴里还念念有词，一副得了人间大自在的潇洒模样。

他嘴里啧啧有声，看来对那壶中美酒很是赞叹。

片刻后，酒鬼斜眼打量李牧羊，喝道："小子，你到底喝不喝？不喝酒就赶紧滚蛋，别站在本仙面前碍眼。婆婆妈妈的人，我看着就讨厌。星空学院是越来越落魄了，现在真是什么人都愿意招进来，白白损坏了学院的名誉。"

"我不是不能喝，而是不想喝。"李牧羊轻轻叹息，说道，"对于喝酒，我有六忌。"

酒鬼也是很有求知精神的。关于饮酒方面的知识，他更是愿意多了解一些。他自比酒仙，哪能不知酒中之事？

那酒鬼立即来了精神，蒙眬的眼睛中闪烁着精光，他看着李牧羊问道："喝酒有哪六忌？"

"第一，饮人之忌。喝酒前，先要看和什么样的人喝。高雅、豪爽、真率、忘机、知己、故交、玉人、可儿，饮人八境，这时我皆可大喝，不仅仅要大喝，而且要大醉。但是酒老形态邋遢称不得高雅，恨我不饮称不得豪爽，有所图谋称不得真率，至于忘机、知己、故交、玉人和可儿几境那就更称不得了。我们毫无关系，为何要一起喝酒？就算我们勉强一起喝酒，没滋没味，又有什么意思？"

"妙啊！"酒鬼鼓掌赞叹，又"咕咚咕咚"地灌了一大口酒，说道，"妙啊！这一忌妙，其他五忌是什么？"

"饮地之忌。喝酒，其次要看喝酒的地方在哪里。花下、竹林、高间、画舫、幽馆、曲石间、平畴、荷亭，都是一等饮地。和好友一边喝酒，一边或者吟诗，或者高谈阔论，才是酒中妙事。"

酒鬼看看自己的四周，发现周围草木茂盛，除了石头，别无他物。他突然就觉得有些烦躁起来，盯着李牧羊说道："小子有点儿意思，继续，继续！其余几忌是什么？你都给本仙一一道来。"

"饮候之忌。春郊、花时、清秋、新绿、寸雾、积雪、新月、晚凉。现在天是何天？地是何地？可有春花？可有冬雪？可有寸雾和新月？这般阴冷又潮湿之地，我不喝也罢。”

“小子，”酒鬼觉得自己提着的酒葫芦重若万斤，嘴里的酒水也没有滋味了，他盯着李牧羊说道，“你才是酒中仙人，还请赐告饮酒还有何忌。”

“饮趣之忌。清淡、妙今、联吟、焚香、传花、度曲、返棹、围炉，酒老和我得了哪样？这酒若是为了考核而饮，就是一杯苦酒。不饮最佳，饮了反而是对壶中美酒的糟蹋。要是让世间第一醉鬼流伶知道美酒都是被这般喝掉的，岂能不跳脚大骂？”

酒鬼丢掉手里的酒葫芦，站起来整理衣冠，很认真地对着李牧羊鞠躬致谢，说道：“感谢先生将我从歧途拉了回来。迷途知返，方成酒仙。不是小子……不是先生落了下乘，反而是我落了下乘。”

李牧羊暗喜，心想：脑海深处涌出来的这些知识还当真有用。

于是，他看着酒鬼问道：“酒老，既然这样，那我可以上山了吗？”

“自然可以。”酒鬼毫不犹豫地答道，然后，他又急忙叫住李牧羊，说道，“不行不行，你暂时还不能上山。”

李牧羊觉得奇了，问道：“酒老，我到底是能上山，还是不能上山？”

在水月洞天幻镜之前，数个身穿宽袖大袍的男人和女人都饶有兴致地看着这一幕。

“这番奇景奇言见所未见，闻所未闻。”头戴高冠的男人说道。

“酒老何尝叫过别人先生？这还是我头一回见到。”一个白衣胜雪的男人也觉得惊奇。

“这倒也不是没有。我从古卷中看到……”一个三角眼胖子总算找到了说话的机会，坐在角落说道。

“书呆子，就你知识渊博！”有人打断他的话。

李牧羊自然不清楚自己闯关的过程被人通过幻镜看了个明白，还以为这酒鬼又反悔不愿意让自己上山了，要是这个酒鬼觉得自己是一个酒友，拖着自己陪他一直在这里饮酒怎么办?

“不是不是。”酒鬼连连摆手，说道，“先生不是不可以上山。先生已经通过考核，现在就可以上山。酒汉只是觉得先生对酒的了解和感悟确实在酒汉之上，所以想再听你讲讲其他几忌再送你上山。”

“原来如此。”

李牧羊认真地想了想后，说道：“饮禁之忌。华诞、座宵、苦劝、争执、避酒、恶谵、唷秽、佯醉，此为不喝。刚才酒老态度强硬，有逼人喝酒的意思。所以，小子不喝。

“饮阑之忌。散步、依枕、踞石、分匏、垂钓、岸巾、煮泉、投壶，这些都可喝，但是此时此地，这些一样都沾不上，喝酒的情趣在哪里？兴致在哪里？和不知之人喝不名之酒，口中之酒便非佳酿，只是苦药。酒老何必强人所难？”

“妙啊！”酒鬼鼓掌大叫，在原地转圈，如饮了一大碗佳酿，“此言妙不可言啊。”

他再次整理衣冠，对着李牧羊深深鞠躬，说道：“听君一席话，胜喝十年酒，不不不，胜喝好几十年酒。”

他直起腰做了一个邀请的手势，说道：“希望来日酒汉还能够向先生请益。先生，请。”

酒鬼话音刚落，场景突变。酒鬼不见了，松柏和大石也不见了。周遭恢复如初，就像什么事情都没有发生过。南柯一梦，也不过如此了。

李牧羊站在险陡阴森的山道上面，这正是他之前走的那条路。

他又重新踏上了征途。

第37章

契机贪酒

陆契机爬山的速度很快。

她步伐轻灵，身体轻逸，腾挪起伏间，那些看起来难渡的嶙峋怪石就被她踩在了脚下。

林鸟被惊飞，拍打着翅膀尖叫着离开。

毒蛇等毒虫野兽从树林里面或者石头缝中蹿出来攻击，惩罚她闯入了它们的领地。剑影闪动，片刻后，那些毒蛇、毒蝎、毒蛤蟆和毒蜈蚣之类的东西就被她斩成了无数段。

她心中有戾气，所以出手的时候毫不留情。

“契机姐，契机姐，等等我！”圆脸胖子的喊声从陆契机身后传来。陆契机爬得太快，他费尽全力也没办法跟上。

陆契机没有理会，继续朝着无名山顶峰奔跑。

她要以最快的速度登顶，至少要在那个白痴李牧羊的前面登顶。

作为陆家的大小姐，她早就听说过，新生上山时会遇到酒、色、财、气四关。她根本就没有把这种事情放在心上。

对普通人而言，酒、色、财、气是四堵墙，但这四堵墙只能把心志不坚定的人给挡在大门外，对她陆契机而言，这能算是什么考验吗？

眼前场景突变，陆契机进入了另一个世界。

竹林一片，孤亭一座。

老者一人，烈酒一坛。

身穿灰袍、面目慈祥的老者正在自斟自饮，而后像是被陆契机的脚步声惊扰了，抬起头来向她招手，说道：“小姑娘，来陪爷爷喝一杯。我这酒叫作竹心酒，竹本无心，你喝了我的酒后也将变得没有任何心事，得人生大自在。我们一醉解千愁，如何？”

陆契机走了过去，大大方方地在老者面前的石凳上面坐了下来。

她从旁边的盘子上面取了一个酒碗放在老者的面前，说道：“倒酒。”

老者面带笑意，一边往酒碗里面倒酒，一边说道：“竹心酒至醇至烈，有‘一杯倒’的美誉。你先喝半碗，试试味道。”

老者倒了半碗酒后，把酒碗推到了陆契机的面前。

陆契机端起酒碗一口饮尽，然后把空碗放到老者面前，说道：“倒满。”

老者脸上绽放一个笑容，说道：“姑娘好酒量。”

他再次提起酒坛，倒了满满一大碗竹心酒，推到陆契机的面前。

陆契机再次端起酒碗一口饮尽，任由酒水顺着唇角滑落下来，她说道：“再倒满。”

老者看了看陆契机的脸色，再次把酒碗倒满。

陆契机端起酒碗，毫不犹豫地把一碗烈酒给灌了下去。

她把酒碗放在石桌上面，再一次说道：“倒满。”

老者抱坛不动，看着陆契机说道：“姑娘，这虽然是一场考核，但是，倘若你在这场考核中败了，那么你在现实中也就败了。你在考核中醉死，那你在现实中也就再也醒不过来了。我不是现实中的我，你却是现实中的你。这不是镜花水月，不是南柯一梦，是幻境，也是现实。”

“婆婆妈妈的，你真是让人厌烦。”陆契机从老者手里抢过那坛竹心酒，仰起脖子就“咕咚咕咚”地喝了起来。

陆契机一口气把大半坛竹心酒喝了个干净。

她把空坛丢到桌子上，喝道：“再取酒来。”

老者抱着那个空坛心痛得不得了，红着眼眶说道：“太浪费了，你太浪费了。这一坛竹心酒是我伐万竹才酿成的，却被你这么狼吞虎咽地喝完了，有你这么糟践宝贝的吗？”

“这酒不错。你还有没有？有就赶紧取出来。”陆契机无视老者的哭诉，看着老者问道。

“没有了，一滴也没有了。你走，你快走。”老者开始赶人，说道，“以后不要再让我见到你。太倒霉了，我实在是太倒霉了，白白浪费了一坛竹心酒。这可是我一个月的量啊。”

“小气鬼。”陆契机用衣袖抹了一下嘴，然后甩着一头紫发转身朝竹林外面走去，冷酷骄傲的样子，就像被世人宠坏了的小公主。

楚浔倨傲又随意，他一心想要追赶前面的陆契机，却不知道是不是追错了方向，跑了很久，依旧找不到陆契机的身影。就连跑在他前面的胖子也不见了，所有人都像是突然消失了一般。

一路上无比安静，就像这山腰上，只有他一个人在努力，在攀爬。在那些大威能者的眼里，他们这些人就像山腰上的蚂蚁，想要征服高山的蚂蚁。

楚浔是一个骨子里极端骄傲的人，他不喜欢做蚂蚁，更不喜欢被人看作蚂蚁。所以，他爬山的时候心情很不好。

正想着心事的时候，楚浔突然一脚踩空。

之前还是盛夏，现在却已经是大雪纷飞的冬天。

这是一片荒芜的田野，远处黑茫茫的一片，只有前面的山脚下有一点光，原来是一座亮着灯的茅屋。

茅屋上面的烟囱冒着黑烟，看来房屋的主人正在做饭。

楚浔犹豫了一番后，朝着茅屋走了过去。

他叩了叩门，喊道：“屋里有人吗？”

过了一会儿工夫，一个身穿青衫，浑身上下充满书卷气的少年拉开了门，他疑惑地看着面前的楚浔，问道：“你是要上山？”

“不错。外面下着大雪，我走得累了，所以来讨碗酒喝暖暖身子。”楚浔开口说道。他知道眼前发生的是什么事情，决定自己先把来历挑明。

“你进来吧。”青衫少年让开了半边门。等楚浔进来后，他赶紧把门关上插上门闩，这样就把雪花和寒风挡在了门外。

屋内简陋，只有寥寥几件家具。

这是小王爷楚浔到过的最贫困的人家。

大锅里“咕嘟咕嘟”地冒着泡，红薯和米饭的香味混合着传了过来。楚浔的肚子“咕咕”作响，他发现自己突然饿了。

青衫少年有些不好意思，解释道：“红薯稀饭，家里只有这个了。你如果不嫌弃，就和我一起喝一碗。”

“谢谢。”楚浔说道。

于是，青衫少年就盛了两碗红薯稀饭放在桌子上，又洗了两双筷子，和楚浔一人一张椅子，端着一碗稀饭“呼啦啦”地喝着。

青衫少年扫视四周，发现家徒四壁，就连腌萝卜都在昨天被他吃完了。

他的视线扫到角落，那里有一个落满灰尘的坛子。

他眼睛一亮，说道：“贵客远来，家里却无菜下饭，实在有违待客之道，好在还有一坛红薯酒。这酒是我亲手所酿，我们就以酒下饭，如何？”

楚浔点头，说道：“晚来天欲雪，能饮一杯无？在这冰天雪地里面吃着红薯稀饭，喝着红薯酒，倒也是一件雅事。”

“大哥说得妙。”青衫少年赶紧跑过去把酒坛抱了过来，擦去坛子表面的灰尘，又洗了两个茶杯，其中一个茶杯还裂了一个大口子。

然后，他就用那两个颜色漆黑的茶杯来装酒喝。

红薯酒酒味浓烈，还没有入口就有醇香扑鼻。

楚浔深深吸了一口酒香，说道：“好酒。”

被客人称赞，青衫少年脸色潮红，高兴地说道：“这确实是好酒，我自己平时舍不得喝，正好用来款待贵客。”

两人举杯同饮，楚浔称赞道：“虽然是最普通的红薯酒，口感也略微粗糙，但是胜在清新自然，如今又有这大雪相佐，就是宫中的太白佳酿也远不如此。”

“啊，大哥喝过太白佳酿？”

“不错。太白佳酿是高粱酒，用苏溪的高粱酿造。酿酒师取其最饱满的颗粒去皮取米，三筛再三炒，然后用天泉之水进行浸泡。一系列烦琐的工序过后，酿酒师再将之密封发酵，最终得此佳酿。”楚浔解释道。

青衫少年听得直咽口水，说道：“我虽未亲口品尝过，但想来太白佳酿一定是世间一等一的好酒。”

“太白佳酿虽好，却称不得世间一等一的好酒。”楚浔说道，“最好的酒叫作美人醉。梅雪时节，园林里面百花沾上露水或者初雪，美人用嘴唇将那些露水和初雪采集下来，再佐以百花，便酿造成了清新脱尘、烈而不伤的美人醉。那才是世间一等一的好酒。”

青衫少年满脸向往，说道：“但愿此生可尝一尝美人醉。”

“自然是有机会的。”楚浔嘴角带着一抹笑意，他看着青衫少年说道，“我看到桌上有书，你可是想要考取功名？”

“书中自有黄金屋，书中自有颜如玉。富贵书中取，学生也愿为此努力一番。”青衫少年朗声说道。

“考取功名之后呢？”

“那学生便可以尝遍世间美酒了。”青衫少年一脸期待地说道。

“我乃西风帝国小王爷，姓楚名浔，是皇室之人。如果我推荐你入宫做品酒官，遍尝天下名酒，你可愿意？”

青衫少年满脸激动，赶紧从椅子上起身，整理衣冠跪了下来，说道：“甘原唯小王爷马首是瞻。但凡小王爷有所吩咐，甘原万死不辞。”

“你起来吧。”楚浔端坐在窗前，举杯看着外面的风雪说道。

他知道，这酒关已经被他破了。

诱惑是一把双刃剑，或者伤到你，或者砍到我，结果如何，就看哪一方道行更深，本钱更足了。

顺利过了酒关，李牧羊很高兴。

他想明白了，这酒、色、财、气四关考验的不是登山者的修为，而是登山者的心性和毅力。

如果每一关登山者都要展示大神通、大威能才能够成功破解，李牧羊早就铩羽而归，止步于山脚了。

无忧师兄说过，星空学院是一所专门培养人族精英的神秘学府，除了自己这种靠勤奋和天分寒窗苦读十年，幸运考取的优秀学子，就只有那些靠家族走后门进来的二世祖了。

任何一个不公正的时代，任何一个不公正的国家，暗地里都有这种让人内心冰凉的黑幕。

譬如他今天在山脚看到的那个紫色头发的少女，那个身穿黑色长衫，一副“老子的老子就是某某城主，我什么事情都干得出来，你千万不要惹我”模样的冷酷少年，还有那个圆头圆脸，一看就是四肢发达头脑简单之辈的大块头，如果他们出身平凡，他就把自己的脑袋摘下来当球踢。哦，最后一条纯粹是他对圆头圆脸少年有偏见。他知道胖子也有聪明机灵的，譬如刚刚和他分别的公输垣，带着一身肥肉还能够在刀林箭阵中滚来滚去，看得他目瞪口呆。那已经不能用奇迹来形容了。

李牧羊暗自决定，等到他进入星空学院，成为伟大的星空强者后，他一定要为世间亿万草根发声，要洗涤这黑暗的世界，要恢复那朗朗乾坤。

李牧羊握了握拳头，觉得自己身上的担子更加沉重了。

酒、色、财、气四堵墙，李牧羊对自己破墙而入，抵抗住这四者的诱惑，很有信心。

李牧羊用通天剑砍了一根大小合适的树枝，削掉枝叶，削尖尾端，然后把它当成拐杖借力向上攀爬。

他越往上爬，身上就越寒冷，路也越艰险。

李牧羊觉得自己的呼吸变得粗重起来，双脚也变得越发沉重。他觉得自己每迈出去一步，都像是抽干了身体所有的力气。

他处在大山深处，看不到下面的平原，也看不到山峰上面的景色。

他不知道自己还要爬多久，但是他清楚自己必须往上爬。

这是他唯一的出路，也是他家人唯一的生路。

他别无选择。

“咔嚓——”

因为李牧羊用力过猛，他手里的拐杖折断了。

这意外来得猝不及防，他脱力的身体向前一倾，然后一头栽倒在地上。

他爬起来，坐在一块大石头上面，把脚上的鞋子脱了下来。脚底有大大小小的水泡，他用手指头轻轻触碰一下就痛得龇牙咧嘴。

大腿内侧也非常难受，那里原本就被金币磨破了一层皮。虽然他在山脚的时候把金币掏出来了，可是伤口并没有愈合。后来他又一番折腾，现在那里已渗出了血丝。

李牧羊莫名心酸，这算不算是人类史上最坎坷的求学之路？

“李牧羊！”

一个清脆的声音在李牧羊耳边响起。

这声音是那么熟悉，就像曾时常在他耳边萦绕。

李牧羊猛地回头，就看到一身青衣的崔小心站在绿树红花中间，脸上带着浅浅的笑意。

“崔小心！”李牧羊急忙四处查看，发现自己仍然处在原来的山林中，场景并没有任何的改变。

那株歪脖子树仍然歪着脖子，那根断掉的拐杖还躺在地上，自己脱下来的鞋子也仍然散发出死鱼一般的臭气。

幻境和现实相互交错，李牧羊甚至分不清现在这一切是幻境还是现实。

“李牧羊，好久不见。”崔小心笑着说道。

“是啊，好久不见。”李牧羊不知道面前这个人到底是不是崔小心，所以说话的时候还有一些犹豫，“你怎么会在这里？”

“我来读书啊。”崔小心说道。

“啊！”李牧羊大喜，说道，“你也要去星空学院吗？你原本不是要去西风大学的吗？我以为你去西风大学了呢！”

“我是这么说过。”崔小心点了点头，秀气的眉毛微微扬起，脸上有一丝喜悦和得意，她说道，“但是我又改变主意了。不可以啊？”

“可以，当然可以。”李牧羊笑得合不拢嘴。他乡遇故知，而且故知是他目前唯一的女性朋友，这种感觉确实很美妙。之前他心里还非常遗憾，以为自己进了星空学院后，就再也没有机会见到崔小心。同时，他也担心多年以后他再次与崔小心重逢时，崔小心已经嫁作人妇，两人的人生从此再也没有任何的交集。这样的惆怅一直隐藏在他心头。深山偶遇崔小心，虽然知道自己仍然不会有任何的机会，可是他心里还是觉得很开心。

至少，她现在还没有嫁作他人妻。他们还可以一起读书，一起学习，一起去看日出日落，做对方最好的朋友。

“太好了！我还担心来了星空学院没有熟人会很无聊，没想到路上就遇到了你，我们一起上山吧。”

“好啊。”崔小心爽快地答应道，“我们一起走，彼此也好有个照应。”

崔小心将视线转移到李牧羊的脚上，微皱眉头，说道：“你的脚受伤了。”

李牧羊赶紧把脚往衣服里面缩，提着鞋子就想往脚上套，他羞于在自己喜欢的女孩子面前露出自己丑陋和不文明的一面。

“没事儿，我穿上鞋子就可以出发了。”李牧羊说道。

“不许动。”崔小心出声阻拦。

李牧羊的手停了下来，他问道：“怎么了？”

崔小心朝着李牧羊走了过来，李牧羊把脚藏得更加严实了。

崔小心在李牧羊的面前蹲了下来，伸出白皙滑嫩的手把他的脚从衣摆下面拉了出来。

李牧羊看着自己长满水泡的臭脚很羞愧，满脸通红地解释道：“其实我每天都会洗脚的，就是爬山出了太多的汗，所以脚才变成这样。别管它，我们继续上山吧。”

“你疼不疼？”崔小心抬头看着李牧羊问道。

那担忧的模样让李牧羊心神激荡，有一种看到铁树开花的惊喜。

“我不疼。”李牧羊摇头说道，又觉得这样说有点儿不太好，暗骂自己：你把天给聊死了，让人家姑娘怎么接下去啊？李思念说过，这是追人大忌。

“我还好，”李牧羊又补充道，“走路的时候没有察觉，脱了靴子才发现脚有点儿痛。”

“把这些水泡戳破吧，不然你每走一步都会很痛。”崔小心说道，“前面还有很长的路要走呢。”

“那好。我来把它们戳破。”李牧羊从腰间抽出通天剑，准备用剑尖把那些水泡挨个戳破。

崔小心出手阻止，说道：“不要用那个。”

“你是要把脚切掉呢？”崔小心责怪道。

“那用什么？”李牧羊问道。

崔小心从自己的发间抽出一根珠钗，说道：“我们用这个吧。”

她把珠钗细长的一端放在嘴里含了含。

李牧羊看着她嫣红的嘴唇张开，然后微微地翘起。

崔小心摆出这个姿势时太诱人，也太暧昧，像极了他从李思念那里偷看的《玉玲珑》杂志里面的一个女子。

李牧羊心跳加速，身体也变得燥热起来。

他担心自己会经不住诱惑，赶紧低下头去，不再看崔小心那动人的样子。

崔小心把李牧羊的脚拉过来放在自己的腿上，虽然隔着一层层衣衫，李牧羊却仍然能够感觉到崔小心身体的热度，还有那滑腻的触感。

这是他第一次和一个女孩子如此亲近，虽然李思念经常把臭脚放在他的腿上，还强迫他给她剪脚指甲，但他从来都没有把她当成一个女孩子。

崔小心按住李牧羊轻轻颤抖的右脚，说道：“不要动，身体放轻松一些。”

“我没有轻松。”李牧羊说道。

他发现自己说错话了，又赶紧纠正，说道：“我没有紧张，就是觉得有点儿冷，哈哈哈哈！”

他尴尬地笑了几声，脸上的红晕才消去一些。

崔小心抬头白了李牧羊一眼，说道：“等下可能会有一点儿痛，不过你要忍住，我很快就会好的。”

她从怀里摸出一块白色手帕，然后将那块白色手帕垫在李牧羊的脚下。

李牧羊有一种暴殄天物的感觉，这么好的手帕，他很想揣进怀里永久珍藏。

崔小心手持珠钗，用那尖细的一端迅速无比地戳破一个水泡，然后用那手帕擦拭掉水泡里流出来的淡黄色脓水。

李牧羊身体微颤，却又强作镇定。

“你会不会很痛？”崔小心关心地问道。

“不痛，我一点儿都不痛。”李牧羊笑着说道。

他看到崔小心的手指沾到了自己脚上的脓水，就想把自己的脚抽出来，他说道：“小心，要不你让我自己来吧，我知道怎么做了。”

崔小心按着李牧羊的脚不让他动弹，幽怨地说道：“你这人怎么这样啊？反正我都已经开始了，你干吗还要婆婆妈妈的？要是我受伤了，难道你会把我丢到一边不管不问吗？”

“我当然不会。”李牧羊保证道，“要是你受伤了，我一定会照顾好你。”

“我也是。”崔小心说道。她说话的时候，又手脚麻利地戳破了一个水泡。

崔小心每一次戳下去，李牧羊都有一种身心颤抖的感觉，心里麻麻的、痒痒的，好像她戳破的不是他脚底的水泡，而是他的心。

第38章
情关难过

崔小心动作娴熟，戳水泡时干净利落。

她以珠钗为针，一只手用珠钗戳穿水泡，另外一只手就用白帕迅速擦拭掉从水泡里面流出来的水。

等到李牧羊双脚上面的水泡全部被戳破后，她便用手帕包住那珠钗，然后从口袋里摸出一个白色的小瓷瓶，拔开塞子，从里面倒出药粉均匀地洒在李牧羊的脚底，又从李牧羊手里接过通天剑，从自己的衣服上割下两块布，将那青色布料当作医用纱带包住李牧羊的双脚后，调皮地打了一个漂亮的蝴蝶结。

“好了。”崔小心一脸笑意地说道，“我很久没有做这样的事情，手有些生疏了，包得不好，你不要介意啊。”

“你以前做过这样的事情？”李牧羊满脸感激，看着崔小心问道。他看得出这个女孩子眉眼间的担忧，也看得出她包扎时的认真。

长相漂亮、气质绝佳、学习能力超强、家世又好的女孩子不嫌弃自己的肮脏，不厌恶自己脚上散发出来的浓臭，用她头上的珠钗帮自己戳破水泡，用她的纤纤玉手细心包扎，李牧羊想想就感动得不行。

如果可以，他愿意当场以身相许。当然，崔小心怕是有些意见的。

“我以前学过。”崔小心莞尔一笑，低头收拾手帕和珠钗，说道，“母亲总是希望我学习更多的东西，比如经济、书画、女红、包扎，以及一些常见病的治疗方法。我学会了之后，很少有机会练手，没想到今天倒是用上了。”

崔小心用那手帕包住沾上脓水的珠钗放到土地里面埋掉，然后到旁边的小溪边去洗手。

她回来的时候，用巨大的树叶包了一包水。她将水包捧给李牧羊，说道：“喝口水吧，你嘴唇都起了皮子。”

李牧羊接过水包，一口气把里面的溪水喝个干净。

崔小心又用湿帕帮李牧羊擦拭脸上的汗渍，说道：“这样你会舒服一些。”

李牧羊喉结蠕动，“咕咚咕咚”地吞咽着口水，声音干涩地说道：“我自己来就好了。”

“你干吗要和我这么客气？”崔小心娇嗔道。一番忙活后，她脸颊红润，额头出现了细密的汗珠，但她眉目如画，一举一动都让人觉得赏心悦目至极。

“那我就不客气了。”李牧羊嘿嘿傻笑，“你对我这么好，我都不知道这是真的还是假的了。就算这是假的，我也是很高兴的。”

“傻瓜，我都活生生地站在你面前了，还能是假的啊？”崔小心轻笑，看着李牧羊说道。

“是，你是真的。”李牧羊连连点头，“我就是担心这一切是假的。”

崔小心打量着李牧羊的身体，问道：“你身上还有其他地方受伤了吗？”

“有。”

“哪里？”

李牧羊瞄了瞄裤裆，说道：“我不好意思说，那里还是我自己包扎吧。”

崔小心顺着李牧羊的视线看去，脸上立即出现了一层红晕，就连脖颈都红透了，她低声说道：“流氓。”

李牧羊心想：这怎么就流氓了？我都没有让你帮我给这里上药啊。

李牧羊穿好鞋子，找崔小心借来那个白色小药瓶后，自己钻到密林里面处理了一番。

李牧羊从密林里走出来之后，想把小药瓶还给崔小心。崔小心不接，说道：“你拿着用吧。”

脚上的水泡被戳破后，李牧羊走起路来果然舒服多了。

李牧羊又用通天剑削了两根木杖，他和崔小心一人拄着一根向山顶爬去。

男女搭配，走路不累。

李牧羊之前如同灌了铅的双腿变得轻盈起来，不仅仅自己走得飞快，还能够时不时地回头照顾一下紧跟在他身后的崔小心。

两人大多数时候都是埋头赶路，偶尔说一句话，带着一种久违的默契，就像能够读懂对方的心。

即便不说话，只要彼此交换一个眼神，都觉得满心喜悦。

“啊！”崔小心突然惊呼一声。

李牧羊赶紧转身，看到崔小心跪坐在地上。

李牧羊跑到崔小心面前，急声问道：“小心，你怎么了？”

“脚，我的脚扭到了。”崔小心眉头紧皱，白皙的脸因为疼痛而变得苍白。

“我看看。”李牧羊说道。他伸手要去脱崔小心的布靴。

“不要。”崔小心伸手阻止。她是女孩子，怎么能任由一个男生把她的鞋子脱掉呢？

“让我看看。”李牧羊坚持。他从崔小心痛苦的表情中知道她伤得很重，他必须要检查一下才能够放心。

崔小心轻咬薄唇，犹豫了一番后终于松手。

李牧羊脱下崔小心的布靴，将那布袜也扯了下来，崔小心光滑白嫩的小脚呈现在了李牧羊的眼前。

李牧羊来不及欣赏，他注视着崔小心红肿的脚踝，伸手轻轻地碰了一下。

崔小心轻呼，说道：“痛，脚好痛。”

“脚踝骨节伤到了。”李牧羊眉头紧皱，说道，“我帮你揉揉。你身上还有药吗？”

“没有了。”崔小心摇头。

李牧羊扫视四周，然后跑到树林里面扯了一把火红色的狗骨草出来。他用手掌把那狗骨草搓成红色叶泥，然后小心翼翼地涂抹在崔小心脚踝红肿的位置。

“这药好凉！”崔小心脚往后缩，想要躲闪。

“狗骨草虽然是火属性，但是汁液冰凉，有化瘀消炎的作用，可以帮你疏通经脉，强化筋骨，对骨节扭伤有奇效。”

“你怎么知道狗骨草可以治我的骨头？”崔小心问道。

李牧羊沉默不语，不知道如何回答这个问题。

“原来你也懂得医道啊！”崔小心看着李牧羊的眼睛说道。

“久病成良医，我小时候经常生病，所以看了不少医书。”李牧羊一边解释，一边帮崔小心穿上袜子，又帮她把鞋子穿好。

他说道：“你骨节受伤了，一时半会儿不能走路。”

崔小心说道：“既然如此，你先走吧，不要因为我耽误了报到日期。”

“那可不行。”李牧羊态度坚决地说道，“我们要走就一起走，你要是不走，我就留下来陪你，哪能把你一个人丢在这里？”

“可是……”

“没有可是。”李牧羊把崔小心扶了起来，然后蹲在崔小心的面前，将自己的后背对着崔小心，说道，“我背你。”

“李牧羊。”

“如果没有你，我就不会从浑浑噩噩的状态中清醒过来。如果不从浑浑噩噩的状态中清醒过来，我就考不到帝国文试第一。如果考不到帝国文试第一，我就不可能出现在这里。”李牧羊笑着说道，“你上来吧，我背你。”

崔小心眼里重新焕发出光彩，她轻轻地趴了上去，伸手搂住了李牧羊的脖子。李牧羊稍一用力，就把她背在了背上。

爬山原本就难，背着一个人爬山更是难上百倍。李牧羊每一步都重若千钧，没走几步就大汗淋漓。

但是，李牧羊没有想过放弃。

这是他的责任，也是他愿意做的事情。

“李牧羊。”崔小心趴在李牧羊的肩膀上，吐气如兰。香甜的气息在李牧羊的鼻间萦绕，让李牧羊感到一阵迷醉。

这是他做梦时才会出现的场景，没想到今天他能得偿所愿。

“嗯。”李牧羊轻声回应。他觉得自己的心都要化掉了。

“你的衣服都被汗浸湿了。”

“嗯。”李牧羊说道。

“你放我下来吧。我休息一会儿，等脚好了再自己走。”

“不行。”

“那你停下来，我们坐下来休息一会儿。”

李牧羊想了想，说道：“你这脚一下子也好不了，就算敷了一层狗骨草的泥，你想要下地走路也至少需要一个星期的时间。一直休息也不是办法，那样的话，我们爬到山顶至少要十天。这样吧，我有力气的时候就背你一程，等到没有力气后就放你下来，咱们一起休息。我在你身边的话，还能够照顾你。”

“可是那样的话，你半个月后才能够爬到山顶，这还是在一切顺利的情况下。”崔小心满脸担忧地说道，“要是误了报到之期，你怎么办啊？”

“误了也没关系。”李牧羊笑着说道，“学院虽然写了报到之期，但是没有规定我们一定要在什么时间爬上山去。我们慢慢走，然后一起去学院报到。星空学院总不能因为我们去晚了，就不收我们吧？哪有这样的道理？”

“可是……”

“小心，你别可是了。”李牧羊义正词严地说道，“别说只是背着你爬山，就是背着你赴汤蹈火，我也在所不辞。”

李牧羊话音刚落，轰隆隆的响声就传入了他的耳朵。

李牧羊侧耳听了听，说道：“天上打雷了。”

“不是。”崔小心声音颤抖地说道。

她伸手指着前面，滔天巨浪正从那里朝着山下涌来。

洪水漫天，席卷而来。

李牧羊看得目瞪口呆。

我就是随便说说而已，老天爷不用这么严肃吧？我开个玩笑都不行吗？你有没有一点儿幽默细胞啊？

我说愿意背着崔小心赴汤蹈火，你就立即降下这么一场山洪。你知不知道，男人的诺言都是经受不起考验的？！

李牧羊想死的心都有了。

轰隆声由远及近，仿若惊雷不停地在耳边炸开。

白色巨幕铺天盖地，从高处狂涌而下，一路冲锋陷阵，以摧枯拉朽之势，淹没了山林，朝着李牧羊和崔小心所在的方向压了过来。

李牧羊嘴巴微张，想要说些什么，却什么话也说不出来。

崔小心大急，说道："李牧羊，快跑！快跑！"

李牧羊这才反应过来，丢掉手里的木杖，转身朝着山坡下面跑去。

那是他刚才好不容易才走完的山道，没想到现在他又要走回头路，而且是以比来时更快的速度。

"噼里啪啦——"

树枝折断的声音不断传来。

洪水在他们身后"轰轰轰"地响着，就像一群疯狗在他们后面追赶。

"放下我！你放下我！"崔小心更加着急了，"你背着我跑不掉的！李牧羊，你跑不过洪水！你快把我放下来！"

"不行。"李牧羊态度坚决地说道，"无论如何，我都不会丢下你。要跑，我们就一起跑；要死，我们就一起死。"

"李牧羊，"崔小心心急如焚，说道，"这样你会死的！你会被大水淹死！你知不知道？你这个白痴，快放下我！"

"我知道。但我要是放下你，你就会死。"李牧羊说道。

他又不是傻瓜，怎么可能不知道自己现在的处境？无名山高耸入云，洪水从上面冲下，力道何止亿万斤，肉体凡胎如何承受得住？

李牧羊一个人能不能跑掉还是未知数，更何况，他还背着一个难以下地走路的崔小心。如果他放下崔小心自己逃跑，崔小心死路一条；若是他背着崔小心一起逃跑，那就是死人两条。

在这样的绝境下，李牧羊又当如何选择？

轰隆声渐近，浪花拍打地面的声音追到了李牧羊屁股后面。已经有水花漫到了李牧羊的脚脖子，李牧羊稍有不慎就会被后面的大浪推倒。

"李牧羊，快放下我！我要下来！"崔小心大声喊道。一向从容的崔小心现在也着急起来，说话的声音变得无比尖厉。

李牧羊不应，背着她疯狂逃跑。

“李牧羊，放我下来！放我下来！”崔小心拼命地拍打着李牧羊的肩膀。

李牧羊咬牙狂奔，一声也不吭。他不会放下崔小心自己逃跑，死也不会。

“李牧羊！”崔小心眼眶泛红，哽咽地说道，“放下我，放下我吧。”

“哗啦——”

铺天盖地的洪水席卷而来，李牧羊被那洪水巨大的冲力推倒了。

后面的洪水淹过，茫茫水面上已经不见李牧羊和崔小心的踪影。

“轰、轰、轰……”

洪水继续狂灌。百鸟纷飞，百兽落跑。山石滑落，山体裂开。天上之水仿佛要把整座无名山冲垮。

“呼——”

李牧羊从洪水中探出一个脑袋。

他一边顺着洪水向前移动，一边四处张望，焦灼地喊道：“崔小心！崔小心！崔小心，你在哪里？崔小心，你说一句话啊！”

巨浪拍打在他的后背，他站立不稳，整个人朝地上扑去。他还没来得及从地上爬起来，后面的洪水就再次压了下来。

李牧羊一边努力爬起来，一边思索着之前的事。他被洪水淹没后，好不容易才从下面爬了起来，却发现自己背着的崔小心不见了踪影。现在想来，应该是他摔倒的那一瞬间没能抓稳，这才把崔小心弄丢了。

不知不觉间，李牧羊已经眼眶发红，他声音嘶哑地吼道：“崔小心！崔小心你快说句话啊！崔小心！”

“砰——”

忙着找人的李牧羊没有看路，重重地撞上了一株千年古树。

他被撞得头晕眼花，脸擦破了皮，鼻子也开始流血。

李牧羊顾不上脸，双手紧紧地抱着千年古树的树干，嘴里还在不停地喊：“崔小心！崔小心！”血水趁机流进了他的嘴巴。

他重重地吐了一口后，一边四处张望一边又继续喊了起来。

洪水狂泻，一时半会儿没有停歇的意思。

李牧羊心急如焚，他不知道崔小心会不会游泳，不知道崔小心现在的状况如何。要是她出了什么事，他一生也难以释怀。

“李牧羊。”微弱的声音传了过来。

李牧羊侧耳细听，大声喊道：“崔小心，刚才是你在叫我吗？崔小心，你在哪里？”

“李牧羊。”熟悉的声音再次传来。

这一次，李牧羊确定了方向。

他深深地吸了几口空气，然后猛地松开大树，朝着悬崖边游了过去。

洪水力大无穷，推着李牧羊向前冲。

李牧羊很快就被推到了悬崖边，然后一把抓住一根藤蔓。

“崔小心！”李牧羊再次喊道。他旁边就是万丈悬崖，此时却不见崔小心的身影。

“李牧羊。”崔小心的声音从悬崖下面传了过来。

李牧羊低头细看，这才发现崔小心的身影。她被悬崖旁的树枝挂住了，双手紧紧地抱着其中比较粗大的一截树枝，稍有不慎就会掉下去。

李牧羊心中大急，脸上却不动声色，他说道：“崔小心，你没事吧？你有没有受伤？”

“李牧羊，我要死了。”崔小心无力地说道。这个娇生惯养的小姑娘被这一番折腾，实在是吃尽了苦头。

“不会的，你不会死，我也不会死。”李牧羊咧嘴傻笑，“我把藤蔓丢过去，你用藤蔓捆住自己的身体，我再把你拉上来。”

“李牧羊，我没有力气了，我身上一点力气也没有了，我怕我抓不住。”

“抓不住也没关系，你等着，我这就下去救你。”

“李牧羊，你不要下来！”崔小心急忙喊道，“你不要下来，你下来我就跳下去！”

“你说什么傻话呢？我不下来，难道让你一直趴在那里不成？”李牧羊笑着说道。他不停地扭动身体，把藤蔓缠在自己腰间。

“你等着，我下去把你带上来。我刚才背过你了，你身上没有几斤肉，这藤蔓很结实，可以把我俩同时拉住。”

“李牧羊，你不要下来，千万不要下来！”崔小心再三劝阻，“你下来了就没办法上去。难道你自己心里不清楚吗？”

洪水从旁边倾泻下去，李牧羊被冲得左右摇摆，随时都有可能掉下悬崖。李牧羊闻言没有害怕，反而咧嘴笑了笑，说道：“我很清楚，可还是想试一试。如果我不下去，你就没办法爬上来。等你抱着的树枝支撑不住，你就会掉下去。”

“李牧羊，你为什么这么傻？”

“我只是不想让你死而已。”李牧羊开始向下爬。他必须爬下去，他如果不爬下去，就没办法把崔小心带上来。

崔小心全身脱力，如果他不下去把崔小心和自己绑在一起，他怕崔小心在中途就会掉下去。但是，这个方案也有一个问题，如果自己安全地下去了，也很顺利地和崔小心绑在了一起，接下来怎么上来呢？

他能够完成这巨大的运动量吗？

李牧羊来不及想太多，沿着悬崖向下爬，一点点地靠近崔小心，直到与崔小心平行。

然后，他抓住树梢，朝崔小心抱住的树枝爬了过去。

“小心。”李牧羊满脸血水。

那是他脸上和鼻子里流出来的血，血和飞溅而来的水花混合在一起。

他说道：“你不会有事的，我来救你。”

“李牧羊，”崔小心热泪盈眶，哭道，“你怎么这么傻？你怎么这么傻？你明明知道这只是一场考核啊！这不是真实的，这只是一场考核啊！我不是崔小心，我只是、只是变成了崔小心的样子。”

李牧羊抹了一把脸上的血水，让自己的眼睛看得更清楚一些。

他听见“崔小心”的话后，脸上没有露出一点失望的神色，他毫不在意地说道：“我知道啊。我知道你不是崔小心，我也知道这可能是一场考核，可是，你和崔小心长得一模一样，万一是真的崔小心呢？”

他一步步地朝“崔小心”爬过去，然后用藤蔓系住“崔小心”的腰。

“不管你是谁，既然你变成了崔小心的样子，我就要把你带上去，不能让你出事。”李牧羊笑容灿烂，露出两排洁白整齐的牙齿，看起来就是一个阳光帅气的大男孩儿。

“李牧羊。”“崔小心”抱紧李牧羊，喃喃地喊着他的名字，“李牧羊。”

“崔小心”用力一跃，拖着李牧羊朝那常年云雾笼罩、寒风呼啸的无底悬崖落去。

第39章
名师争徒

水月洞天幻镜前，星空学院一众名师看得目瞪口呆。

一道瀑布上正放映着“崔小心”抱着李牧羊不断向崖底坠落的画面。

“你们以前见过这样的场景吗？”头戴高冠的男人问道，“舍生忘死，却不愿意抛弃‘情’之一字，他这算是闯关成功还是闯关失败？”

“他明知道这只是一场考核，这个‘崔小心’是假的崔小心，自己要是死了就是真的死了，还做出这样的选择，愚蠢！愚蠢至极！”白衣胜雪的美男子一脸怒气地说道，“这样的人不配成为你们的弟子，我要把他收在门下好生教导，好让他知道，修行需要有所舍弃才有机会站在星空之巅，他这般左顾右盼实在难成大器。”

“浅白兄此言差矣。”高冠男人立即反驳，说道，“有教无类是我星空学院第一任院长手书的院训。不管是什么人，都可以受到教育，我们不能因为求学者的贫富、贵贱、智愚和善恶等而把他们拒之山外。作为深受院长影响的弟子，我有责任，也有义务将院长的思想发扬光大。这个李牧羊虽然愚蠢了些，固执了些，但是重情重义，倒也有几分可爱。这个学生就记在我的名下吧。你讲课的时候冷冰冰的，学生们都不喜欢听你的课。倒是我讲课时旁征博引，妙趣横生，赶来听我讲课的学生是最多的。”

“孔离，你欺人太甚。你抨击我的专业性也就罢了，竟然还想和我抢学生，这次我绝对不会让你得逞。”夏侯浅白勃然大怒，俊脸都快变得透明了。

“什么叫作和你抢学生？夏侯浅白，你什么时候如此霸道了？被你看了一眼的东西就成你的了？那我看上了你，你也就成了我的了？”孔离昂起脑袋说道，头上的高冠摇摇欲坠。

“我先说要收这个学生为弟子，你却非要和我抢夺。此次入学新生那么多，难道里面就没有你孔离看中的了？”

“有啊，我看中的就是这个李牧羊。”

“你想打架不成？”

“打就打，难道我还怕你？”

“两位师长。”三角眼胖子满脸着急地看着这两个挽起袖子准备大打出手的星空大师，他们要是再打起来，这个水月洞天怕是又要被他们拆了。虽然星空众多名师因为担心他们打架会毁了洞府，聚集起来对这水月洞天洞府下了无数的防护禁制，但这怕是也没什么用处。“星空学院有规矩，所有学生都可以自由选择名师，自由选择课业。就算是我们，也勉强不得。”

孔离和夏侯浅白立即结束了这剑拔弩张的局面，孔离冷冷地瞪了三角眼胖子一眼，说道：“书呆子，就你懂得多！”

“书呆子，你不会是也想和我抢学生吧？”夏侯浅白目光犀利地上下审视着三角眼胖子，说道，“胖子心眼儿多，别以为你那点儿小心思我看不出来。你就是想让我俩停手，然后自己暗中下手。”

三角眼胖子尴尬地笑，说道：“我是晚辈，在两位师长面前哪有抢夺学生的份。不过这个李牧羊确实有过人之处。酒、色、财、气四堵墙，其实就是各人内心的真实写照。你期待什么，就会面临什么。李牧羊喜欢那个崔小心，所以就遇到了一个与崔小心一模一样的女孩子，他明知道这是一场考核，这个‘崔小心’是假的，却没有选择以更简单直接的方式破局，而是选择接受，接受他所幻想的一切，甘之如饴，不惜以身犯险。这样的人傻则傻矣，但是和站在星空之巅的那些大人物有些相似，他们内心深处都有坚定的信念，并且永远不会动摇。”

夏侯浅白撇了撇嘴，说道：“书呆子，你是在说你自己吧？靠死读书读死书也能够混到这般修为的人，嘿嘿，全天下怕是就只有你一个。”

“我不是这个意思。”三角眼胖子面红脖子粗地反驳道，“诗仙李秋白痴于诗，剑仙西门吹雪痴于剑，他们都因为有这股子痴劲儿，所以才能够成为受万世景仰的大人物。我、我只是痴于书罢了。”

“那这个学生给你，你要不要？”孔离打断他的话，问道。

“要。”三角眼胖子干脆利落地回答道。

三角眼胖子看到两位师长一副要动手打人的模样，又赶紧说道：“不过我们还是要看学生自己的选择。我们必须尊重学生的选择，只有这样，学生才能够更有动力，将自己的兴趣挖掘出来并且将自己的潜力发挥到极致。”

夏侯浅白冷笑不已，说道：“李牧羊再怎么选，也不会选你负责的那个什么屠龙课。这个世界还有龙吗？龙都没有，学得一身屠龙技又有什么用？”

三角眼胖子脸色晦暗。帝国有一句谚语叫作“女怕嫁错郎，男怕入错行”，他就属于入错行的典型例子。

入眼的是一片桃林，此时正是桃花盛开的季节，粉红色的桃花大片大片地绽放，让人仿若置身在一个神奇美妙的童话世界。

桃林中央，一个身穿白衣的英俊少年正在舞剑。少年剑眉星目，五官精致无瑕，犹如画中仙人。少年的剑潇洒飘逸，一招一式都带着凛冽的杀气，一看就是入了品级的。细看下，少年竟然和陆契机的好友楚浔有些神似。

静谧的桃林与舞剑的英俊少年组合在一起，当真是一幅让人心旷神怡的唯美写意画。

陆契机神色冷淡地站在那里，眼睛一眨不眨地看着那个少年，看着他的每一个回旋和每一个跳跃转身。

一阵风吹来，桃花掉下枝头，化作了片片花瓣。花如雨，纷纷扬扬地落下。

少年像是这才察觉到了陆契机的存在，在空中突然转身，朝不远处的陆契机飞了过去，手里的长剑挑起了数片桃花花瓣。

那些花瓣就像长了眼睛，一片片地落在陆契机的白色衣服上面。一身白色华服的陆契机在红色桃花的点缀下，显得更绰约动人。

陆契机一动不动，任由那英俊不凡的少年给自己盛装打扮。

少年看到陆契机没有拒绝自己的殷勤，便将手里的长剑凌空一斩。

“嚓——”

一枝桃花便被他削落下来。

他收剑入鞘，伸手接过那带着几片绿叶的桃花枝朝陆契机走了过来。

少年躬身行礼，一脸笑意地说道："去年今日此门中，人面桃花相映红。小姐人比花娇，小生情难自禁，斗胆送几朵桃花表达爱慕之意，还请小姐原谅。"

"你是假的。"陆契机面无表情地看着他说道。

"何为真？何为假？我站在你面前，有温度，能言语，触手可及。这便是真的。"少年笑起来的时候眼眸含情，脸上露出两个迷人的小酒窝。

这确实是世间一等一的美男子，世间再冰冷的女人，遇到他后，也会被他的笑容和酒窝融化，然后沉溺其中不可自拔。

陆契机也是一个女人，女人遇到这种温文尔雅、剑法超群，而且又懂得浪漫，连追人都这么别出心裁的男人时，不是很容易一见钟情吗？

"假的就是假的。"陆契机转身准备离开。

"小姐怎的如此狠心？"少年哀伤地说道，"今日一见小姐容颜，小生惊为天人。如果小姐转身离开，小生怕是这辈子都难以安心练剑了。"

"这关我什么事？"

"我唯愿能和小姐待在这片桃林中，作诗舞剑，摘花酿酒，生死不离，长相厮守。只要小姐愿意，我们就可以永永远远地生活在这里。人生短暂，外面山高路险，人心叵测。小姐本是如玉佳人，何苦去寻那些烦恼仇恨呢？"少年一脸诚挚地说道。他一步步地朝陆契机走近，想要把她拉回来，不舍得和她就此分别。

"这关你什么事？"陆契机看着少年问道。

"只要小姐点头……"少年仍然没有放弃，想要用自己的痴情来感动陆契机。在他看来，女人多是心软的，只要男人多动动嘴，说一些甜蜜的话，她们就很容易妥协。

"锵——"

长剑出鞘。剑影重重，陆契机的长剑朝着那少年斩了过去。

少年躲闪不及，惊恐地看着霍然出手的陆契机。

他没想到这个女孩子一言不合就要动手伤人。

"嚓——"

少年的身体被拦腰斩成两截。

桃林里没有血花四溅。

少年的身体化作了一片光影，然后“轰”的一声炸开。

花瓣飘零，香气阵阵。

桃林仍然是那片桃林，只是少了一个舞剑的白衣少年。

“嚓——”

陆契机收剑入鞘，冷冷地说了一句：“啰唆。”

李牧羊睁开眼睛的时候，第一反应就是自己竟然还活着。

他以为自己死定了，从那么高的地方落下去，呼啸的风仿佛吹了好几个世纪，“粉身碎骨”四个字应当是自己最真实的写照了。

“‘崔小心’呢？”李牧羊猛地起身，眼睛四处寻找着。

他没有看到“崔小心”的身影，入眼的是一片荒凉的戈壁。红色的岩土就像天边的晚霞，戈壁显得空荡又贫瘠，有一种震撼人心的悲伤。

他的身体在不停地摇晃，时不时地被颠起然后又迅速地落下。

人喊马嘶，车轮辘辘。

李牧羊这才发现自己正躺在一辆大车的货物上，数十辆大车组成的车队在戈壁中宛如一条长蛇。

李牧羊脑袋晕沉沉的，一时半会儿还反应不过来现在到底怎么回事。

他不是正在爬山吗？不是从山上掉下来了吗？怎么现在又到了这戈壁里面？

幻境和现实不停交错，李牧羊有一种精神错乱的感觉。

难怪这星空学院是神州最神秘的学院，这入学考核也太难了吧？这是要把人往精神分裂玩啊！

“小伙子，你醒了？”一个粗壮的汉子打马过来，咧开嘴巴对着李牧羊憨憨一笑。汉子身上披着轻甲，腰间挂着一把青色大刀，眼睛有神，看起来身手不凡。他说话时带着浓重的关中口音，关中话虽然和江南的吴侬软语相差甚大，但是很容易听懂。

“我为什么在这里？这是哪里？”李牧羊急声问道。

“这里是红魔谷。”汉子笑呵呵地说道。

他用手指着远处奇形怪状的红色沙丘，说道：“你看，那些山坡像不像红色的魔鬼？”

“像。”李牧羊点头说道。

他不在乎那些红色沙丘像什么，只关心自己为什么会在这里：“那我怎么到了红魔谷？”

“我们带你过来的。”汉子爽朗地笑着，说道，“你躺在路边昏迷不醒，我们把你救了回来。”

“你们去了花语平原？”

“那倒没有。花语平原那种地方我们可不敢去，我们是在红树林看到你的。”汉子笑着说道。

李牧羊想死的感觉都有了。

红树林又是哪里啊？他走回无名山又得要多少天啊？自己这次会不会又像上次一样，一路上遭遇无数次的刺杀？李牧羊感觉自己的身体有些脱力。

我的命怎么就这么苦啊？

“我还有一个同伴，你们发现我的时候，有没有发现一个姑娘？一个漂亮的姑娘。”李牧羊急忙问道。

“没有。”汉子摇头道，“我们只发现了你一人，没有发现漂亮姑娘。”

李牧羊又是一阵哀叹，他觉得自己现在已经神经错乱了。

幻境真实得仿佛现实一般，他担心自己还没进入星空学院，就要先进入帝国专门用来收容患有种种心理疾病的人的精神病院。

“我还没请教大哥尊姓大名。”

“尊姓大名不敢当。”汉子哈哈大笑，说道，“我叫甘阳，是关中行省万利镖局的镖头，带着手下的兄弟来送一趟货。”

李牧羊看看那长长的车队，问道：“甘大哥，你们这批货要送到哪里？”

“送到石门镇，那里有人接货。”甘阳倒也坦白，直接说出了他们此行的目的地。

“石门镇。”李牧羊轻轻念叨着这个名字，满嘴苦涩。这又是一个他不熟悉的名字。他想要去花语平原，想要去无名山，想要进星空学院，跟着这车队他猴年马月才能够赶过去啊！

“甘大哥，我想知道，此地距离花语平原有多远？我大概要走多少天？”

“什么？”甘阳大惊，说道，“小兄弟，不要怪大哥没有提醒你，那花语平原可是神州十大凶地之一，人迹罕至。我们听着就觉得毛骨悚然，你竟然想要去那种地方？”

“我也不一定去，就是随便问问。”李牧羊敷衍地说道。他不想解释什么，那样于事无补，只会让好心人平白为自己担心。

甘阳仍不放心，说道：“小兄弟，我知道你年轻胆大，但是有些事情你还是不要轻易尝试较好。你活得好好的，何必拿命去玩呢？”

他指着守在车队两侧的黑衣汉子，说道：“我们镖局的兄弟最怕走红魔谷，为什么？因为走这里很有可能会遇到沙盗。

“那些沙盗凶残毒辣，不仅抢货，而且杀人，每年被他们抢走的货物和杀掉的镖师也不知道有多少。可是，我们能不来吗？每个人都有一大家子人要养活。我们不来，老婆孩子吃什么？穿什么？用什么？

“我们这是把脑袋拴在裤腰带上赚钱养家，你倒好，活得好好的，却要去花语平原自寻死路。咱们相遇也算有缘，我把你从那红树林救出来，你就欠下我一个人情。我不让你还别的，就希望你给我好好地活着，活得长长久久的。答应大哥，那花语平原咱不去了，好不好？”

“我……”李牧羊看着他担忧的表情，隐含忧虑的眼睛，沉重地点了点头，说道，“好，我答应你。”

花语平原他还是要去的，只是他会保护好自己，让自己好好地活着，活得长长久久的。

“好兄弟。”甘阳一巴掌拍在李牧羊的肩膀上，他那蒲扇一般的大掌几乎要把李牧羊的骨架拍散了。

李牧羊痛得龇牙咧嘴，跟着呵呵傻笑。

甘阳打马走在李牧羊身边，问道：“小兄弟叫什么名字？”

“我叫李牧羊。”

“李牧羊，牧羊，好名字。我们镖局里面有牧马犬，它们能够帮我们看管好跑散的马匹。”甘阳笑呵呵地说道。

有几个年轻的镖师听到这边的笑声，也围拢了过来，陪着说笑。

其中有一个叫甘亮的少年，年纪和李牧羊相仿，却自豪地说自己已经走了三年镖。也就是说，李牧羊还在学校里读书的时候，他就已经在和这些粗壮的汉子走南闯北，吃沙子迎烈日，赚取一家人的吃食。

甘亮皮肤黑红，却有世上罕有的纯黑眼珠。

他对李牧羊极有好感，不停地询问李牧羊一些问题。

李牧羊礼尚往来，问他，其他人在他这样的年纪，应该是在读书，他怎么跑出来做镖师了？

甘亮说他这辈子没机会读书了，不过他要存很多钱，好让他的儿子读书，假如他能够娶到一房婆娘。

当他知道李牧羊的家在江南城后，他一脸向往地说道：“我爸去过江南城，他说那是帝国最富有、最漂亮的城池。总有一天我也要去江南城，押着长长的车队赶过去。”

甘阳听到甘亮的话，神色有些哀伤。

在甘亮打马出去吆喝的时候，他小声向李牧羊解释道：“甘亮的父亲也是我们镖局的镖师，前几年在走镖路上被匪盗杀死了，那次甘亮的父亲走的就是红魔谷。我们镖师行业有个规矩，就是父死子替，老子死了，儿子接班继续走镖。甘亮还没真正长大，就已经跟我们一起走镖了。这也是没办法的事，他家里老娘有病，一天两碗药，他不来家里的老娘就没有活路。”

李牧羊听得心酸不已，伸手摸了摸自己怀里的金币，想着离开的时候把其中一半送给甘亮，这样的话，甘亮就可以给他的母亲多买几次药，减轻一下生活负担。自己去了星空学院，应该没有什么需要花钱的地方。

正在这时，正前方有浓烟扬起，朝这边快速袭来。

“不好。”甘阳大惊，看着那股浓烟所在的方向大声喊道，“沙盗来了！大批沙盗正朝着这儿过来！”

那不是烟，是沙盗奔跑时带起来的漫天沙土。

“前面有沙盗！”

“沙盗来了！”

镖师们听到甘阳的警告，立即就忙活起来。

走在最前面的车停了下来，后面的车赶了上去，车队围成一个小圆圈。马头朝着圆圈内侧，货物被顶在最外围阻挡敌人进攻。车队里面的管事伙计面如死灰，战战兢兢地躲在包围圈的最中央。

甘阳指挥着几十个镖师排成两排，挡在车队的最前方，直接迎向蜂拥而来的沙盗。他们动作迅速，不见丝毫紊乱，看来平时没少训练。

车队找他们过来，就是为了保护货物和人员的安全。现在就是他们出力卖命的时候了。身体单薄的甘亮也在其中，比其他人矮上一截的他就像一群母鸡中间的小鸡崽。

李牧羊的心脏猛地揪紧，他喊道：“甘亮！”

甘亮转身，黑瘦的脸上满是坚毅和仇恨。

他看起来很紧张，握刀的手在微微地颤抖。但是他仍然努力地笑着，大声对着李牧羊喊道：“你不要怕，我们会保护你的！”

第40章 不平则鸣

“砰——”

“砰——”

马蹄声阵阵，整齐划一。

马蹄同时抬起，又同时落下，沙盗如疾风一般朝着车队扑来。

明明只是一群匪盗，抢夺久了，杀戮重了，竟然也有了正规军队的威势。

他们穿着紧身黑衫，披着黑色大袍，就像一阵黑色的旋风，卷起漫天烟尘。

他们没有发出乱七八糟的吆喝声，也没有对车队威胁恐吓，甚至连那急促的呼吸声都让人觉得是那么有纪律。

他们伏在马背上，尽可能地不发出任何声音。

他们一点都不像匪盗，只是那高高扬起的斩马刀，暴露了他们死神的身份。

他们骑术极好，控制烈马时不用双手，纯粹用双腿。

他们随着烈马的奔跑而上下起伏，由远及近，刚才还是一片黑色的身影，不过刹那就已经能够看清脸了。每一张陌生的脸上都露出狰狞的表情。

他们比血狼可怕，比魔鬼恶毒。

他们已然逼近车队。

甘阳神色冷峻，不停地用舌头舔着自己干裂的嘴唇。这是他的一个习惯性动作，每次遇到危险或者内心紧张时，他就会自然地做出来。

沙盗肆虐千年，他们和镖师一样，也是有传承的。

俗话说靠山吃山，靠海吃海。那些生活在沙漠中的人无以为生，只有靠抢夺货物来积累财富，延续下去。于是，抢夺货物在他们那里成为一种光明正大，也是必不可少的谋生手段。

沙盗要生存，所以要掠夺，要不惜杀人。

镖师也要生存，所以要保护货物，要不怕丧命。

自古以来，这就是两个对立的职业。

他们或许没有仇恨，却注定不死不休。

甘阳没少和沙盗打交道，他身边的不少兄弟就是护镖的时候被沙盗杀死的，死在他的眼前，包括甘亮的父亲。

那种挫败感和无力感一次次地让他在午夜梦回时痛哭流涕，难以平静。

但是，他们以前遇到的沙盗都是小拨的，一般是二三十人，最多不过五十人。那些沙盗发起冲锋，抢到货后转身就撤。

这一次不一样，这一次来的沙盗足有百人。

他不知道他们这趟保的是什么镖，但是知道这趟镖一定很重要。他们出发前关中的药材行业巨头白锋锐曾郑重其事地和老镖头深谈了一番，然后老镖头又郑重其事地把他请到内室，让他带上镖局全部的兄弟，务必保证此批货的安全。只要他们一个来回，镖局就能够重整旗鼓，那些死去弟兄的家属也能够过得轻松舒适一些。

由此可见，这批货值不少钱，而这些沙盗也闻到了血腥味，聚拢而来，准备干一场大买卖。

这趟镖不能丢，丢了他们赔不起，镖局完了，他们这些兄弟也都完了。

“弟兄们，我们为了什么而来？”甘阳声音嘶哑地吼道。他也不明白自己的嗓子怎么回事儿，突然就变成了这个样子，就像被热火烫伤了。

“我们不是为了保家卫国，也不是为了护这趟镖，我们就是想给一家老小挣一口吃食。货平安了，我们就一切都有了。货丢失了，镖局就完了，我们也都完了。”甘阳抽出腰间挂着的大刀，喝道，“我们没什么好说的，和以前一样抄家伙上！”

“抄家伙上！”聚拢在甘阳身边的镖师各自抽刀大声吆喝。他们虽然人少，但是气势也不弱。

“杀！”甘阳一马当先，催马举刀朝着前方冲锋。

“杀！”众多镖师也都策马进攻。

断人财路，如杀人父母。这是深仇大恨，他们哪能不卖力拼杀？

当然，那些黑袍沙盗也是这么想的。

沙盗没有减速的意思，在即将和甘阳率领的镖师对上时，那些黑袍沙盗反而再次加快速度，胯下烈马的潜能被他们激发到了极致。

“杀！”为首之人神色冷峻，牙缝间挤出一个冰冷的字。

“杀！”那些黑袍沙盗举着斩马刀，朝着甘阳等人撞了过去。

“锵——”

甘阳和那个黑袍沙盗对砍了一刀，然后擦肩而过。

甘阳只觉得虎口生痛，胸口激荡不已，而那个黑袍沙盗已经冲入了他的阵营，连续砍掉了甘潮和王小德的脑袋。

对方是一个高手，两人的实力不在同一个级别。

其他的黑袍沙盗也冲入了镖师的队伍，犹如狼入羊群，将那些只会几手简单功夫，仅仅靠着身强体壮卖力气换一碗饭吃的镖师砍得七零八落纷纷掉下马。

甘阳目眦尽裂，暴喝一声，调转马头再次朝着黑袍沙盗冲了过去。

擒贼先擒王，只要他把那个红胡子的沙盗头头斩落马下，就定然能够动摇黑袍沙盗的军心，让他们无功而返。

“受死吧！”甘阳咬牙嘶吼。那种绝望的感觉又来了，那种竭尽全力想要杀死对手，可是无论多么努力，多么拼命，都没办法做到的事实让他陷入歇斯底里的抓狂状态。

“嗖——”

他们又一次擦肩而过。

甘阳的宝月刀砍向黑袍沙盗的胸膛，黑袍沙盗的斩马刀也斩向他的脑袋。

这是以命搏命的打法。

甘阳知道自己不是这个黑袍沙盗的对手，他愿意以自己的命来换取一条人命，希望这样能够给自己的家人、自己的兄弟换来一条活路。

“嚓——”

甘阳飞在空中，他看到了自己的马，还看到了自己的身体。

他的枣红色大马拖着他的身体向前狂奔，完全没有发现掉落了什么东西。

飞在空中的是他的脑袋，他的脑袋被斩马刀一刀斩下，然后挑向了半空。

他眼睁睁地看着自己的大马和身体越跑越远，最后消失不见。

“啪——”

他的脑袋落在地上，眼睛睁着，无法合上。

“甘叔！”甘亮正在和一个黑袍沙盗对砍，看到甘阳惨死，动作停滞，大喊一声。

那个黑袍沙盗趁着他停滞的一瞬，在他的背上砍了一刀。

他就像只是被蚂蚁咬了一口，根本就感觉不到疼痛。

“甘叔！甘叔！”他嘶吼着，喊叫着，调转马头朝着甘阳的脑袋冲去。

这个性格淳朴的少年忘记了战场的凶险，忘记了黑袍沙盗的恐怖，只想奔到自己的叔叔面前，抱起他的脑袋放声大哭。

父亲死了之后，甘叔就是他们全家的希望，是他唯一可以依靠的肩膀，是他最亲的亲人，是代替了他心中父亲身份的那个男人。

可是，现在甘叔也死在了自己的面前，被人一刀砍掉了脑袋。

那个黑袍沙盗满身鲜血，眼神残忍，以为甘亮想要逃跑，驱马狂追，举着仍然滴着血的斩马刀朝着甘亮杀去。

“甘亮，快跑！快跑啊！”李牧羊急得都快疯了。他从车上跳了下来，胡乱地在身边抓着。

他抓到了那把通天剑。

真是奇怪，不管他掉到哪里，这把通天剑总是跟在他身边，紧紧地拴在他的腰带上。

他抽出长剑，朝着那紧追甘亮不放的黑袍沙盗冲了过去。

仅仅是一个回合，仅仅是一个照面啊，这些该死的黑袍沙盗，这些全部要下地狱的屠夫就把那些刚才还活蹦乱跳的镖师几乎屠了个干净。

那个粗壮的汉子一脸担忧地对他说：“我把你从那红树林救出来，你就欠下我一个人情。我不让你还别的，就希望你给我好好地活着，活得长长久久的。”

那个脸上长满青春痘的大哥叫黄宣，他递给自己一个铁皮水壶，说道：“喝口水润润喉咙吧，这壶水是干净的，我还没喝过。”

还有一些人和他说过话，不知道说些什么的时候就友善地对着他微笑。

他们有老婆，有孩子，有需要照顾的家人。他们有血有肉，是活生生的人。但是，他们被这些沙漠里面的魔鬼一个个地砍死，身首异处。

也就是一眨眼的工夫啊，也就是喝一口水的时间啊，他们就都死了。

李牧羊觉得自己要疯了，恨啊！恨啊！恨得血液沸腾！恨得身体颤抖！

他拼命地跑着，跑着，越跑越快，比那些烈马还要快。

他追上了那个黑袍沙盗，然后高高地跃起，举着手里的通天剑，砍向那个恶魔的脊背。

那个黑袍沙盗感觉到了来自身后的危险，惊恐地转过身来，想用那滴血的斩马刀阻挡。

“铛——”

他的斩马刀就像一根干枯细小的树枝，被砍成了两截。

“嚓——”

他就像一块嫩豆腐，被切成了两半。

他的脸上还带着畏惧的表情，他终于体会到了死神降临时的绝望。

李牧羊的心中充满了愤怒，充满了仇恨。

他要爆发，要和这些视人命如草芥的黑袍沙盗拼命。

他必须为那些曾经鲜活的生命做些什么，不然他觉得自己会疯掉。

他完全处于暴走状态，深红色的血雾包裹住了他的瞳孔。

他手背上那许久不见的鳞片再次浮现，就像一颗漆黑的菱形钻石，散发出耀眼的光华。

鳞片里面有闪电闪烁，有惊雷轰鸣。它们都是微小的，难以突破那鳞片的束缚，就像一条微型的黑龙被装进了琉璃瓶里。

李牧羊竟然以双腿跑过了烈马，他高高地跃起，然后一剑将那个黑袍沙盗劈成了两半。

黑袍沙盗惊骇的样子还印在李牧羊的脑海，但是黑袍沙盗的身体已经向两边滑下，可笑的是，他生前役使烈马，死后却反被烈马践踏。

甘亮转过身来，一脸惊诧地看着从半空落地，身上鲜血淋漓的李牧羊。

“你，”甘亮指着李牧羊的脸，震惊得连话都说不清楚了，“你、你小心。”他的瞳孔突然收缩，神色变得无比恐惧，他从马背上跳起，然后朝着地上的李牧羊扑了过去。

在李牧羊的身后，两个黑袍沙盗正一左一右地夹击而来。

他们高举手里的斩马刀，带着呼啸的热风朝着李牧羊的脖颈和后背劈去。

这个可恶的家伙，竟然杀掉了他们的人，他们要让他血债血偿。

你看，黑袍沙盗也是很讲义气的。

李牧羊没有转身，他从甘亮的瞳孔里看到了身后发生的一切。

他手里的通天剑散发出明艳的红光，那些红色的光芒就像一条火蛇在剑刃上面盘绕。

李牧羊旋转了一百八十度，将手里的通天剑猛地朝着黑袍沙盗挥去。那条“火蛇”也破剑而出，冲向那两个黑袍沙盗的身体。

“嚓——”

那两个黑袍沙盗瞬间呆滞，却仍然保持着冲锋的姿态在马背上坐着。

他们跑着跑着，举着刀的上半身突然倒向地面，下半身却仍然坐在马背上朝着李牧羊冲锋。

甘亮也终于扑了过来。

“砰——”

他从后面把李牧羊推倒，然后重重地压在李牧羊的背上。

“李牧羊！”甘亮喊道。

李牧羊猛地翻身，把甘亮压在下方，举着手里的通天剑朝着上方挥去。

“锵——”

那个沙盗头头从天而降，劈下来一刀，被李牧羊挡住了。

李牧羊不仅没死，反而把沙盗头头手里的百战宝刀劈出了一个巨大的缺口。

沙盗头头在空中倒飞出去，站在远处满脸惊诧地看着从地上翻身站起来的李牧羊。

“你是什么人？”沙盗头头一脸警惕地盯着李牧羊，用怪异的腔调问道。

李牧羊眼睛血红，一言不发，朝着沙盗头头走了过去。

“李牧羊，小心啊！”甘亮坐在地上大声喊道。他知道这个沙盗头头的厉害，沙盗头头带领着手下的黑袍沙盗杀人无数，也不知道有多少英雄好汉折在沙盗头头的手上。

他不知道李牧羊是什么来历，但是作为李牧羊的朋友，至少他心里是这么想的，他不希望李牧羊出事。

李牧羊恍若未闻，没有停顿，他手里的通天剑寒光烁烁。

“你找死！”沙盗头头也怒了。他纵横关中十几年，这红魔谷就是他用来杀人越货的后花园。哪路商队看到他不是哭爹喊娘跪地求饶，主动交出自己的财货或者女人。这个小子不仅激烈反抗，而且还杀了他这边的三个人，就算被砍三次脑袋都赔不起。

沙盗头头双手握紧斩马刀的刀柄，暴喝一声，“噔噔噔”地朝着李牧羊所在的方向冲了过去。李牧羊加快步伐，然后一剑刺去。

“嚓——”

两人擦肩而过。

斩马刀高举在半空还没来得及落下，通天剑已经插进沙盗头头的胸腔，沙盗头头的胸口多了一个流血的窟窿。鲜血汩汩，冒着热气。

沙盗头头瞪大眼睛看着自己的胸口，看着那把沾染上自己血液的长剑，不敢相信自己就这么被人捅死了。

纵横半生的沙盗头头，杀人无数的恶魔，就这样狼狈地结束了自己的一生。

他不服。

“首领！”一个正在截杀其他镖师的大块头沙盗看到沙盗头头惨死，大吼一声，朝着李牧羊冲了过来。

烈马嘶鸣，斩马刀散发出明亮的光芒。

李牧羊站在原地不动，在斩马刀即将落在他头顶的时候，突然一拳轰出。

破气术之破拳！

他这一拳直接打在马腹上，烈马嘶鸣一声，带着背上的大块头沙盗凌空而起倒飞出去。

“砰——”

烈马倒地而死，那个大块头沙盗也呕血而亡，他的内脏已经被震碎了。

那些挥刀砍杀其他镖师的黑袍沙盗终于将视线转移到了李牧羊的身上，他们看看背后露出滴血剑尖的沙盗头头，又看看被李牧羊一拳打飞出去的烈马和同伴，眼里流露出惊恐。

他们彼此对视一眼，然后一起朝着远处奔去。

他们想要逃跑。

李牧羊看着地上那些死不瞑目的镖师，哪肯就这样放了那些沙盗。

他从沙盗头头身上拔出通天剑，无视那滚落的血水，腾空而起，朝着那些拼命地用斩马刀刺马屁股，想要逃命的黑袍沙盗追去。

他挥舞着手里的长剑，一颗颗人头随之落地。

烈马在奔跑，人头在红色的沙地上排成一条直线。

“扑通——”

跑在最前面的黑袍沙盗从马背上面一头栽了下来，他身体哆嗦，说话都不利索了。

他把头上的黑巾扯掉，露出一张和甘亮一般年轻稚嫩，但是更加黑红的面孔。他趴在地上对着李牧羊磕头，脑袋“砰砰砰”地撞击在沙土上，声音颤抖地哭喊着：“不要杀我，不要杀我，求求你不要杀我，你让我做什么都行，我愿意给你做奴才。”

李牧羊的脸上没有任何表情，血红色的眸子一眨不眨地盯着那个少年沙盗。

少年沙盗更加害怕了，脑袋在沙土上磕得越加起劲儿，脑门前面已经血肉模糊，他哀求道：“我没有杀人，只是跟着族人过来找一些吃食。我母亲病了，我得找钱给她买药。我没有杀过人，求求你饶过我吧，我什么都不知道。”

“他也是。”李牧羊声音嘶哑地说道。

甘亮也是，他的父亲被沙盗杀死，他的母亲病了，所以他小小年纪就跟大人出来走镖。

不管是为了给家人找一口吃食，还是为了给母亲治病，这都不是黑袍沙盗杀人的理由。

李牧羊在少年沙盗的身上点了几下，废了少年沙盗的功夫。

少年沙盗瘫倒在地，直到这个时候，他还难以接受眼前发生的事：我只是想给自己的家人找一口吃食，如此而已。这人怎么就把我的功夫废了呢?

李牧羊没有再管少年沙盗，直接向甘亮走去，沿途的尸体让人触目惊心，其中有镖师的，有伙计的，也有黑袍沙盗的。

车队的人快要死干净了。

李牧羊睁开眼睛看到的那个车队，那些生气勃勃又心地善良的镖师，那几个没有打过招呼，却用善意的眼神看过来的车队伙计，几乎都死了。

甘亮是车队唯一的活口。

他抱着甘阳的脑袋坐在那里，没有大哭，也没有悲号，只是无声地流泪。

此情此景，连哭都不能表达他的悲痛与绝望。

他背后那道伤口又深又长，几乎致命，不停地流着血，他身上的衣服已经被血液染红。

李牧羊在死人怀里一阵摸索，然后找出刀伤药和纱布。他知道这些镖师会随时随地带着这些东西。

他走到甘亮的身后，一言不发地替他包扎。

他把整瓶刀伤药都倒在那道口子上，可是仍然没办法止住鲜血。

“我活不了了。”甘亮看着李牧羊说道。

“你活得了。”李牧羊说道。

“活不了了。”

“活得了。”

“我知道，”甘亮看着李牧羊的眼睛，一脸认真地说道，“我知道我活不了了。我要死了，不过我不怕，甘叔和我在一起，还有其他的叔伯哥哥和我在一起，我一点儿也不怕，我从小就和他们在一起。”

甘亮的眼睛里染上一丝不舍和悲哀，他说道：“我就是担心我妈，我不在了她怎么办？她还生着病，全身都痛，都没办法下床。她以后吃什么？用什么？只有死路一条啊。

“还有我二婶，她眼睛瞎了，靠着二叔每个月的饷银吃饭。还有根子叔，他被砍断了腿，靠着根子哥给钱买米。可是我们都回不去了，他们怎么办啊？”

一阵风吹来，少年悲怆的声音被传得很远。

第41章
怒斩贼寇

红魔谷，沙寨。

沙寨这个名字简简单单、普普通通，但在过路的商队和镖师眼中，这个名字如雷贯耳。

因为它是沙盗的大本营之一。

不知道从什么时候开始，那些生活在戈壁各个角落的沙民开始向这边会集。这里资源稀少，人口却越来越多，几乎每个沙民都要为自己的生存问题而发愁。

他们中一个颇有计谋的流氓最终将目光放在了红魔谷的那条商道上，向他的族人说出了自己的计划，他的族人都听得呼吸急促，面色潮红。

“对，我们就这么干！靠山吃山，靠海吃海，咱们靠着这红魔谷，红魔谷就是我们的地盘！”

“那些商人都是奸商，他们富得流油，却从来不懂得施舍给我们一些。”

“我们也不杀他们，就抢他们的货物。为了孩子，我愿意做任何事情。”

于是，一个打着公平正义和劫富济贫旗号的强盗组织就此诞生了。

那个率先提出此计划的家伙被他们奉为首领，其他人热烈响应，成为组织的一员。

他们骑着抢来的马，挥舞着从关外牧民手里买来的斩马刀，干起了延续千年，祸害整个帝国商人的无本买卖。

李牧羊站在寨子的瞭望楼上，冷眼看着沙寨里面的热闹繁忙景象。

一队队身穿黑衣、披着黑袍的沙盗拖着被鲜血染红的大车小车进来，有些车子上面还有他们没来得及丢掉的脑袋和耳朵。

与此同时，一群群身穿黑衣、披着黑袍，在擦拭斩马刀的沙盗正准备出去，他们是红魔谷最有经验的“猎人”，正对着他们早就熟悉的“猎场”磨刀霍霍。

他们欢天喜地，彼此亲切地打着招呼。

“嘿，今天的收获不错！你们有没有酒？我用上好的绸缎和你们换。”

“赵四方，你又抢来一个女人！你有多少个婆娘了？今天这个，我出五十枚金币和你买。什么？一百？你的良心被狗吃了？哪个女人值这么多钱？她是金子做的不成？”

“蒙吉老大，你们每次出手都有大收获，我们这队是远远不如啊。”

沙寨里面，有吸着旱烟的老人，有身强体壮的中年男人，也有和甘亮一般的少年。

他们没有任何的罪恶感，把出门打劫当成一门正当的生意，一门延续千年，渗透到他们血液里的职业。

他们要活着。

活着，就是他们作恶的理由。

“红胡子老大带了一个百人的大部队出去，今天怕是要劫一个大镖回来。兄弟们，咱们今天可要卖力啊，不然会被他们笑话。”一个骑在马背上的刀疤脸男人大声喊着，笑呵呵地给自己这一队的兄弟鼓劲儿。

“放心吧胡老大，咱们虽然比不过红胡子老大那队，但大多时候比其他队抢得多！”一个黑袍少年热烈地响应着。

李牧羊在看到又有一批黑衣人翻身上马，在一个头头儿的带领下要冲出大门的时候，动了。

他从瞭望楼上面往下飞跃，人还在半空，他手里的通天剑已经应声出鞘。

“嚓——”

他一刀斩断瞭望楼的栏杆。

栏杆向前栽倒，狠狠地朝着沙寨大门砸去。

“哐当——”

木门被砸烂，那些骑着马的黑衣人惊慌失措，四处奔逃。

巨大的声响传进寨子，寨子里所有的人都被惊动了。

抽着旱烟的老人丢掉烟嘴，举着斩马刀朝着李牧羊扑了过去。

正在和族人讨价还价，想要用六十枚金币买一个女人的中年男人目露凶光，凶狠地朝着李牧羊扑去。

那些尚且年幼的孩子，也不知道从哪里抽出了适合自己的短剑，咬牙切齿、状若疯狂地向着李牧羊扑去。

还有那些妇人，那些看起来手无缚鸡之力的少女，有的暗藏剪刀，有的取来弓箭。她们都是沙寨的一员，是沙盗的帮凶。她们的身体里，流淌着强盗的血液。她们是被那些沾着人血的食物喂养大的。

李牧羊站在沙寨中央的广场上，那是沙盗用来瓜分抢来的货物和女人，整理装备准备再一次“出征”的地方。

他冷冷地看着那些人，看着那些从四面八方围拢过来的人。

“你们不入地狱，谁入地狱？”

抽着旱烟的老人冲来，被李牧羊一剑砍成两半，被砍成两半的还有老人怀里的烟嘴。

还要再买一房媳妇的中年壮汉冲了过来，被李牧羊一剑砍掉了脑袋。他的脑袋飞在半空，脸上的表情很复杂，他像是感到惊恐，又像是在依依不舍地向这个世界告别。

尚且年轻的孩子，顶着一张稚嫩的脸，出刀的时候却手段老辣，无比凶狠。

李牧羊没有任何犹豫，将他们打晕在地，废掉他们的丹田，让他们再也无法作恶。

安静。

死一般的安静。

除了那寨顶上面的骷髅旗被风吹动，猎猎作响，整个沙寨里面再也听不到任何声音。

李牧羊站着，站在人群中间。

长剑被血染红，衣服也鲜血淋漓，他就像从地狱爬出来的修罗。

李牧羊的脚下血流成河，死尸一片。

有人被砍掉了脑袋，有人被砍掉了胳膊，还有人被刺穿了心脏。

那些活着的人，膝盖发软，难以握住手里的斩马刀。

他们瞪大眼睛看着李牧羊，看着浑身浴血的李牧羊，看着眼睛血红，比他们更像恶魔的李牧羊。

他们难以相信，他们怎么就招惹了这样一尊杀神？那么多族人的生命怎么就被此人如此轻易地夺走了？

他是魔鬼，是戈壁中的凶神。

男人求饶，女人哭泣，孩子哇哇大叫。

李牧羊面无表情，再一次持剑朝着他们冲了过去，该杀的杀了，该废的废了，让这一群豺狼再也无法站在尸山血海上歌颂他们富足的生活。

水月洞天幻镜前，气氛凝重，每个人都表情严肃。

就连那最喜欢争吵的两个星空大师孔离和夏侯浅白都沉默不语，瞪大眼睛看着眼前发生的一切。

孔离的脸色突然变得异常难看起来，他说道："太过分了，此子实在是太过分了！他的心中可还有'仁''善'两字？星空学院把这样的学生招收进来，倘若以后他学有所成，拥有了当年的李秋白或者杜若甫那样的修为，怕是要祸害整个神州，成为学校之耻！"

"李牧羊一怒杀贼寇，一气灭贼族。这群沙盗的罪恶根源在其内心，在其骨血，李牧羊此举倒是一劳永逸，解决了问题。他这么做，手段是残忍了些，但出发点倒是好的，毕竟，他在亲眼看到自己的救命恩人死在眼前时，心里肯定受到了很大的刺激。沙盗毁了这些镖师的家，镖师何辜？被他们祸害的商队何辜？"果然，夏侯浅白是不会允许孔离专美于人前的，只要是对方支持的，他就反对，对方反对的，他就支持。

"话虽如此，可万事因小见大。从此事中我们可知此子心绪不受控制，行为不受世俗法则约束。倘若他习得大神通，以后有一人招惹他，他就会灭人全家，有一国招惹到他，他就会灭掉一国。"

"这是假设，只是你的猜测。据我所知，当年孔兄遇到此关时，杀的人也不少吧？”

“我杀的都是该杀之人。”

“李牧羊杀的就不是该杀之人？”

“那些还没有长成的孩童，他们以后无法习武，这与杀了他们何异？”

“他们长大了，也是一个沙盗。”

“你这不是假设？不是欲加之罪？那些孩童要是长大了，说不定也能考进我们星空学院，成为星空学院的学生。”

“反正我是觉得这件事李牧羊做得不错，比我当年参加考核时做得更加大快人心。”

“我坚决反对此子入学，即便让他入学，也只许其做些杂活，不许其进入水月洞天！”

“两位师长，”三角眼胖子小心翼翼地在旁边劝架，这样的场景他早就司空见惯了，他说道，“李牧羊是院长亲自招收进来的。”

孔离和夏侯浅白两人对视一眼，然后一起看向三角眼胖子。

“李牧羊是以帝国文试第一的成绩被星空学院录取的，可以说，他是今年资质最差的学生，也是历年来资质最差的学生，就是那些被刷下去的学生也要比他优秀很多。哪一年没有文试第一？哪一国没有文试第一？其中又有几人能够被星空学院录取？”

孔离眼神疑惑，点头道：“我也觉得奇怪。此子修为不堪入目，爬座山都如此狼狈不堪，就是一些学生带来的家仆都比他厉害许多。此时此刻他却又展现出如此身手，这到底是怎么回事儿？他是想扮猪吃老虎蒙蔽世人？”

“院长为什么要特招他入学？”夏侯浅白的关注点明显不一样，他问道，“难道他和院长有什么关系？是院长遗落在外面的私生子？”

三角眼胖子摇头，说道：“这个就不是我能知道的了。”

孔离和夏侯浅白同时眼神凶狠地盯着三角眼胖子，问道：“为什么院长告诉你这个秘密，却不告诉我们？”

石门镇。

这是关外重镇，是西风帝国的商家和一些游牧民族交易的地方。一些从关内运送过来的货物大家都约定俗成地在这里卸载，自然有人前来提取。镖局把货物安全运送到石门镇，才算是走完了这一趟镖。

石门镇里走一趟，穿金戴银喝翅汤。

这句话足够说明石门镇的交易有多么大的利润。

石门镇是一个独立的镇子，前不着村，后不着店，孤零零地屹立在戈壁之中，虽然隶属西风帝国，却不受帝国边军管理和保护。四方商人齐聚于此，倒也撑起了这个繁华的孤镇。这里三教九流聚居，鱼龙混杂。你很难想象那个坐在角落里打瞌睡的老头是一个帝国重犯，你也肯定不会知道那个机灵地打着算盘的小伙子是一个采花大盗。

石门镇的拱形大门，是以三块巨石简单堆砌而成的。

据说这是数百年前的边关守将陆剪的手笔。陆剪以闲云上品之境镇守边关，面对大漠强敌，他从青冥山劈下三块大石，垒成此门，并言：大漠敌军敢越此门一步，吾必击杀之。

那些大漠骑兵看到这由三块巨石简单叠在一起，却气势恢宏的大石门，犹豫再三后，全军撤退。

石门关因此战得名，后来陆陆续续有人在石门关内定居，这便是现在的石门镇的雏形。

今天不是什么好天气，秋风格外凛冽，沙尘也格外厚重。

风尘间，长长的车队朝着石门关艰难行进。

数十辆大车组成的车队，规模不大也不小，对于见惯了大场面的石门镇人来说，这算不得什么大买卖。

可是，让他们惊奇的是，这数十辆大车组成的车队中只见马和车上的货物，却不见马夫、镖师、管事和伙计。

“这是怎么回事儿？我怎么一个活人都没有见着？”

“哈哈哈，我只见过人卖货，还没见过马经商，难道这些马把货物交了之后还能够收钱点钱不成？”

“这车队一定是遇到了沙盗，一个人都没有逃出来。可是沙盗怎么没有抢货？难道狗改了吃屎的性子？”

第一匹马拉着货车进了石门关，然后数十辆大车陆续进关。

一匹黑色大马从车队的最后方蹿了出来。

马背上坐着一个少年，一人一剑，就这么押着整整一个车队赶了过来。

少年黑发黑面，风尘仆仆，身上的衣服已经看不出原来的颜色，看起来脏兮兮的。

几个闲汉想要探一探这个少年的来路，还没有走近就神色骇然地退了回去。

少年身上的血腥味太浓重了，熏得他们想吐。

李牧羊拉着头马马缰，带着车队进入了石门镇的石门广场。

他扫视四周，无视别人的指点和议论，声音嘶哑地喊道：“关中万利镖局保的镖，谁来接货？”

人群中，几个身穿皮袄、头戴皮帽的男人骑着大马走了出来。

他们身上背着弓箭和斩马刀，一看就是来自草原游牧民族。

为首的大胡子眼神戒备，盯着李牧羊，问道：“你是什么人？万利镖局的镖师呢？”

“我是李牧羊，是万利镖局镖头甘阳的朋友。你是什么人？”

“这批药材是我们要的。”那个大胡子沉声说道，“你是甘阳的朋友，甘阳去了哪里？管事和伙计呢？没有他们的文书，我们怎么交接？”

李牧羊伸手入怀，摸出一张纸，说道：“我把货交给你，你把银票交给我。咱们钱货两清，然后双方在这合同上画押。这是我从管事身上拿到的。”

大胡子看着那张合同，问道：“他们人呢？”

“死了。”李牧羊说道。

“怎么死的？”

“被沙盗杀了。”

众人听了李牧羊的话，议论纷纷。

有人同情万利镖局和那些管事，有人谴责沙盗一次又一次的暴行。

大胡子沉吟片刻，说道："你把合同拿来给我看看。"

李牧羊把合同递了过去。

大胡子接过合同，"刺啦"一声就把它撕了。

"这生意我们不做了。"大胡子说道。

他笑呵呵地看着李牧羊，接着说道："我们不认识你，做起生意来心里没底，要是货不对怎么办？要是你送来的药材是次等货怎么办？要不这样，你怎么样运过来的，就怎么样再运回去。"

李牧羊面无表情地看着他，等他接着说下去。

果然，他还有后话。

大胡子看到李牧羊这淡定的样子，有些不太自在，不过应该说的话他还是要说完的。

他看着李牧羊，说道："你说万利镖局的镖师和车队的管事都被沙盗杀了，那你又是什么人？你是怎么过来的？你又是怎么得到这批货物的？"

"我说过，我是甘阳的朋友。"

"朋友？你不会是沙盗吧？"大胡子冷冷地说道。

此言一出，石门广场上的人都刀剑出鞘，随时准备冲上来砍杀。

他们都是商人，靠着这石门广场吃饭，要是有沙盗敢跑到此地来打主意，那就是抢他们的饭碗，断他们的财路！他们是不惜和其拼命的。

李牧羊仍然表情淡漠，丝毫没有被大胡子的话激怒。

他看了一眼地上的纸屑，说道："大家都是为了挣一口饭吃，你何必这样？为了送这趟货，万利镖局的三十二个镖师全死了，管事和伙计也都死了，这些是他们拿命换来的，也是他们这辈子最后一次为家人挣的一点儿苦力钱。你把钱给我，我把货给你，咱们就此两清，不好吗？"

大胡子不为所动，声音冰冷地说道："我说了，这货我没办法接。我们大漠人最重承诺，我说了和谁交易，那就会和谁交易，决不食言。万一你是沙盗，你们杀人越货，又从我这里拿走了货钱，我如何对得起我的合作伙伴？如何对得起万利镖局的那些镖师？”

“你想怎么样？”李牧羊看着他问道。

“不是我想怎么样，是你想怎么样。”大胡子用冰冷的声音说道，“第一，你可以把这批货运送回去，从哪儿运来，就运回哪里去，运到你们沙盗的大本营也行。第二，你可以把这批货给我，我们重新商定一个价格。”

这算是敲诈了。

如果按照他所说，自己再把这批药材运送回去，先不说路上会不会遇到什么危险，自己还能不能活命，就是一切顺利，药材在这路途中的折损，怕也是一个天文数字。那个时候，这批药材还有什么利润？药材钱从哪里来？镖师饷钱又从哪里来？

至于他所说的把货物给他，两人重新议价，那就是赤裸裸地趁火打劫。

他吃准了自己不可能再把这批药材运回去，只能在这石门镇脱手出货。除了他，想必其他家不会要这批货。这样一来，他随便给一点儿钱打发了自己，不就白捡了这一大批货吗？要知道，药材可是珍稀玩意儿，被运到大漠的楼城后，价格可都是要翻上百倍的。

“要是这两条我都不同意呢？”李牧羊问道。

大胡子和他身边的同伴哈哈大笑起来，他看着李牧羊略带嘲讽地问道：“那你想怎么办？”

“你们为什么都要逼我呢？”李牧羊从腰间取下通天剑，喃喃说道，“你们为什么都要逼我呢？那些沙盗逼我，所以我把他们全杀了。现在你们也要逼我……”

“锵——”

通天剑出鞘，明亮的光华几乎刺得石门广场所有人睁不开眼睛。

大胡子脸色阴沉，问道：“你说你把那些沙盗都杀了？”

“是的。”李牧羊看着大胡子，实话实说，“我杀了那些沙盗，还有他们的族人。”

“你……”大胡子显然不信。李牧羊只有一个人，而且如此年轻，就算在吃奶的时候就开始练功，又能有多大的本事？

他清楚那些沙盗的能力，也知道沙盗的规模。就算只是剿灭一群沙盗，那也需要极大的威能。

“我不习惯向别人解释。”李牧羊平举长剑，看着大胡子说道，“你要么给我钱，要么给我死。”

关中，万利镖局。

老镖头身体无力地跌坐在地上，怀里抱着一个大盒子，眼神呆滞，虚弱地说道：“人都没了，都没了。”

破旧小院。

一个妇人坐在床上缝制衣服，听到外面的脚步声，脸上的皱纹舒展开来，她高兴地喊道：“亮子，亮子回来了！”

良久，一个陌生的声音传来：“我不是亮子，我是亮子的朋友。他有镖要送，让我来给你送一些东西。”

李牧羊走到床头，把一袋金币放到妇人的手里。

“亮子的朋友？”妇人满脸疑惑地看着李牧羊，问道，“亮子呢？亮子到哪里去了？”

“他去了江南。”李牧羊转过身，声音沙哑，脸上滑下两行泪水。

他身材挺拔，朝着外面疾走，说道：“他说他的父亲去过江南，说那里是最繁华、最富裕的城池，他要押着长长的车队赶过去看看。”

“亮子！”女人哀号。

第42章
我要屠龙

李牧羊睁开眼睛的时候，仍然觉得心中恨意难平。

他清楚那只是幻境，是虚幻的，是一场噩梦，但是那梦里的一切是那么真实，那么让人难以忘怀。

他难以忘记那些身披黑袍的沙盗高举着斩马刀席卷而来疯狂砍杀时的样子，那是人间炼狱。他难以忘记大块头甘阳憨厚认真的样子，甘阳说："我把你从那红树林救出来，你就欠下我一个人情。我不让你还别的，就希望你给我好好地活着……"

对甘亮的死，他更难以释怀，难以忘记那个病弱妇人听说自己的儿子去了江南时凄惨的哀号。就算他把怀里的金币全给她了又如何？就能够驱走她痛失爱子的伤心绝望吗？就能够让她拾回对生活的希望和对明天的信心吗？

悲凉入骨，痛入心扉，也不过如此。

那不是故事，是他经历过的人生。

"同学。"他的眼前出现了一张肉乎乎的大脸。

李牧羊猛地回神，这才发现自己正躺在一个巨大的广场上。广场被烟雾笼罩，看起来就像天宫仙池。流云翻滚，变幻万千。

李牧羊四处打量了一番，问道："这是哪里？你又是谁？你想考我什么？"

"同学，"身穿灰衣的胖子连连摆手，说道，"同学，你不要误会。我并不是主考官，自然不会考你什么。恭喜你，你已经顺利通过酒、色、财、气四关，登上断山山顶，成为星空学院的一名新生。"

自己顺利过关登上山顶了？

李牧羊认真地想了想，自己用渊博的知识征服了那个酒鬼，所以顺利地过了酒关；舍命救"崔小心"，却又被她拖着跳下悬崖，那一关算是成功破了还是没有破？

还有自己被车队搭救，遇到沙盗，镖师全灭，这是气关还是财关？

四关考核是什么？通关标准又是什么？考核有没有标准答案？

难道说，星空学院的某些人说你过了你就过了，说你没过你就会被遣送回家？这是不是太过儿戏了？

信誉道义在哪里？公平公正在哪里？

当然，李牧羊心中虽然有一百万个问题，却绝对不会问出来。

人家都说你过关了，你还有必要揪着这些不放吗？要是他们觉得你的思想不成熟，再让你去过一下什么风、雨、雷、电、金、木、水、火、土之类的关卡怎么办？

星空学院的厉害他还没感觉到，但是星空学院的不智他已经深有体会。

哪有这么折腾自家学生的学院？

“谢谢。”李牧羊说道，“这是哪里？”

“这是点将台。”胖子笑着说道。

“点将台？这怎么跟军队似的？”

胖子抿嘴笑，说道：“点人龙强者为将，聚阵屠龙，这可不是普通的军队可以相提并论的。”

李牧羊的心微凉，他笑着问道：“聚阵屠龙？他们为什么要屠龙啊？”

“那我就不得而知了。”胖子微笑，说道，“这么久远的事情，谁知道呢？不过，屠龙想必总是有理由的。不然的话，那些人龙强者也不会做那样的事情。大家都很忙，你说是不是？”

“是是是。”李牧羊连连点头，说道，“不然的话，谁吃饱了撑的跑去屠龙啊？大哥怎么称呼？”

“可别这么说，你是星空学院的新生，以后就是咱们整片星空最耀眼的明星。我就是一个小小的杂役，可不敢当你的大哥，你叫我何安就成了。”

“何安大哥。”李牧羊才不在乎何安是杂役还是其他什么人物呢，胖子公输垣离开的时候说过，到了星空学院自己要多抱大腿。他刚才留意过这个何安的大腿，也挺粗的，说不定何安就是一个隐藏的高人，是星空学院派来考核自己的守关人。

李牧羊已经对星空学院的“人品”失去了信心，谁知道过了酒、色、财、气四关后还有没有其他关卡，谁知道现在是幻境还是现实。他打量过周围的环境后，觉得这比幻境更像幻境。

“别别，”何安连连摆手，“同学，你这可是折杀小的了。”

“何安大哥不要客气，我也是贫困人家出身，我家是开糕点铺的。我在这里人生地不熟，其他同学又不太喜欢我，所以，很多时候我还需要何安大哥多多照应。”李牧羊一脸诚挚地说道。

这次他倒是没有说谎，和那些骑着蜂鸟过来的同学相比，他确实算是贫困人家出身。而且那些同学一个个趾高气扬，看起来很不喜欢他。紫色头发的女孩子说在星空学院等着自己，黑色头发的少年一副要杀自己泄愤的样子。面对这样的校园暴力，他都不知道自己应该怎么办才好。有一个熟人照应，自己应该会好过一些吧。

何安深以为然地点头，说道：“学院虽然讲究有教无类，但是因为一些特殊的历史原因，有一些学生是其他人招惹不起的。不过你也不要放在心上，这里是星空学院，不管他们在外面是什么身份，哪怕是皇子，都不能在这里为所欲为，这里是可以说理的地方。大忙我帮不上，但你有什么事情的话，我可以帮忙通传一声。这位同学贵姓？”

“我姓李，名牧羊。李牧羊。”李牧羊说道。

“牧羊同学，我现在带你去签到、选课程，然后取号舍号。之后你便可以暂作休息，等待授课先生召集。”何安听了李牧羊的话，对李牧羊亲热了不少。

“谢谢何安大哥。”李牧羊笑着说道。

点将台实在太大了，李牧羊都不知道自己在云雾里面走了多久，才总算到了一座同样隐藏在云雾里面的古朴宫殿的门前。

“牧羊同学这边来。”何安对着李牧羊招手。

何安走在前面推开大殿的一扇大门，里面有几个正在忙活的灰衫杂役。

“有新同学来签到。”何安大声喊道。

“这位同学叫什么名字？”一个有些年纪的书记官问道。

“李牧羊。”李牧羊再次报出自己的名字。

“李牧羊。”书记官在面前的竹简间一阵翻找，果然找到了李牧羊的档案。他笑着说道：“好名字。牧羊同学来得很早啊！”

“早？”李牧羊一愣，问道，“还有其他同学没有来吗？”

“除了你，其他同学都还没来。”书记官笑呵呵地说道。

李牧羊大喜，难道自己是第一个通过酒、色、财、气四关的新生？难道自己不仅仅是西风帝国的文试第一，还是星空学院本届新生中的第一？

他继而大惊，木秀于林，风必摧之。自己这般优秀，而且又如此高调地表现出来，其他学生妒忌自己怎么办？

就如他在山下遇到的那几个公子和小姐，如果他们不是看到自己财大气粗而心生恼意，为什么会如此为难自己？

李牧羊正胡思乱想的时候，大殿正门再次被人推开。

“新同学前来签到。这位姑娘应该是第一个到观星楼签到的吧？”一个瘦小的灰衫杂役领着一个美若天仙的女孩子走了进来。女孩子一头艳丽的紫色长发，眉目精致，非常高傲，看起来就像巡视到此的皇室公主。

“咦，有人比我们还早？”瘦小杂役看着李牧羊啧啧称奇。

“我就早那么一点点。”李牧羊比了下小拇指上面的一小截，赶忙解释道，“其实我们差不多是同时进来的，我并没有比她优秀太多。”

“原来是你！”陆契机眼神冷厉地盯着李牧羊。酒、色、财三关她都过得很顺利，就是最后气之一关让她耗费了不少时间和精力。就算如此，她也以为自己是最先过来的，没想到竟然还有人抢在自己前面，而且这个人是李牧羊，这就是所谓的冤家路窄吧。

“是我。”李牧羊呵呵傻笑，说道，“你说要在山顶等我，我想我怎么能够让漂亮的女孩子等自己呢，所以我就先爬上来了，男生等女生才是理所当然的事情嘛。”

李思念说过，和女孩子约会的时候千万不要迟到，不要让女孩子等你一刻，更不要因为等了女孩子一个时辰而心生不满。

在李思念的谆谆教诲下，李牧羊倒是明白了这几句话的意思，和女孩子约会要提前到场。

所以李牧羊经常会等李思念一个时辰。

这一次也一样。

他以为自己这么说对方会开心一些，对自己的恨意会减少一些。

他实在是不想再和人结仇了。

但是，陆契机眼里杀气凛然，说道："你在羞辱我？"

"没有没有。"李牧羊连连摆手，说道，"我们是同学，同学之间就应该相亲相爱，友谊第一，比赛第二，我是不怎么看重谁是第一个爬上山顶的。第一个上来和第二个上来有什么区别？老话说得好，谁能够笑到最后，谁才能笑得最美，你现在就比我笑得美多了。"

"这次算你走运，以后你休想再爬到我头上。"陆契机听了李牧羊的话，更加气愤了。这个浑蛋竟然当众炫耀，看我以后怎么收拾你！

"我没想过要爬到你头上。"李牧羊很着急。这个女孩子怎么回事儿？怎么跟吃了好几百把刀剑似的？说话时带着一股子喊打喊杀的味道。

李牧羊说道："我的好朋友燕相马说过，男生没想过要爬到女孩子的头上，只想爬到女孩子的床上，不过我觉得他说得不对。"

"该死的流氓！"陆契机气愤至极。

她来到这个世界这么多年，还从来没有人敢对她说这样的话。自己说他休想再爬到自己头上是说成绩方面，以后她绝对不会再让他比自己优秀耀眼，踩自己一头。

他却故意歪曲自己的意思，引向男女之事方向。

"是啊，燕相马确实是一个流氓。"李牧羊一脸认真地点头，"我都说了，我是不赞成他这种说法的。男女之间应该有真挚的感情，然后才会发生那种极其微妙的事情，虽然我也不明白那到底是一种什么样的事情。他的出发点就是错误的，好像男生和女生交往就是为了占女生便宜，反正我是不会这么想的。”

“我取你狗命！”陆契机看到李牧羊还在那儿讨论头上和床上的区别，更是怒不可遏。如果不是有众多杂役在场，她都想当场把他拍死在掌下。

这已经不是言语调戏，而是情色骚扰了。陆契机气得想吃人，没想到李牧羊看起来老实巴交的，骨子里却这么下流。

“同学，你这么说就不对了。大家都是星空学院的学生，而且又是同期入学，那就有同年之谊了，就算不能相亲相爱、互相扶持，也不能像你这样动辄喊打喊杀，张嘴就要取人狗命。你这样，学院师长岂能容你？就是我们这些入学新生，心中也会存有这样的质疑：如此素质的学生，怎么就能够进入星空学院呢？大家不是说星空学院是培养人族精英之地吗？这和我们想象的有巨大的差别。是不是？”

“李牧羊！”陆契机眼神冰冷地盯着李牧羊，手掌爆发出红色的光芒。

她已经准备动手了。

“何安大哥，她想杀我。”李牧羊可怜兮兮地看着何安说道。自己既然抱了大腿认了大哥，遇到危险的时候自然要请大哥出来撑场子了，不然自己认大哥做什么？

何安也觉得陆契机太过分了，这里是什么地方？这里是观星楼，是新生入学签到的地方。学生到了这个地方，对星空学院算是有了第一印象，这里怎么能充满杀气呢？

于是，何安上前一步，将自己庞大的身体挡在李牧羊的身前，正色道：“这位同学，有话好好说，切莫喊打喊杀。星空学院有星空学院的规矩，也有星空学院的体统，哪能任由你如此张狂？”

陆契机并不畏惧何安，冷冷地说道：“他口出下流之语，难道你没有听见吗？”

“我听见了。”何安点头说道，“但是牧羊同学已经说得很清楚了，那些话是他的那个朋友……那人叫什么来着？哦，燕相马说的，他是不赞成那位朋友的观点的。他已经表达了自己的态度，你还想要他怎么样呢？”

“你这是偏袒他，这就是星空学院的规矩？”

“同学，我有没有偏袒，训诫堂自然会判断。训诫堂是惩罚犯事学生和杂役的地方，你如果对此不满，可以向训诫堂申诉。”何安一副身正不怕影子斜的模样，据理力争。

“契机，怎么了？”一个黑衫少年走了进来，正是李牧羊在山下见过并且相处得很不愉快的楚浔。

陆契机沉默不语，只是眼神凶恶地盯着李牧羊，好像这样就能够把他杀死。

楚浔随之将视线转移到了李牧羊身上，问道：“怎么，这小子欺负你？”

“我们签到吧。”陆契机说道。

“什么？”楚浔一脸疑惑地看着陆契机问道。这明显不符合陆契机的性格啊，她是那种眼高于顶，或者说目空一切的女孩子。一般的人和事情她都不会放在眼里，能够被她放在眼里的就不是一般的人和事情。

眼前的事实很明显，那个李牧羊是被契机放在眼里的，他做的事情也是让契机很不满意的。可是契机主动息事宁人，不愿意节外生枝。难道说，契机也会因为畏惧这星空学院之权威而选择退缩吗?

不过，想到星空学院的赫赫威名，他觉得陆契机这么做也没有什么不妥当。

于是，楚浔点了点头，说道：“来日方长。这笔账我们先记着，以后再慢慢清算吧。”

李牧羊小声对何安说道：“何安大哥，你听听，他们以后还要报复我！我要是出了什么事，你就向学院反映我是被他们谋害的。我死了也不能白死，就算是做鬼也不会放过他们。”

何安满脸忧虑地看了陆契机和楚浔一眼，心想：如果他们当真在背后害你，我是一点儿办法也没有啊。我一个杂役，又能够做什么事情?

不过，他仍然笑着点头，说道：“我定会尽力而为，你也要小心，如果没有什么事，就好好在山上学习，尽量不要下山。”

“我明白。”李牧羊点头。他才不下山呢，毕竟外面有那么强大的敌人。崔家人一定在山下埋伏了重兵，自己在学有所成之前坚决不下山。

何安觉得李牧羊也挺可怜的，他怎么一入学就得罪了这两个一看就来头不小的学生呢？

何安拍拍李牧羊的肩膀，说道："不过你也不要担心，你不会有什么事的。你如果觉得危险，也可以及时向自己的座师反映，想必他们能够想出更好的解决办法。"

李牧羊满脸感激，说道："谢谢何安大哥。"

"你报名吧。"何安笑着说道，"选择一门好学科，努力学习，他日你一定能成为星空强者。"

李牧羊点头，然后重新走到书记官面前，问道："我可以选择什么专业？"

"你自己看吧。"书记官将一份竹简推到李牧羊的面前，说道，"学院有高僧讲佛典，有大德讲道藏，设有炼丹、占星、战争学、经济学、音乐绘画，还有上古帝王术等课程，不过帝王术只有极少数人能够学习。哦，学院还有屠龙术这门课，有名师讲龙语、神龙的后裔，以及屠龙的一百二十七种可能性。这些课程可以单选，也可以多选，你要是精力充沛，把所有可以选择的都选了也行。不过，贪多嚼不烂，大多数学生只选择自己感兴趣的一门功课作为主修课程，其他功课都是辅修，学生偶尔去听听就成了，用不着费太多的心思。"

"龙虎山前炼大丹，六天魔魅骨毛寒。自从跨鹤归玄省，道法兴隆济世间。"一个白衣胜雪的美男子推门而入，朗声说道，"这是何等逍遥，何等自在！道生一，一生二，二生三，三生万物。其术以虚无为本，以因循为用。无成势，无常形，故能究万物之情。不为物先后，故能为万物主。道法玄奇，众妙法门。一旦学有所成，一生妙用无穷。"

"此言差矣。"头戴高冠的男子走了进来，大声说道，"众所周知，天下经典多出于佛门。佛门有言：因缘所生法，我说即是空。亦为是假名，亦是中道义。又云：未曾有一法，不从因缘生。是故一切法，无不是空者。缘起缘灭，因果报应。我是谁，从何处来，往何处去，难道你对这些问题一点儿也不好奇吗？难道你不想搞清楚这些事情的来龙去脉吗？"

"道术将为天下裂。内观、守静、存思、辟谷、经法、忏法、斋、醮、符咒、禁咒、隐遁、乘跷、驱邪、伏魔、降妖、消灾、祈禳、房中术、神仙术等，三千道藏，博大精深。得之皮毛，便可遨游星空，成就不死之身。”

“谁不死了？你们道门有哪一位大拿是不死的，你指出来让我瞧瞧。”

“你们那边的神仙更多，我也没见着你和他们喝茶聊天，谈论经法奥义。”

夏侯浅白和孔离这一对冤家又对上了。

一个敦厚的三角眼胖子站在门口，因为他的模样实在太过普通，所以除了陆契机瞄过他一眼外，其他人都没有注意到他。

两人争得太过激烈，吸引了大殿内所有人的目光。

等到他们停下来喘息的时候，三角眼胖子终于找到了说话的机会。

他不敢和两人对视，只是怯怯地说道：“两位师长不得干涉学生选课，这是学院的规定。”

“谁干涉了？”夏侯浅白狠狠地瞪了他一眼，说道，“我难道将剑架在学生的脖子上逼他们选择道家了？”

“就是，我们佛门讲究缘分，‘因缘’两字岂能强求？”孔离昂着脑袋道。

三角眼胖子只能傻笑，说道：“两位师长说得极是。”

“书呆子，你跑来做什么？难道你以为有人会傻到去选你教授的那门功课吗？你也不好好想想，你有多少年没有收到过学生了！”

三角眼胖子满脸尴尬，说道：“我就是来看看、看看热闹。”

“哼！”夏侯浅白高傲地转过身去。

陆契机走到三个长老面前，说道：“我要屠龙。”

第43章
自暴自弃

“我要屠龙。”

一石惊起千层浪，一言响彻观星楼。

陆契机的选择让所有人都觉得惊诧，就连研究屠龙数十年的三角眼胖子也露出难以置信的表情：当真有傻瓜来主修屠龙专业，她没有吃错药吧？

孔离和夏侯浅白看看陆契机，又看看三角眼胖子，简直难以相信自己的眼睛。这个姑娘不会是书呆子请来的托吧？

对了，美人计！书呆子故意让这种漂亮的女孩子在李牧羊前面选择屠龙专业，李牧羊被这个女孩子吸引，自然会跟随她的脚步选择屠龙专业。学院里面的音乐课和绘画课为什么有那么多学生选修？就是因为这两个专业的女生多啊！

女生修这两门课是为了提高自己的修养，男生修这两门课就纯粹是为了找一个有修养的漂亮老婆了。

书呆子太可耻了，为了抢夺李牧羊真是无所不用其极，什么肮脏手段都使出来了。

孔离和夏侯浅白对视一眼，同时肯定了对方的想法。

他们故意不去想星空学院不可能请一个新生给三角眼胖子做托这样的事实，就是要往三角眼胖子的头上扣各种各样的帽子。

谁让他年纪轻轻就成了院长心腹？！

虽然在水月洞天幻镜前的大多数时候，他们都将视线放在李牧羊这匹黑马身上，但是，他们对几乎和李牧羊同时闯过酒、色、财、气四关的学生也非常感兴趣啊。

陆契机相貌出众，而且天赋惊人，这样的优等生怎么就想不开地要跑到屠龙专业去浪费大好时光呢？

孔离走到陆契机身边，说道：“同学，选择主修课时一定要慎重，因为这决定了你以后的发展方向。你选择佛门，以后学的自然是佛门的经法奥义和内外功夫。你主修道门，就会有三千道藏等着你去揣摩思考。你若是选择音乐或者绘画，那以后就有可能是这片星空下最耀眼的音乐家或者大画师。当然，以音乐或者书画破境的人也不在少数，譬如以诗歌破境的李秋白和杜若甫，他们最后也成了纵横大陆的强者。总之，这些对于一个女孩子来说，倒算是很好的专业。

“可是，你为什么偏偏选择了屠龙专业呢？你知道屠龙专业的学生学的是什么吗？你知道屠龙专业有多少年没有招收到学生了吗？龙在哪里？连龙都没有，你即使学会了屠龙技又能有什么作为？”

夏侯浅白深以为然，一脸笑意地看着陆契机，竟然对陆契机用起了美男计，想靠自己俊美无比的脸来破坏三角眼胖子的“美人计”。

“契机同学，作为星空导师，我们是没有资格帮学生做任何选择的，也就是说，不管你们选择哪一门专业，我们都不能干涉。可是，我觉得一个好的导师应该正确地引导学生，要让他们看清楚现实，不被小利所诱惑，不被小人所蒙蔽。你现在的选择关系到你以后的人生，所以，再次告诉这位书记官你真正的选择是什么。”

“屠龙。”陆契机毫不犹豫地说道。她心想：这两个家伙是白痴吧？我都说得很清楚了，他们为什么还要让我再选择一次呢？

三角眼胖子高兴坏了，他满脸激动地走到陆契机的面前，因为陆契机太过漂亮，他还有些腼腆，不好意思和陆契机对视。他说道：“陆契机同学，屠龙专业欢迎你。我相信，屠龙技终有一天会派上用场。这是上古大拿留下来的绝技，我们一定要将它发扬光大。”

陆契机看了三角眼胖子一眼，淡漠地说道：“你高兴就好。”

三角眼胖子感觉自己被人当头泼了一盆冷水，不过这盆冷水仍然没法浇灭他心中的火焰。他只是想想就觉得激动，他竟然也是一个有学生的导师了！除了数年前他教过的那个学生，就再也没有人愿意跟着他研究如何屠龙了。

据说那个学生直到现在还在名山大川间转悠，想要寻找真龙。结果龙没有屠着，相宅相墓的本事倒是大有长进。三角眼胖子对那个学生一直心存愧疚。

就连那个书记官都有些为难，他看着陆契机问道：“姑娘，你确定要选屠龙专业为主修专业吗？”

他扫了三角眼胖子一眼，说道：“要知道，龙只是传说，万年以来都没有人见过真龙，更不要说屠龙了。你要是确定了，我就要记录在案给你号牌了。”

“确定。”陆契机丝毫没有动摇。

书记官无奈，轻轻叹息，但还是麻利地在竹简上写下了陆契机的名字，然后递给陆契机一块木制号牌，说道：“你住龙字甲号楼。”

陆契机接过号牌，然后转身朝着外面走去。

楚浔见陆契机要走，赶紧跑到书记官面前，说道：“快，给我报名！楚浔，主修屠龙专业。”

三角眼胖子眼眶泛红，眼泪珠子都要落下来了。

两个学生，他要有两个学生了！这是屠龙专业十年来录取学生的最高纪录。

既然有陆契机开了头，书记官也不再劝。他记下了楚浔的名字，然后递给他一块木制号牌，说道：“你住龙字乙号楼。”

楚浔抢过号牌后，立即朝着陆契机跑去。

孔离和夏侯浅白的脸色难看至极，他们还一个学生都没有招着呢，三角眼胖子竟然已经有两个学生了。他们之前说三角眼胖子难以招到学生的话犹在耳侧，这简直就是当众被打脸啊！

幸好，他们看中的李牧羊还没有做出最终的选择。

于是，孔离和夏侯浅白同时看向李牧羊。

“李牧羊同学，你考虑好了吗？佛门坐拥万千法门，乃星空正统。来我这边吧，我保证倾囊相授。你不是西风帝国文试第一吗？你以前学的是文科，我可以包你以后成为李秋白和杜若甫那样名传千古的星空强者。”孔离扶了扶自己的高冠，和蔼可亲地说道。

“道门弟子无拘无束，自由随意，修行方式更是简单，就算只是睡觉时做了一场大梦，醒来后也有可能已经成了世间的顶尖强者。你选择我们道门，必定不会吃亏，不会后悔。”

“我们佛门才讲究顿悟，一夕摘得彼岸花。”

“日月无人燃而自明，星辰无人列而自序，禽兽无人造而自生，草木无人种而自萌，风无人扇而自动，水无人推而自流，万法不可尽言，万物皆是如此自然而然，存在的都是合理的。”

李牧羊心微动，他想起自己的身体状况，或许道门能够帮他解惑。

“两位师长，”三角眼胖子又有些不满意了，这两位师长在这里吵吵嚷嚷的，知不知道这样很影响学院的形象？“现在是学生的自由选择时间。”

“你闭嘴。”孔离很不满地说道，“李牧羊已经是我的弟子了。”

“哟，现在开始明抢了？我还说李牧羊已经入我门下了呢。”夏侯浅白立即反击道。

“你有什么证据？”

“你又有什么证据？”

三角眼胖子又没有说话的机会了。

李牧羊站在书记官面前，羞涩地笑着，问道：“那个，学生入学之后要不要交学费？”

“学费？这个不需要。衣食住行自有学院负责，当然，学院只是保证你的基本需求可以得到满足，你要是想要提高自己的生活质量，那就需要自己掏钱了，有些学生还自带厨子呢！”

“我明白了。”李牧羊点头，然后小声问道，“那我是西风帝国文试第一，学院有没有奖学金？”

“……”

李牧羊见书记官不答，赶紧摆手，说道：“算了算了，我就是随便问问。我也选择屠龙专业吧。”

“什么？！”

正在吵架的孔离和夏侯浅白同时喝道，就连三角眼胖子也被李牧羊的话吓了一跳。

“李牧羊，你为何如此？”孔离痛心疾首，说道，“世间哪里有真龙？学一身有用武之地的真本事才是聪明之举啊。”

“虽然屠龙勇士的传说在神州广为流传，但是传说终究只是传说，屠龙终究只是一场空梦。世间没有龙了，屠龙技你学了也是白学，现在回心转意还来得及，我可以亲自做你的授业恩师，保你每年拿学院一等奖学金。”

“李牧羊同学，老师也是为了你好。”

“就算不想选我道门，你选择佛门也行啊。再不济你去学音乐、绘画或者作诗，通过音乐书画入道破境，也有机会成为一方大拿。你选屠龙专业是自暴自弃，李牧羊，没有龙了，这个世界没有龙了。”夏侯浅白的眼眶都要红了，这些学生怎么都这般不知道爱惜自己啊？数十年后，他们回想今天该是多么后悔啊。

我就是啊。

李牧羊很想拍着自己的胸膛，大声地将这句话说出来。

“在遥远的上古时期，神州大地有一个强大的族群——龙族。龙族能够生鳞幻爪，能够御水行云。它们打一个喷嚏，天啊，一座城就被吹跑了！它们有数不尽的珍宝，和天地同寿。

“有一天，龙族的长公主觉得无聊，就琢磨起了要吃什么菜。她想吃什么菜呢？对了，是人的心脏。她说人心是最复杂的东西，那么人心煲起汤来一定非常好喝吧。于是，她找来自己的护卫龙，说道：‘去吧，去给我找一百个人族，我要品尝他们的心脏。’龙族残暴，人族精英为了保护万民不被吃掉，聚阵杀龙，砍下它们的头颅，折断它们的龙爪，把龙血灌进潜龙江。潜龙江被龙血染红，最后成了终年波涛汹涌的红怒江。那些屠龙勇士成了照亮整片星空的超级英雄，他们的故事被吟游诗人用最热血的诗句记录了下来。”

这是在神州广泛流传的屠龙勇士的故事，之一。

李牧羊小时候没少听这样的故事，在李思念不愿意好好睡觉的时候，李牧羊甚至还被迫给她一遍遍地讲这样的故事。

李思念每次听完都会眼睛亮晶晶地说道：“我以后就要嫁给屠龙勇士。”

李牧羊就笑，说这个世界上根本就没有龙，也不会有屠龙勇士。

然后兄妹两人就会闹成一团。

是的，没有人见过龙，就连茶楼里的说书先生也偷偷和李牧羊说过，这个世界上是没有龙的，他讲的故事只是传说，传说是当不得真的。

李思念听了说书先生的话，难过了好久，后来听了李牧羊给她讲的七剑下藏白后，又说自己要嫁给藏白七剑。可是藏白七剑有七个人，她到底要嫁给谁呢？

这一次她没有告诉李牧羊自己最喜欢的是哪一个，她怕李牧羊又跑去问说书先生这个世界到底有没有藏白七剑。那个时候的李牧羊只是希望自己的宝贝妹妹不要被人欺骗，却没有意识到戳破一个小女孩的美梦是一件很残忍的事情。

可是，不管李牧羊相不相信，不管李思念长大了能不能嫁给屠龙勇士，残暴贪婪的龙和勇敢无畏的屠龙勇士的故事仍然在人族居住的每一个角落被传颂着。

以前李牧羊是坚定不移的无龙论者，他觉得这个世界上不可能有龙。可是，自从他的身体出现异常，他从一个一文不值的废物一跃成为帝国的文试第一，一次又一次地从那个噩梦中惊醒，他就动摇了。时至今日，他再也不能忽视那双黑色的眼睛，再也忘不了胸口被那条横亘星空的巨龙撕裂开来的感觉。

他感觉得到，他的体内有一条黑龙，虽然他自己都没办法接受这现实。

在这个人人都想屠龙的时代，李牧羊活得很有压力。

“两位师长。”三角眼胖子被气得面红耳赤，这两位师长太过分了。学院有规定，任何老师都不可以干扰学生选择专业。他们这般攻击自己的屠龙专业，不是摆明了不把自己这个授课老师和屠龙专业放在眼里吗？“这个世界上怎么会没有龙呢？《龙族编年史》上面有明确的记载，龙族是有生命传承的，龙族内等级森严，当年它们才是神州的主人。我相信，就算是现在，它们也没有灭绝，而是藏在某个不为人知的角落。我们只要用心找，就一定可以找到它们。”

“找它们干什么？”孔离瞥了三角眼胖子一眼，问道，“跟着你学几年龙语，就可以和巨龙沟通，没事就与巨龙坐在一起喝喝茶聊聊天？研究了神龙的后裔，就可以辨别出龙的种类和级别？学了屠龙的一百二十七种可能性，就能够用一百二十七种办法屠龙？”

“我的这些理论还没有完全成熟，需要我们慢慢实践。”

"你自己信不信你说的这些鬼话？"这个时候，夏侯浅白自然是站在孔离这边的。

"你们……"三角眼胖子知道自己说不过他们，于是说道，"你们总要让学生自己选择，这是学院的规矩。"

孔离道："别和我提什么规矩！规矩是死的，人是活的，我不能眼睁睁地看着一个好学生被你毁了。李牧羊，跟我走。"

夏侯浅白立即反驳道："李牧羊凭什么要跟你走？他要走也是跟我走。"

"夏侯浅白，你是不是又要打架？"

"打就打，谁怕你不成？"

"走，这次我们去花语平原。"

"对，去花语平原的蝎子谷，我非把你撕碎了喂那些红蝎不可。"

"我选屠龙。"李牧羊站在书记官面前，小声说道。他不想惊动那两个吵得热火朝天的导师。他们太热情了，一副不安好心的模样，让他感到很担忧。

他身上又没什么金币，万一他们找他讨要束脩，他该怎么办？他在江南城读书的时候，他的父母没少往老师家送礼。

"什么？"负责登记的书记官大吃一惊，说道，"这位同学，你可要考虑清楚了。孔师和夏侯师虽然违反了学院的规定，但是他们说的话也不是没有道理。老朽在这边待了近百年，以前那些学屠龙的同学据说都改行做了风水师，专门帮王公巨贾寻穴定位。唉，他们都是好学生啊，可惜，可惜。"

何安也过来劝，说道："牧羊同学，你可千万别想不开啊！不要因为那个女孩子漂亮，就非要和她选择同一个专业。我告诉你，学院里美女最多的专业是音乐和绘画。除了音乐和绘画，战争课里甚至有皇室的公主。你要慎重，千万不要冲动。"

"何安大哥，我已经想明白了。"李牧羊无比坚定地看向书记官，说道，"我选屠龙，还请书记先生帮我记下。"

"什么？"正在争吵的孔离和夏侯浅白终于停了下来。

孔离一把抓住李牧羊的肩膀，急得眼泪都要流出来了，他说道："李牧羊，你为什么要如此自暴自弃？”

“因为，”李牧羊露出一个腼腆的笑容，说道，“我要保护自己啊。”

“你要是想保护自己，那就更不能主修屠龙。我们道门功法精深，奇门法宝无数，你一旦学成，有毁天灭地之能。”

“吹牛。我可没看到你们道门有谁跳出来吆喝着说自己要毁天灭地。”

“孔离，你找死。”

李牧羊看着再次吵在一起的星空名师，轻轻叹息。

这个学院没有别人说得那么厉害啊！

“李牧羊，”三角眼胖子拉着李牧羊的衣袖，双眼放光地看着他的眼睛，说道，“你不要担心，我一定会好好待你的。”

第44章
龙陨之地

李牧羊憨笑着点头，问道：“牧羊还没请教老师尊姓大名。”

“我姓羊，名叫羊小虎。”羊小虎有些不好意思地说道。这个姓让他很郁闷，这个名字更是让他羞于见人。可是，姓名是父母所赐，他不好随意更改。虽然他一点儿也不像猛虎，不过他还是坚持用小虎这个名字。

“羊师好。”李牧羊一脸恭敬地向羊小虎鞠躬，说道，“以后还请羊师多多关照。”

“那是自然。”羊小虎拍着自己厚实的胸膛说道，“我必会倾囊相授，无愧于你今日的信任。”

“我从小就有一个屠龙梦，最崇拜的就是那些屠龙勇士。”李牧羊咧嘴傻笑，小声问道，“羊师，我刚才听到你们说屠龙的一百二十七种可能性，倘若学好了这门课，当真就有一百二十七种办法屠龙吗？”

“理论上是这样的。”羊小虎一脸坚定地说道。

李牧羊的小心脏快要跳出胸腔了，他说道：“此话当真？”

“那是无数先贤留下来的秘技，我只是将这些秘技归纳整理，然后做了一些系统化的研究和设定。上古先贤就是用这些秘技屠龙的，并且取得了成功。他们可以做到的事情，我辈怎么能甘居人后地断定自己做不到？李牧羊同学，你要相信我，相信我们屠龙专业。我必让你成为整个星空下最耀眼的屠龙勇士，让你儿时的梦想成真。”

李牧羊感动得热泪盈眶，他紧紧地握着羊小虎的胖手，说道：“谢谢羊师，我一定努力学习，绝不辜负羊师厚望。羊师，你千万不可藏私啊。你如果有什么不外传的屠龙秘技，一定要及时地传授于我，避免我被巨龙所害。”

“那是自然。那是自然。”羊小虎哈哈大笑，实在是高兴坏了。

孔离对李牧羊这种自暴自弃的行为实在是惋惜至极，他指着李牧羊说道：“你这小子，心中戾气太重，倘若不研习佛门经法感化洗涤自我，以后恐怕会多生事端，酿成大祸。”

“道门心法讲究自然无为，顺应本心，道门的清心咒更是静心顺气心法中的佼佼者，他应该主修我道门功法才是。”

孔离对身边这个猪队友真是忍无可忍，气道：“夏侯浅白，你这个白痴，李牧羊已经被书呆子抢走了，你还和我争执什么？”

夏侯浅白一想，立即将炮火再次对准了羊小虎，说道：“书呆子，你定是暗中操纵，侵犯了学生的自由选择权。此事没完，我定会到院长那里申诉。”

羊小虎笑得合不拢嘴，对着孔离和夏侯浅白微微鞠躬，说道：“两位师长承让了。”

“谁让你了？”

“你这个作弊的家伙！”

孔离和夏侯浅白冲过来就想动手打人。

李牧羊赶紧迎了上去，挡下暴怒的孔离和夏侯浅白，说道：“两位老师，不是我不愿意学习佛道经典。佛门道门如巍峨高山，我仰慕已久。小时候，给我治病的老爷爷也是道门中人，我最喜欢和他在一起了。我之所以选择屠龙专业，是因为心里有苦衷。”

“你有什么苦衷？”孔离问道，“你说出来，说不定我们可以帮你解决。”

“现在可能不太方便说。”李牧羊一脸为难地说道，“不过，我也不是不能修习佛门道门的心法。”

“嗯？你改变主意了？”夏侯浅白大喜，问道。

“那倒没有。”李牧羊摇头说道，“刚才那位书记官说过，我可以修习屠龙专业，也可以修习其他专业。只要我精力充沛，就算把所有感兴趣的全都修了也没问题。”

孔离皱眉，说道：“难道你还想辅修佛门道门的功法？你要知道，佛道两门的功法都博大精深，晦涩难懂，无数人终其一生也难以窥得其真貌。入门都极其不易，若想要精通，那必定要勤学苦思。能站在巅峰的人物，绝对是意志非凡之辈。你小小年纪，就敢言佛道双修，可知贪多易失？你若是坚持这个想法，恐怕老来一无所得，遗憾一生。”

孔离说这番话算是谆谆教导了，他不希望有天赋的学生误入歧途最终成为凡夫俗子。那样的话，就是他这星空名师的失职，也是星空学院的失职。

将学生的特长发挥到极致，这才是他们要做的事情。

李牧羊整理衣衫，恭敬行礼，说道：“谢谢孔师。孔师的话我一定牢记于心，我之所以敢说出这样的话，是因为我愿意付出比别人更多的努力。我能吃苦，也愿意吃苦。只有拼命努力，比别人多付出两倍、三倍甚至十几倍的时间和精力，我才能够保护我的家人，让他们好好地活着。”

“嗯？”孔离看着李牧羊湿润的眼眶，问道，“你家里可是有什么难事？”

“学生在入学路上得罪了一个大家族，那家族派人一路追杀学生。如今学生入了星空学院，有众多师长保护，自然不会有什么问题。可是学生的父母，还有学生才十几岁的妹妹无人庇护，倘若那个家族报复，他们性命堪忧。学生虽然心急如焚，却没有本事，不能够时时守护在他们身边，只能拜托朋友暂时看顾。”

“岂有此理！”孔离气愤至极，说道，“星空学院的学生也有人敢欺负？”

“就是。”夏侯浅白更是直接，说道，“那些人真是自寻死路，倘若让我遇到，一剑取其头颅。”

孔离想了想，说道：“星空学院有规定，我们不可以干涉外界之事。不过，这事我们也不能坐视不管。你如果一直心存忧虑，怕是难以用心学习，一番才学天赋就此浪费，实在是非常可惜。这样吧，你的家人在何处？我看看能不能想想办法帮上一把。”

“谢谢恩师，谢谢恩师。”李牧羊连连鞠躬，说道，“我的父母和妹妹分别叫作李岩、罗琦和李思念，他们住在西风帝国的江南城户部巷。恩师，我家人的安危就拜托你了。”

孔离摆了摆手，说道：“小事一桩。”

李牧羊又对着夏侯浅白鞠躬，说道：“学生的家人有孔师看顾必定无忧，此事便不必再劳夏侯师出手，即便如此，学生仍然心存感激，道门也仍然是我心中最仰慕的存在之一。学生定会努力修习道门心法，不会让夏侯师失望。”

夏侯浅白大怒，说道：“谁说不帮了？他们佛门能做的事情，我们道门就做不来？你且等着，看我召唤道门弟子前去保护你的家人。”

一个人缺少什么，就向往什么。

李牧羊觉得自己智商不高，所以特别喜欢和聪明人打交道。

以前他都是听李思念的，李思念说什么他就做什么，因此他当真很少做错事，倒是给李思念背了不少黑锅。

求学路上，他认识了公输垣，并且觉得公输垣也是聪明人。在确定公输垣对他没有恶意后，他自然愿意和公输垣打交道，虽然他想不明白自己什么时候帮过公输垣，让公输垣欠了自己一个天大的人情，但这并不影响他相信公输垣的肺腑之言。这个聪明人让他到星空学院后多抱“大腿”。

虽然李牧羊对星空学院还一无所知，不知道这所学院里谁的“大腿”最粗，但是有一点他可以确定：每个人的“大腿”都比他的“大腿”要粗。

所以，他在选择了屠龙专业的同时，又趁机提出自己要佛道双修，这样的话，对方一定会觉得他是一个刻苦勤奋的好学生，老师们不是都喜欢这样的学生吗？如此，他便不会失去孔离和夏侯浅白这两条“大腿”，不，是不会失去得到孔离和夏侯浅白这两位名师教导的机会。

果然，孔离和夏侯浅白对他态度大变，纷纷表示愿意保护他的家人，帮他了却这桩心事，让他在星空学院专心修习。

李牧羊得到孔离和夏侯浅白的承诺，再次感动得热泪盈眶，他对着两位星空名师深深鞠躬，说道：“救人一命胜造七级浮屠，我的家人得到两位名师的庇护，必定性命无忧。两位恩师的大恩大德，牧羊没齿难忘。”

孔离一脸真挚地看着他，说道：“你既已入我星空学院，就是我星空学院的学子。我们哪能让你被人欺负？”

“就是。从来都是我们欺负别人，我们的学生怎么能被人欺负成这个样子？就算你不求我，我也不容他们欺负我的学生。对了，你得罪了哪个家族？我在外界也有些关系，如果你得罪的是我认识的人，我看看能不能写封信过去解释一番，让他们卖个人情给我，这样我们就能够一劳永逸。”

“天都崔家。”李牧羊低声说道。

“原来是崔家，这个我倒是知道。你们怎么结仇的？”

“崔家人要杀我。”

“岂有此理，崔家人仗势欺人！结果呢？”

“我把欺负我的人杀了。”

李牧羊拿到了龙字丙号楼的号牌，这意味着他和那个讨厌的紫发女生中间要隔着一个更加讨厌的黑衫少年楚浔。

李牧羊很想换号舍，结果被书记官拒绝了，书记官说所有人都要按照编号来，他不能随意安排。不然的话，如果其他学生也提出这样的要求，那星空学院就乱套了。

李牧羊解决了后顾之忧，心情舒畅至极，即使没能换号舍也不觉得失望，大不了以后他不和他们打交道。

李牧羊告别了孔离和夏侯浅白两位名师，便跟着何安前往自己居住的号舍。

羊小虎为了表现自己对李牧羊这个学生的重视，竟然亲自送他去号舍。

李牧羊心中温暖，觉得星空学院果然是世间第一流的学府，虽然星空学院在普通老百姓那里没有什么名气，他即使拿到毕业证也不一定能够进入朝廷为朝廷做事。

李牧羊看着旁边的羊小虎，问道：“羊师，我听说断山是被星空学院的第一任院长一剑削平的，这是真的吗？”

“那是自然。”羊小虎一脸骄傲地说道，“难道你没发现吗？我们一路走来，地面都特别平坦，这正是因为那一剑削得好啊。”

羊小虎虽然有好几年没有带过学生，但是职业素质还是顶呱呱的，他知道这个时候自己应该鼓励一下学生。

于是他拍拍李牧羊的肩膀，认真地说道：“牧羊同学只要刻苦努力，终有一天也能够成为第一任院长那样一剑断山的通天彻地之人，老师相信你。”

李牧羊心想：这胖子看起来憨厚，其实肚子里的花花肠子倒是蛮多的。这样的空话，谁会相信啊？

星空学院实在太大了，李牧羊走得腿都软了，才走到西崖旁边的学生号舍。

一个个古色古香的小院排成一排，门前有松，院内栽竹。朱漆大门紧闭，两扇门上面各有一个麒麟兽首。

虽然这些院子不大，但是院子周边的环境非常不错。

羊小虎无限感慨，说道：“以前四个学生才能分得一个院子。现在一人就可以分一个院子，这样院子都没办法住满。屠龙，人族最伟大的事业，现在却没落至此，我等为之奈何啊！”

李牧羊越靠近小院，就越有一种心惊肉跳的感觉。

就像有人用一把利剑朝着他的心脏狠狠地刺下去，然后握着剑柄用力地搅。

李牧羊痛苦至极，额头上出现大滴大滴的汗珠。

“牧羊同学，你怎么了？”何安一直跟在李牧羊的身边，看到李牧羊脸色剧变，赶紧走过来扶着他问道。

羊小虎听到何安的喊声，也转身看了过来，然后立即扶住李牧羊的另一只胳膊，说道：“我们快扶牧羊同学进屋，牧羊同学躺躺应该就好了。牧羊同学这样，可能是因为过酒、色、财、气四关后没有恢复过来。有很多学生进了学院后，还一直受那镜魔侵扰。情况严重些的甚至发疯变痴，难以痊愈。”

“嘎吱——”

何安快步向前，推开一个小院的门，扶着李牧羊向卧室走去。这是李牧羊的号舍，院子门口挂着的那块刻着“丙字号”的木牌就是明证。

李牧羊进了卧室，被羊小虎和何安安顿在床上休息。

羊小虎推开窗户，指着远处的一片红色，说道：“那里就是红怒江，又名龙陨之地。”

李牧羊猛地坐直了身体。

视线所及之处，是一片浓云厚雾也难以遮掩的火红色。

怒涛汹涌，浪高千丈。

轰隆声从遥远的地方传来，仿佛有一条火红色的巨龙在不甘地咆哮。

李牧羊就像回到了自己久违的故乡，眼泪大滴大滴地落下。

第45章

水鬼美人

西子茶楼。

一群年轻的学生正在茶楼外面的凉亭中喝茶聊天，欣赏这大好湖景。

有人画画，宣纸上面是深院风荷，残秋景色跃然纸上。

有人吹箫，箫声呜咽，百转千回。

还有人在吟诗："群芳过后西湖好，狼籍残红。好词好词，眼前有景题不得，只因修词在上头。遗憾啊遗憾，我空有满腹诗书却没有用武之地。"

这些男生认真表演绝技的同时，眼睛时不时地朝着凉亭东北角看去。

那里有一个娇艳如花的姑娘，她的一举一动都是如此牵动他们的心房。

她不是西子，但比西子美丽大方。

可是，姑娘啊，为何你的眼里满是忧伤?

李思念坐在凉亭角落，身边是几个与她关系较好的朋友。她在学校里就是有名的大姐头，整个年级的女生就没有不认识她的，更没有敢得罪她的。她走到哪里都是前呼后拥，比她那个废物哥哥要威风百倍。正是因为这样，很多人根本就没办法相信李牧羊是她的亲哥哥。

李思念身边的小丫头在叽叽喳喳地闲聊，吃着男生贡献的各种瓜果点心。

"我觉得朱坚挺帅的，他画的画也很有水平，我听说江南有名的大画家徐绯红要收他为徒呢！"

"我还是喜欢许华伟，你看看，他吹箫的样子多么迷人。哪个女孩子要是能得到他的爱慕，和他花前月下，在清风中品着一壶茶，听他吹箫诉说动人的情话，该多么让人羡慕啊。我只是想想就觉得沉醉呢！"

"赵大富这个人吧，虽然肚子里空空的，是一个草包，但他的父亲是江南城有名的大财主，据说他们家吃鹅只吃肝脏。"

“那他会不会得脂肪肝啊？”有人戏谑地问道。

“刘采采，你真是讨厌！”

李思念的嘴角带着淡淡的笑意，她安静地听着她们说话，并没有接腔。

她们在自己面前大肆夸奖那些男生，自然是因为得到了他们的好处，或者说被他们的话说服了。这样的伎俩，她比她们更懂。

她也这么教过她的哥哥李牧羊，说想要得到一个女孩子的芳心，就先要把这个女孩子身边的朋友搞定。倘若这个女孩子的每一个朋友都觉得你好，那么这个女孩子在她们的影响下也会觉得你好，就算这个女孩子原本觉得你是一坨狗屎。

李思念知道她们是一番好心，倒也没有责怪的意思，她们的行为与以前她替班级里面的一些女生带情书给自己的白痴哥哥李牧羊没有两样。

李思念想到哥哥李牧羊，顿觉心中空荡荡的。

他俩从小到大，几乎就没有分开过。

李牧羊是她“看着长大的”，虽然这么说有些过分，她那个白痴哥哥听了会很不高兴，可是，这当真是事实啊。

他行走不利索时，她扶他。

他吃饭不方便时，她喂他。

他偷偷把药倒在墙角时，她“举报”他。

她出门前第一件事就是喊：“哥哥，我出去了。”

她回家后第一件事就是喊：“哥哥，我回来了。”

她撞开过他的房门无数次，也撞开过他的浴室门无数次。

她知道他给学校里面的漂亮女生写了情书，然后压在箱底没有勇气送出去。她帮他把情书撕了，因为她觉得送了也是白送，只会自取其辱。

后来她去找那个女孩子问过，因此知道在那个女孩子眼里，李牧羊就是一坨狗屎。

她知道他偷看了自己的杂志，有些杂志是她喜欢看的，有些杂志是她专门买给他看的。毕竟，他也不能什么都不懂嘛。

他在的时候，就像空气，李思念没有发现自己靠近他才能呼吸，没发现他的重要性。

他不在的时候，李思念才知道他其实是一束阳光。没有他的世界，总是阴云密布，雾霾横行。

学校里现在流行着这样一句话：陪伴是最长情的告白。

李思念心想：我和李牧羊朝夕相处那么多年，岂不是每天都在向他告白吗？

不不不，是他每天在向自己告白。

李思念又想：幸好那个白痴是我的亲哥哥，不然，其他男生一定会吃醋的。

“思念姐。”刘采采在李思念的眼前挥了挥手，问道，“你怎么了？”

“哦，我没事。”李思念再一次从出神中清醒过来。最近一段时间她时常陷入自己的世界，而且很难被人拉出来。

学校放假有一段时间了，学生们在家里闲着无聊，便有好事者组织了这样一场秋游。

男生们组织这类活动，自然醉翁之意不在酒。他们先邀请了和李思念关系最好的刘采采等女生，再请这些女生游说李思念来参加这场活动。李思念拒绝不了，只好跟着她们一起过来了。

只是她人在这里，心却已经走远，让她身边的小伙伴实在是无奈至极。

“思念姐最近经常这样，是不是有什么心事？”

“思念姐一定是有了喜欢的男生。女孩子有了喜欢的男生后，就容易出神。现在思念姐都不喜欢说话了，以前她可是最喜欢热闹的人呢！”

“思念姐，你喜欢的是谁啊？你悄悄和我们说一声吧。”

刘采采看着李思念，问道：“思念姐，我们的话你都听到了吗？你觉得哪个男同学最英俊呢？”

“我觉得那些男生都挺英俊的啊！每个人的喜好都不同，谁比较英俊，主要还是看你们更喜欢谁。”李思念笑着说道。这样的问题怎么能难得倒她呢？

“你呢？”刘采采知道李思念狡猾，自然不肯这么轻易地放过她，问道，“你最喜欢谁？”

“我啊……”李思念眯着眼睛笑了起来，说道，“我最喜欢我哥啊。”

众女生纷纷叹息。

一个女孩子说道：“就是啊，思念姐的哥哥那么优秀，其他男生怕是再难入她眼了吧。”

“你们说，当初我们这些人里怎么就没有向李牧羊表白的呢？他可是全神州最有价值的璞玉，我们有思念姐这个间谍，那可是近水楼台啊！”

“这都怪思念姐，有一个这么厉害的哥哥却不告诉我们。我每次走到学校门口都要在校训石前站一会儿，‘与智者同行’，多么富有哲理的话啊！两年前我去思念姐家找她玩的时候，还和李牧羊一起吃过饭，那个时候我就觉得李牧羊很不简单，沉默寡言，埋头苦吃……”

李牧羊成了学校里面的传说。

之前那些无视他的人都在搜集他的资料，想知道他到底是一个什么样的人。

那些欺负过他的人，都想方设法地到李思念这里来献殷勤，现在不主动，难道等到他骑鹤回来报复了再流泪啊？

最懊悔不已的就是这些姑娘，她们没想到身边的那块黑炭去掉外壳后竟然是一块璀璨夺目的宝玉。现在这块宝玉已经离她们远去，很有可能落入了其他姑娘的掌心。

李思念微笑，说道：“这可怪不得我。以前我没少在你们面前说我哥哥优秀，可是你们不仅不相信，还翻白眼。”

刘采采也笑，说道：“谁知道你说的是真的啊！你说你哥哥很优秀的时候，我们就一起跑过去偷偷瞧过，结果就再也没有结果了。”

姑娘们想起那些有趣的事情，再次笑作一团。

陈静一脸认真地看着李思念，说道：“思念姐，说真的，你哥哥什么时候回来啊？”

“你怎么突然问这个？”李思念警惕地盯着她，问道，“你想干什么？”

“我能干什么？我是女孩子，他是男孩子。大家认识那么多年，难道他不应该请我喝杯茶吗？”

“喂，陈静，你太厚脸皮了吧！你喜欢人家，还想要人家主动请你喝茶！要是我，等李牧羊回来，就住到思念姐家不走了，每天在他面前刷存在感。”

“你还不如裸奔呢！”

“你去死吧，行不？”

姑娘们再次打闹成一团。

“你们这些女色狼，我哥哥要是回来了，我可不会告诉你们。他那么单纯，不能羊入狼口！”

“你哥哥哪是羊啊？他是牧羊，要不，就让他牧我吧！”

湖心，荷叶之间，就像游鱼随意地甩动了一下尾巴，一圈圈涟漪在水面轻轻荡开。涟漪中间，一颗尖细的脑袋悄无声息地冒了出来，绿色的眼睛静静地盯着凉亭中的一个姑娘。那个姑娘虽然站在众多女生中间，但仍然耀眼夺目，让人一眼就能够认出来。它的嘴唇轻轻地噘起，发出若有若无的声音。

这种声音普通人难以听见，只有它的族人可以听懂。

“嗖——”

无数颗脑袋冒了出来，就像无数只癞蛤蟆浮出水面。它们一动不动，没有发出任何声响，安静地等待着。

在那凉亭中，有一群丑陋的姑娘。

是的，在这群水鬼的眼中，这些人族着实丑得惊人，难以入目。不过，那无法影响它们的食欲。

人要擅长发现并且利用自己的优势。赵大富知道自己的优势是有钱，他若是和朱坚、许华伟比容貌或者才学，那简直是自取其辱。

在朱坚还在用心作画，许华伟还在用力吹箫的时候，没办法吟出自己心中诗词的赵大富便跑到了李思念身边，“啪”的一声打开折扇，一脸笑意地说道：“美人美景，今天真是不虚此行。思念，饿了吧？”

李思念笑着摇头，说道：“我还好，刚吃过两块糕点。”

赵大富看了一眼盘子里面的几样糕点，说道：“我来得匆忙，只随便让厨房准备了几样。要是思念觉得这些糕点还能入口，下回我就让厨房多准备一些。思念最喜欢哪样？一定是这豆沙芙蓉糕吧。”

“我喜欢吃桂花糕。”李思念说道。

“啪——”

赵大富把扇子收拢，一边用扇骨拍打自己的手掌，一边说道：“我就说嘛，我和思念一样，最喜欢清新爽口的桂花糕。桂花糕甜而不腻，我实在是百吃不厌。思念要是喜欢，我明天就给你送一盒过去。”

“赵大富，你这样可就太过分了。我们这么多女生坐在一起，你只送给思念姐一人，是把我们当作透明的吗？”

“就是，我们也要。我的口味和你的口味不一样，我就吃豆沙芙蓉糕吧。”

“我吃糯米糕。”

赵大富又“啪”的一声撑开折扇，哈哈大笑着说道：“大家都有，都有。不就是几盒糕点嘛，你们喜欢吃的话，我就让人一家家地给你们送过去。”

“你们听听，我们和思念姐还是有区别的。思念姐的就是他赵大少爷亲自送过去，我们的就是让别人一家家地送过去。”

“谁让思念姐长得漂亮呢！你要是长成思念姐这样，也有人这般对你的。”

“就是，这个看脸的世界太残酷了！”

赵大富一脸笑意，看着李思念温声说道：“思念中午想吃些什么？兽面亭的河鲜不错，我和兽面亭的少东家比较熟，可以让他给我留两条河豚。一德居的烤鸭也不错，切成薄片，用面皮一卷，嘿，入口即化。当然，你有其他推荐也行，尽管开口，今天我请客。”

李思念摇了摇头，说道：“我出门的时候没和家人说，他们一定会等我回去吃饭。所以，我就不和你们吃午饭了。”

“这不是小事一桩？我派个人去你家里说一声不就行了。咱们吃过午饭后，就去游落日湖。和同学知己一起去落日湖观落日，当真是人间乐事。”

李思念还要摇头，刘采采就拉着她的手说道：“思念姐，和我们一起吧，难得赵大少要请我们吃一顿好的。”

“就是。我们去一德居吃烤鸭吧，他们家的烤鸭可出名了。”

“我想吃河豚。”

李思念仍然摇头，态度坚定地说道：“你们去吃吧，我真要回去。我不回去，父母会担心。”

李牧羊离开江南之前，李家发生了太多的事情。罗琦和李岩整天提心吊胆的，生怕两个孩子出什么事。

李牧羊不在江南，他们没办法照顾，但是李思念待在他们身边，他们自是无微不至。李思念虽然觉得他们管得太严，却能够理解他们的一番苦心。

所以，她尽量陪在父母的身边。漫漫长假，她都很少出门。

这让她的同学都疑惑不已。她性格外向张扬，以前都是呼朋引伴四处游玩，如今怎么龟缩在家里不出门了？

“思念。”朱坚和许华伟也过来了，朱坚把手里的画卷递了过来，说道，“你帮我看看，这幅画还有什么不足的地方吗？”

李思念没有伸手去接，而是说道：“朱坚，你这是在为难我了。你又不是不知道，我对绘画一窍不通。”

“我看过你画画。”

“我那是随便乱画。”

许华伟长相俊朗，手持洞箫，风度翩翩。

他说道：“思念，其他人都留下来，你也留下来与大家同乐嘛！你要是走了，大家心里都觉得很遗憾，对不对？”

李思念已经站了起来，笑着说道：“实在很抱歉，但是我真的要回去，你们好好玩。”她说完，提着裙摆就要朝缎桥走去。

走过一截桥就可以到湖堤，沿着湖堤走一段路李思念就到家了。

李思念和李牧羊有很大的不同。

李牧羊会根据需要随时改变自己的想法和目标，他对小事不会很执着。李思念决定的事情却很难改变。

“那我让车送你。”赵大富见留不住李思念，立即改变了追求套路。

李思念拒绝，笑着说道：“我用不着。你照顾好采采她们吧，我自己走几步就到家了。”

她摆了摆手，快步奔跑起来。

“呲——”

尖厉的响声突然传了过来。

李思念还在疑惑声音从何处传来时，让人震惊的一幕发生了。

在西子湖的深处，满是残败荷叶的地方，一个长着青蛙脑袋的类人怪物跳了起来。它双脚似鸭蹼，竟然能够在水面上快速地奔跑，踏水无痕，仿若鬼魂。

水鬼，神州上极其罕见又极其恶毒的一族。

水鬼水陆两栖，主要生活在死亡湖领域，蛙头人身，看起来就像野鬼，谁看到它们都觉得自己是见鬼了。

先是一个，然后密密麻麻的水鬼从湖水里面跳了起来。

它们手持漆黑锃亮的三角鱼叉，铺天盖地地朝着缎桥上面的李思念扑去。

一群水鬼在冲锋，就像是一群巨大的青蛙在迁移。

当然，前者要比后者恐怖无数倍。

李思念被这一幕吓得呆住了。她从来没有见过水鬼，更不知道它们为何会攻击自己。她的眼睛睁圆，嘴巴张大，双腿颤抖，身体难以挪动。

“呲——”

为首的那个水鬼冲到了李思念身前，张嘴吐出长长的舌头，高高地举起手里的三角鱼叉，朝着站在那里吓傻了的小姑娘的胸口扎了过去。

第46章
八方来战

“李思念，快跑！”朱坚大声喊道。

“思念，有鬼啊！”许华伟声音颤抖，却使劲把手里的洞箫朝着那些水鬼砸过去。

但是因为许华伟力道有限，洞箫飞了一小段路就落了下去，根本就没有碰着那些水鬼，更不用说伤着它们了。

赵大富喉结滚动，表情惊恐，想要喊些什么，但是什么声音也发不出来。

女孩子都被这一幕惊呆了，瞪大眼睛，做不出应有的反应。

李思念倘若被水鬼手里的三角鱼叉扎中胸口，恐怕当场就要落得一个香消玉殒的下场。

她的尸体会被那些水鬼拖进水里，好好地享用一顿。

只是，她太瘦小了，它们这么多水鬼，自然是没办法吃饱的。

水鬼的长舌在空中甩动，恶心的黄色汁液四处飞溅，一股带着水腥味的臭气扑鼻而来。

那股臭气太过浓烈，也太过恶心，李思念一下子就从呆滞中清醒过来。

千钧一发之际，她闭上眼睛，轰出一拳。

“砰——”

那个冲在最前面的水鬼发出一声惨叫，被她一拳打飞了。

破气术之破拳！

这是李思念最擅长的一招，也是她唯一会用的保命绝招。

一个水鬼飞了出去，更多的水鬼冲了过来。

“嗖——”

几个水鬼还踩在水面上，就已经将手里的三角鱼叉朝着李思念所在的位置丢了过去。

其他水鬼争先效仿，丢出了手里的三角鱼叉。那些三角鱼叉密如雨，李思念周围十几丈内全是它们的天下。

“哐——”

一面巨大的铜盾从天而降，恰好挡在了李思念的身前。

那些三角鱼叉撞在铜盾上，咔咔作响，却只能无力地坠入湖中。

一个身穿黑袍的大汉落在铜盾后面，一甩衣袖，就将接连飞来的几把三角鱼叉打了回去。

水鬼极其狡猾，在水面上奔跑如飞，应付起这突变来游刃有余。它们避开飞回来的那些三角鱼叉后，再次朝着李思念和站在铜盾后面的黑袍大汉冲了过去。

“嗞、嗞、嗞……”

它们吐出舌头嗞嗞尖叫，用只有它们能够听懂的语言交流，给彼此助威。

“你没事吧？”黑袍大汉转身看着李思念问道。

“我没事。”李思念摇头。刚才太危险了，密密麻麻的三角鱼叉朝着她插来，她破气术练得很不到家，至多能够打出两拳，如何能应付？更何况，她就算能够打出十几拳，也无法打过那铺天盖地的三角鱼叉。

所以，这面铜盾和这个黑袍大汉等于是她的救命恩人。

“在下受牧羊公子所托，前来保护小姐。”黑袍大汉抱了抱拳，并不愿意说出自己的身份。

“我哥？”李思念大惊。

她心想：哥哥不是去星空学院读书了吗？他怎么会委托别人来保护我？他怎么知道我会有危险呢？

李思念虽然心有疑惑，但想到远在千里之外的哥哥仍然在想着自己，念着自己，保护着自己，心中就无比温暖。

等这种情绪过去，她想到此时此刻的遭遇，想到自己差点儿再也见不到亲人，心中又充满了委屈，眼泪珠子都要落下来了。

“小姐小心！”黑袍大汉沉声说道。他手持和他差不多高的铜盾，严肃地盯着那些蜂拥而来的水鬼。

它们成群结队，手里的三角鱼叉散发出慑人的光芒。

“嗖——”

一道破空声传来。

然后为首的水鬼就倒飞了出去。

一根巨大的长箭从它的胸口穿过，然后朝着它身后的水鬼飞去，穿过了第二个水鬼的身体，再朝着第三个水鬼飞了过去。

“哐——”

那些水鬼连成一排，然后一个个跌进了湖水里。

西子湖中心一片血红，那些水鬼沉入湖底后，不见了踪影。

水鬼死了，它们操纵水的能力再强，也不能再从湖底钻出来了。

凉亭顶端，出现了一个身穿白色麻衣、头戴草帽的男人。他手里持着一把巨型的弩，身后背着一根根像短枪的巨箭。

箭无尾羽，乃精铁打造而成。

每一根箭射出去，都会带走一群水鬼的生命。

麻衣神箭手连续射出三箭，便有三排水鬼被他射杀，没有任何反抗的能力。

水鬼的冲势被压下，它们惊慌失措地散开，担心自己也被那长箭穿成烤串。

三箭而已，足以震慑群鬼。

那些水鬼满脸惊恐地盯着凉亭上的麻衣神箭手，举着三角鱼叉，却不敢再次靠近。

就连挡在李思念前面手持铜盾的黑袍大汉也满脸警惕地盯着麻衣神箭手，虽然麻衣神箭手应该是自己这边的，可是自己又不认识他，万一他朝着这边射一箭，自己应该怎么办？

他挡得住那些水鬼，却没有十足的信心挡下麻衣神箭手那神乎其技的一箭。

于是，黑袍大汉一边将手里的铜盾朝着麻衣神箭手所在的方向挪动，一边大声喊道：“兄台尊姓大名？”

“无名小卒，不劳记挂。”麻衣神箭手板着一张臭脸说道，“我受牧羊公子所托，前来保护思念小姐。”

“无量天尊，今天还真是热闹。”一个身穿青色道袍的年轻男子微笑着从树林中走了出来。

他说话的时候还在百丈之外，一句话还没有说完，就已经到了西子湖边。

缩地成寸，道门的玄妙功法。

修行者修炼到一定的境界，就有无上神通，万里之遥，不过一步之功。

道袍男子走到西子湖边后并没有停下，而是直接朝着湖面走去。

他只是踏出一脚，便已经跃到了一个水鬼面前，同时伸出闪烁着金光的手，朝那个水鬼拍去。

“轰——”

那个水鬼直接被他的掌力焚化了，变成了看不见摸不着的空气。

他再迈一步，出现在另一个水鬼的面前。

那个水鬼举叉刺来，道袍男子再次拍出一掌，水鬼和它的三角鱼叉便同时消失了。

“咦，知机老道来了？我要是知道牛鼻子在这里，就不来凑这热闹了。”一个硬朗男人的声音从众人头顶传来。

青袍男人乘风而来，三十几岁的样子，穿着一身员外袍，戴着一顶四方帽，四方帽上面镶着一块碧绿色的翡翠，整个人看起来就像江南城里面经营玉石生意的富家翁。

他高声喊道：“思念小姐，何在受牧羊公子所托，前来守护。”说完，他对着下面的水鬼拍出一掌，一个巨大的金色光球随即从天而降。

“轰——”

西子湖的湖心出现了一个深不可测的洞。

深洞里面不见湖水，不见鱼虾，就连那堆积在一起的水鬼也消失了。

深洞周围水波荡漾，却没有湖水朝深洞流去，仿佛深洞被一个透明的大罩子罩住了，成了一块禁地。

那个金色光球可以焚化万物！

直到金色光球的威力消失，残余的真气散尽，深洞四周的湖水才朝着深洞灌了进去。

“哗啦啦——”

水势凶猛，哗啦啦的声音不绝于耳。

由此可见，那深洞有多深邃，周围的水一时半会儿竟然没办法将其灌满。

“赵财神也来了。”知机道长一掌拍飞一个水鬼后，抬头看向停在半空的赵财神，笑着说道，“赵财神家大业大，到底是什么人有这面子，竟然能够请动你这大财神？你这一招九宫掌也太大材小用了吧，这些恶鬼也用得着你把自己压箱底的功法使出来？”

赵财神很不给知机道长面子地反击，说道：“这话奇了怪了，就跟你使的缩地成寸是地摊功法，很不值钱似的。你们龙湖山一脉就是这般只许州官放火，不许百姓点灯的吗？”

“天音寺藏书之丰，功法之绝，天下闻名，就算赵财神藏着掖着，其他人难道还敢小觑不成？”

“你这是说我在炫耀了？”

“我可没有这么说，是你自己这般想。看破不说破，这不是你们佛门的至高境界吗？”

赵财神大怒，喝道：“我们佛门何时有了看破不说破这一至高境界？”

“哦？你们没有吗？”知机道长摇了摇头，一甩衣袖，把几把朝着自己扎过来的三角鱼叉全部甩回去，说道，“我对你们天音寺又不了解。我还以为世间所有故作神秘的话都是从你们那些整天无所事事的和尚嘴里传出来的呢！”

“知机老道，你这是想要约战不成？”

“约就约，谁怕谁！”知机道长一脸无畏，他指了指前面的水鬼，说道，“不过，这些恶鬼看起来太恶心，我们是不是应该先把它们解决了？受人之托，忠人之事，我们总要做得周全些。”

“那你等着。”赵财神一边说话，一边朝着那群水鬼聚集之地冲去。

他连续拍出十几掌，十几个金色光球朝着那些水鬼飞了过去。

“轰轰轰”的声音不绝于耳，那些水鬼被炸灭，湖水里面的游鱼和莲藕也跟着遭殃。

知机道长也不甘示弱，鞋子根本就不沾水面。

他每跨一步，都会很神奇地到达一个水鬼面前，不管一人一水鬼之间的距离有多远，也不管那个水鬼逃得多快。他拍出一掌，水鬼就会化作空气消失得无影无踪。

在知机道长和赵财神比赛杀水鬼的时候，凉亭顶上的麻衣神箭手依旧板着张脸，一言不发，举着手里那把特制的巨弩对着水鬼发射，每一箭下去，都有一排水鬼被穿成鱼干，不，水鬼干。

最后，守在李思念前面的那个黑袍大汉都觉得自己有些多余了，有这几个人在，今天根本就轮不到他出手。

于是，他持盾专心挡在李思念的前面，就像一个尽职尽责的贴身护卫。

“你冷吗？”黑袍大汉问道。

“冷。”李思念声音怯怯地说道。

于是，黑袍大汉裹了裹自己的衣服，他也觉得有点儿冷。

这种杀法谁也受不了啊，那些水鬼终于要崩溃了。

它们是来杀人的，不是来被人杀的。

这些人也太欺负鬼了！

你方虽然艺高，但也用不着这般侮辱我们吧？

水鬼也是有尊严的！

它们越来越惊恐，越惊恐就越像鬼。

水鬼，水鬼，这名字取得还真是贴切。

为首的水鬼说话的声音越来越急，它见事不可为，迅速朝着湖水里面一钻，就那么跑了。

剩下的十几个水鬼眨了眨眼，也想逃跑，结果被赵财神一个金色光球砸到，真的变成水鬼了。

风停了，水静了。

残留的几朵荷花送来淡淡的清香，一切都恢复了原样，就像刚才什么事情都没有发生过。

赵财神先落在了缎桥上，然后是潇洒出尘的知机道长。

凉亭上的麻衣神箭手直接就走了，根本就没有和李思念打招呼的意思。

“你们都是我哥哥请来的？”李思念瞪大眼睛看着眼前的三人，直到现在还没有反应过来。

“我们确实是受牧羊公子所托。”黑袍大汉惜字如金，不愿意多说一字。

“请恩人告知尊姓大名，以后我也好给哥哥……”

“不用了。”黑袍大汉拒绝，说道，“有缘自会相见。”

赵财神哈哈大笑，看着李思念说道：“思念小姐不用挂心，这个人情自然会有人还。”

“这就是你们佛门所说的因果，只是帮了别人一点儿小忙，就想着让人偿还。”知机道长一脸笑意地说道，“龙湖山可没有这样的谬论，讲究自然而然，随意而为，不求因，更不求果。”

赵财神冷笑连连，说道：“如果不是受人所托，而且那个人是你知机道长难以拒绝的人，你会千里迢迢地从龙湖山赶到这江南城，又在这西子湖畔救下一个年轻姑娘？你们道门也忒无耻了。”

“你们佛门又好到哪里去？”

“看来不打是不成了。”

“那就开始吧。”

“思念小姐，后会有期。”

“思念小姐，有缘自会相逢。”

赵财神不见了，知机道长也消失了。

李思念转身看向那个扛着铜盾帮她挡下万叉插身之险的黑袍大汉站的地方，发现他也不知道在什么时候离开了。

“你们……你们太不讲究了。”李思念有些遗憾，她还没来得及道谢呢。

危机解除，英雄退场后，李思念的那些同学终于反应过来，朝着李思念所在的缎桥奔跑。

“思念姐，你没事吧？你有没有哪里伤着？”刘采采抓着李思念的手，眼眶湿润地问道。

刚才发生的事太危险，也太让人震撼，他们这些普通人根本就反应不过来，不知道做些什么才好。

“是啊，思念，那些丑陋的怪物是什么啊？它们怎么找上你了？”

“帮你的又是什么人？刚才那个道士好帅！道士可不可以成亲啊？”

许华伟对着李思念深深作揖，说道：“有英雄救美之心，却没有英雄的威能，我实在是愧疚至极。”

朱坚也面红耳赤，说道：“思念，对不起，我刚才太懦弱了。”

他们转身寻找赵大富，却发现这个财主的儿子早已不知去向。

“谢谢你们。”李思念一脸真挚地看着他们，说道，“那个时候太危险了，你们没有逃跑，仍然站在原地等我，我已经很感激，其实那个时候你们应该立即离开的。”

朱坚冷笑着说道：“我们要是逃了，那不就成为赵大富一样的人了吗？”

“就是。”姑娘们纷纷应和，对人品不咋样的赵大富很不耻。

“思念姐，刚才那些人都说自己是受牧羊公子所托前来保护你。那个牧羊公子不会就是你哥哥吧？”

“芳华，你这不是废话吗？这个世界上还有几个牧羊公子啊？”

“我就是没想到牧羊大哥才离开这么几天，就和这么多强者做了朋友，他实在是太厉害了。看来那个星空学院确实不同凡响嘛。”

“唉，当年我怎么就没有和他好好聊聊呢？要个签名也好啊！”

李思念拒绝不了同学们的好意，在他们的护送下朝着自己的家走去。

与同学们在巷口分别后，李思念快步向巷子里走去，她要把今天发生的事告诉自己的父母。

虽然这样做会让他们更加担心她的安危，但是，让他们提前有个防备总是好的。自己虽然聪明，但也只是一个学生，在面对这样的事时，不会比他们更有办法。

小院门口，停着几辆黑色的马车。

李思念还没有靠近，就被两个黑衣少年拦了下来。

“你找谁？”一个黑衣少年声音冰冷地问道。

第47章
你赶紧走

李思念一听这话，火暴脾气就上来了。

地是自己家的地，门是自己家的门，自己要回家被人拦下不说，这些人还态度恶劣地问自己找谁。

李思念握了握拳头。

可是，她发现自己现在身体虚弱，根本就挥不出一记破拳，于是脸上的怒容瞬间消失了。

她一边想着君子报仇十年不晚，一边露出一个纯真可爱的笑容，红着脸说道："这是我家，我想回家。"

"你是思念小姐吧？"一个身穿黑袍，手里提着一把巨剑的中年男人从前面的马车里下来，一脸笑意地看着李思念问道。

"我是思念，请问你是？"李思念一脸好奇地打量着这个黑袍男人。

今天发生了太多的事情，她见识了太多的奇人。

这些人是敌是友现在她还没办法确定，不过他们是友的可能性比较大。

毕竟，今天跳出来保护她的人都叫她思念小姐，那些想要杀掉她的怪物都是"叫"她"嗞嗞"。

"小姐请进，你的家人在里面等你。"黑袍男人并没有介绍自己，咧嘴笑了笑，做出一个邀请的手势。

他身边的黑衣少年见状，迅速上前帮李思念推开了朱漆大门。

大门刚打开，李思念就闻到了一股腥味。

这种气味她已经很熟悉了，家里闯进一个杀手的那次她就闻到过。

这是血腥味。

果然，她目光一扫，就在墙角看到了几具尸体，两个身穿黑色劲装，腰挂长剑的年轻男人正在收拾残局。

看来家里遭到了袭击，父母被这些突然冒出来的人救了。

难道他们也是哥哥搬来的救兵？

李思念看到他们身上的伤口，胃里一阵翻江倒海，急忙从院子里走过。

“妈！妈！”李思念急声喊道。

自己和父母再次被人袭击，他们家是又得罪了什么人物吗？难道这和哥哥有关系？

不然的话，他怎么能够未卜先知，找了那么多高手来保护他们？

“思念！”罗琦从里屋走了出来，问道，“你不是和同学去游湖了吗？怎么这么早就回来了？”

李岩也走了出来，眼神怪异地看着李思念，没有说话。

“妈，我遇到了一些怪物，它们想杀我。”李思念急声说道，“家里发生了什么事？是不是有人……”

罗琦不答，走过来拉着李思念的手进屋，说道：“家里来了客人。”

李思念已经看到了客人。

那是一个身穿黑色劲装，外面罩着黑袍的女人。

因为她没有戴上帽子，所以李思念看到了她盘在头顶的秀发。

这是一个漂亮的女人，是李思念见过的最漂亮的女人。

她的母亲罗琦也美，但是这两种美是不同的。

母亲的美体现在她的温婉温和，而这个女人的美体现在她的高贵雍容。这两个人，一个是可以触及的小家碧玉，一个是难以忽视的天之骄女。

李思念曾经想过自己的朋友崔小心十年以后会是什么样子，现在她有了答案，十年后的崔小心大概就是现在这个女人的模样。

“这就是思念吧。”黑衣女人脸色温和，走过来握住李思念的手，看着罗琦微笑，说道，“思念一看就是一个聪明孩子。”

罗琦张嘴欲言，却又不知道说些什么。

她不知道让李思念如何称呼这个高贵的女人。

"思念，叫夫人。"李岩提醒道。

"思念，叫姨。"黑衣女人纠正道，"我和罗琦情同姐妹，你们不要把关系搞得生分了。"

虽然黑衣女人这么说，但是李岩完全不敢放肆。所以，他虽然觉得这于礼不合，但还是恭敬地说道："是，小姐。"

他以前是小姐的车夫，在小姐身边待了多年，已经习惯了这种主仆关系，对小姐的尊敬已经刻在了他骨子深处，很难抹去。

"妈，这是？"李思念好奇地看着这个黑衣女人。

他们家没有多少亲戚，自打她记事起，就只有一个远房的伯伯曾找过来请父母帮忙。

有时候李思念和李牧羊会觉得有点失落，别的同龄人都有爷爷奶奶外公外婆叔叔舅舅，怎么就他们什么亲戚都没有？

兄妹俩闲得无聊时，也很想有个舅舅或小姨，可以去他们家走走的。

他们还就这个问题问过罗琦，罗琦说自己是孤儿，嫁给了同样是孤儿的李岩，他们是两个孤儿的孩子。

李牧羊和李思念对父母的身世深表同情，觉得他们实在是太可怜了，不如自己幸福。

现在自己和哥哥怎么又多了一个姨？

李思念叫不出口。

"思念，叫姨。"罗琦说道，态度坚决。

李思念无奈，只得喊道："姨。"

"好孩子。"黑衣女人的眼眶湿润了，声音变得哽咽起来。

李思念觉得这黑衣女人挺莫名其妙，我就是喊了你一声姨而已，怎么就把你高兴成这个样子了？

一个念头从她脑海中闪过，她突然有了一种很不妙的感觉。

李思念的身体紧绷，心跳加速。

她听过很多故事，比如有一些父母不想要女儿，觉得女儿以后终究是别人家的人，自家养了也没用，于是就把女儿送给别人。难道自己当年被她嫌弃，现在她又找来想要把自己接回去？

这个黑衣女人不会是自己的亲生母亲吧？

李思念看到黑衣女人脸上不停流淌的眼泪，越想越觉得可怕，越想越觉得自己的猜测是正确的。她怎么可以这样啊？当年不要自己，现在又想把自己接回去，这算什么啊？

我的父亲是李岩，我的母亲是罗琦，他们才是我的亲生父母，我根本就不想认识你。

我是不可能跟你走的，我是不可能跟你回去的，当年你不要我，现在就不要再来找我。不管你说什么，我都不会听的。

李思念很委屈，很伤心，也跟着哭了。

她眼眶红红的，泪流满面。

那个高贵的黑衣女人看到李思念跟着自己哭，心里更加难受了。

她一把将李思念抱在怀里，低声唤道："好孩子，我的好孩子。"

她这么一喊不要紧，李思念的魂啊魄啊都要惊飞了。

李思念难以形容自己此时此刻的心情，但是仍然用力地推开她，喊道："你走，你赶紧走，我不想看到你！"

李岩和罗琦面面相觑，不知道这演的是哪一出苦情戏。

"你赶紧走，我是不会跟你回去的。你什么都不要说了，我不听！我不听！"李思念号啕大哭，伤心欲绝。

这个世界太残忍了，太让人绝望了。

为什么这样的事情会发生在自己身上？

又为什么要让自己知道这件事的真相？

让自己平平淡淡地生活一辈子不好吗？

那些长辈，他们自私自利到了这样的程度，怎么还好意思来认回自己呢？

"思念，你说什么呢？"罗琦怒了。

她低声喝道："你怎么跟小姐……姨说话的？"

李思念奔到罗琦的身前用力地抱着她，说道：“妈，我不走，我是不会跟她回去的！”

罗琦大惊，问道：“你都知道了？”

她都还没有下定决心呢，李思念竟然都已经猜中自己的心事了。自己的孩子怎么就聪明到了这种程度啊？

“妈！”李思念哭得更加伤心了，说道，“我是不会跟她走的。我不管她是谁，不管她带我去哪儿，我都不会跟她走的。我是你的女儿，以前是，以后也是。我不走，哪儿也不去，就陪在你们身边！”

罗琦用力地搂住自己的女儿，叹了一口气，说道：“傻孩子，妈又不是让你一个人回去，我们一起回去。”

“一起回去？”李思念瞪大眼睛看着罗琦，问道，“你和爸也跟她回去？”

“是啊。”罗琦点头，道，“我们是从那里出来的，终究还是要回去。江南城我们住不下去了。”

“妈，家里到底发生了什么事？”李思念眼睛圆睁，嘴巴微张，像一个好奇宝宝似的等待母亲解释。

罗琦看了李岩一眼，说道：“你来给孩子说。”

李岩为难，说道：“这种事情，还是你来讲吧。我嘴笨，怕说不好。”

罗琦无奈，看着李思念说道：“你也知道，咱们家最近发生了好多的事。

“上一次杀手袭击，咱们一家人都受了伤。要不是燕少爷出手，恐怕我们就得家破人亡了。

“今天又有几个人跳出来，举刀就朝我和你爸头上砍，要不是小姐及时赶到，恐怕我们凶多吉少，你回来就见不着我们了。

“小姐知道我们在江南的日子不好过，就过来接我们去天都。

“我和你爸原本还有些犹豫，毕竟，咱们在江南住了多年，对这里已经有了感情。但是听到你说游湖的时候被一些怪物追杀后，我就知道这江南城我们是没办法住下去了。我想过了，这一次咱们就跟小姐回天都。”

黑衣女人大喜，说道：“罗琦，你答应了！”

“小姐，”罗琦神色复杂，说道，“还请小姐庇护。”

黑衣女人握紧罗琦的手，红着眼睛说道：“你这说的什么话？你我以前就情同姐妹，之后我又欠下你一个天大的人情。无论如何，我都要护你们周全。

“我知道你的性子，知道其他人是没办法把你们请回去的，不然的话，我也不会不管不顾地赶到江南。

“这次他们没有准备充分，下次就不一样了。江南是是非之地，你们还是赶紧离开为妙。到了天都，你们就住在陆府，有我们照应，谁也动不得你们。”

“一切听从小姐安排。”罗琦点头说道。

“好。你们简单收拾一下，我们立即出发。”黑衣女人说道。

“妈，我还是你的亲生女儿？”李思念看看黑衣女人，又看看罗琦，问道。

罗琦一巴掌拍在李思念的脑袋上，骂道：“你在想些什么呢？赶紧回房收拾行囊。”

房间里面，李岩和罗琦正在收拾行装，情绪低落，心里百般伤感。

他们在江南住了十几年，现在突然就要离开，一点儿心理准备也没有。

“思念是不是误会什么了？”罗琦问道。

“可能吧。”李岩有些心神不宁，说道，“她问自己是不是你的亲生女儿，是不是怀疑自己不是你亲生的？”

“这个丫头平时就喜欢想些乱七八糟的东西。”罗琦没好气地说道，“不过这孩子说的那些话还是挺让我感动的。以前是我的孩子，以后也是。你说，牧羊要是撞见今天这一幕，会做出什么样的选择？”

李岩叹了一口气，说道：“别想太多，牧羊和思念一样。”

“要是牧羊也能对我说这么几句话，我就是死也值得了。”罗琦眼睛酸涩，有一种想要流泪的冲动。

她心里清楚，他们一旦回到天都，进入陆家，和陆家就再也割裂不开了。牧羊这个儿子，她也没办法留住了。

想到自己和牧羊会越来越疏远，她就觉得自己的心抽痛得厉害。

那是割肉啊!

"嘎——"

龙字甲号楼的木门被人推开。

楚浔一脸愤怒地走了进来，说道："那个白痴竟然住在我们隔壁，他也选择了屠龙专业。他屠什么龙？他有什么资格屠龙？"

陆契机站在后院看着外面翻滚的云浪，没有转身，声音低沉地说道："他选择屠龙不是理所当然的吗？"

楚浔想了想，说道："也是。这个白痴一无是处，其他专业怕是也学不好。反正世间没有龙，他也就不用跑去送死了。现在想来，我倒是觉得他做了一个明智的选择。"

"你呢？"陆契机反问道，"你为什么选择屠龙？"

"因为你选择了屠龙。"楚浔一脸深情地看着陆契机说道。

当然，陆契机是看不到楚浔的眼神的，因为她由始至终都背对着楚浔。

陆契机不应。她不喜欢这样的话题。

楚浔知道她不喜欢，笑着解释道："我的父亲是一个悠闲王爷，所以我也注定是一个悠闲王爷。

"帝王之道我是不敢选的，我要是主修那个，我父亲会立即派人把我接回去。军事课程我也不能选，不然我那些堂兄弟要问我是不是对西风军事有什么想法。佛门道门对我来说也没有什么意义，楚家家传的功法就足够我修炼了。除了这些，绘画或者音乐，又和屠龙有什么区别呢？"

"楚浔。"

"嗯？"

"我们不是一类人。"陆契机沉声说道。

"我知道。"楚浔笑着说道，"我们不是一类人。你比我有想法，也比我聪明。不过我相信，总有一天你会发现，有一个人会一直不离不弃地陪伴在你身边，让你感到安心。那时你会想：那就是他吧。即便这只是你的习惯和将就，我也甘之如饴。”

“那是你的选择。”陆契机仍然是那副拒人于千里之外的冷淡模样，“我不会对你的人生负责。”

第48章
初见千度

雾障重重，浪涛翻滚。

李牧羊站在窗前看了一阵子，眼眶再次湿润起来。

他捂着胸口退了回来，悲伤地说道："不行了不行了，我又要哭了。"

何安看得于心不忍，递了一块丝帕过去，说道："要不我再去帮你申请申请，让学院把你调到一个看不到红怒江的院子。这号舍还是按照老规矩安排的，据说星空学院初建的时候，屠龙专业是整个学院最受重视的专业。星空学院给屠龙专业的学生最好的居住环境和最好的导师团队。因为有一个星空强者特别喜欢红怒江，所以院长特意把面对红怒江的最好的一排院子拨给了屠龙专业。

"后来屠龙专业落魄，有不少专业开始打这排院子的主意。但是不知道为什么，竟然没有一个专业成功。屠龙专业好几年没招到学生，这些院子竟然就这么空着，学院里对此可是议论纷纷，当然，没有人敢在院长面前提这些。"

李牧羊用丝帕擦拭眼泪，说道："这哪里是红怒江啊？这分明是泪江嘛！再这么下去，我的眼睛都要哭瞎了。以前吧，我就觉得我有点儿多愁善感，为秋叶而悲，为春花而喜。没想到进了星空学院之后我别的还没有学到，这个毛病倒是更加严重了。你说，我怎么看到那红怒江就想流眼泪呢？"

"有些人是见不得红，你看那红怒江红得像血，颜色太鲜艳了，伤眼睛。有很多人说红怒江的水是被龙血染红的，呵呵，我不信。如果传言是真的，那屠龙勇士得屠多少条龙才能够把这江水染红啊？你这样，也有可能是眼睛出了什么毛病，不会是眼睛进了沙子吧？"

"我都洗了几天眼睛了，哪有什么沙子！"李牧羊反驳眼睛有病的说法，想到了红怒江的传说。传说红怒江原本叫作潜龙江，起初潜龙江的水和其他江无异，后来因为被龙血染红，整条江就像发怒的巨龙，所以潜龙江才被人改称为红怒江。

李牧羊想到自己体内的那条黑色巨龙，心想：我不停地流眼泪会不会和这件事情有关系？难道那个传说是真的，红怒江里面流淌的当真是龙血？

如果真是这样，那自己不是到了巨龙的墓穴吗？

李牧羊想到自己就住在墓穴的边缘，心情顿时更加不好，眼泪也流淌得更加急了。

“别哭啊。这院子还换不换啊？你要是点头，我就再去加把劲儿。规矩是死的，人是活的，活人还能被规矩困死？”

“不换了。”李牧羊抹着眼泪说道，“我就住在这里了。”

“那可不行啊。你住得不舒服，哪还能勤学苦修啊！”

“梅花香自苦寒来，这样可以让我时常保持清醒，激励我拼命学习。”

“那好吧。”何安终于决定不再勉强他了。

何安离开了，李牧羊松了一口气。

他要住在这里，这是他内心深处发出来的声音。

他想知道他到底是什么。

他更想知道他能在这里得到什么。

李牧羊再次走到窗边，浪涛声不绝于耳，红浪高卷，江面波澜壮阔，红怒江如同一条红色巨龙震撼天地。

它嘶吼着，挣扎着，诉说着万年难平的冤屈。

泪水再一次夺眶而出。

李牧羊闭上了眼睛，静静地倾听着浪潮的声音，感受着它的哀伤。

巨龙的悲愤，他感同身受。

李牧羊一大早就起床了，这是他练习破气术后养成的良好习惯。

天色稍暗，云雾缭绕。

李牧羊按照破气术的修炼方法在小院里来回走了几趟，又按照自己的学习步骤练习了一会儿破拳。

他收功后，发现时间尚早，天还未亮。

万籁俱寂，附近难闻人声，难见活物。

李牧羊推开院门，朝东边的山崖走去。

这个时候，只有东边的天际露出一抹带状的红光。

李牧羊走过去时，立即被眼前的景色所吸引。

将近黎明的天空如一块幕布，一条红绸穿梭其间。

那带状红光就像星辰划过天际时留下的痕迹，又像正燃烧着的火焰带。

风在耳边呼啸，流云在脚下起伏。

山高且险，嶙峋怪石堆积其间，就像一只只隐藏在黑暗里的怪兽。

“这里好美啊。”李牧羊被眼前的景色惊呆了，情不自禁地发出声音。

“是谁在那里？”一声冷喝传来。

比声音先到的，是一股凌厉的刀气。

李牧羊身体一偏，刀气从他身边划过。

“嚓——”

刀气贯穿了李牧羊身后的一株千年松树，在树干上面劈出了一个巨大的口子，由此可见这股刀气有多强大！

“是我是我。”李牧羊急忙喊道，“我是星空学院的学生。”

李牧羊不知道藏在石头后面的是什么人，但是这人出手这么狠辣，应该不是什么善良之辈。

遇到善良的人还可以讲道理，遇到不善良的人就赶紧报上后台。

这是李牧羊这一段时间的最大感悟。

云雾中间走出一个身穿白衣仿若仙人的漂亮女孩子。

这女孩子真漂亮。这是李牧羊的第一反应。

但李牧羊看到那一头耀眼的紫发时，顿时观感大变，心想：竟然是这个臭婆娘攻击的我，她怎么总是阴魂不散地跟着我？早知道我就不在大庭广众下脱裤子了，没想到这会给我惹来这么大的麻烦。

“你跟踪我？”陆契机眼神冰冷地盯着李牧羊，一副杀气腾腾的模样。

“谁跟踪你了！”李牧羊气极，现在的女孩子自我感觉怎么这么良好啊！你想追我就明说，干吗要倒打一耙，把责任全推到我的身上？！你知不知道，你越是这样，我就越是不会接受你？！“我是过来看风景的。”

“看风景？”陆契机不信，审视着李牧羊，说道，“你居然胆敢偷师，难道当我不敢杀你吗？”

“偷师？你在开玩笑吧。我家传的破气术是世间第一等的修炼功法，此外，我还有羊师、孔师和夏侯师三个名师教导，需要向你一个毛都没有长齐的小屁孩儿偷师？你有什么值得我偷的？就算你让我来偷，我也根本不会答应。”

陆契机黑色的瞳仁瞬间变紫，手里握着一道红光，声音仿若来自幽冥之域，她说道：“那我们就在此做个了断吧。”

早上千万不要去见你讨厌的人，因为那会影响你一整天的心情。

李牧羊没招谁惹谁，就想来散个步，赏个景，没想到这样自己还能碰到这个极度讨厌的紫发少女。

一句话还没有说完呢，她就一记手刀劈了过来。

幸好站在这里的是我，身手灵活，技艺精湛，要是换成不会功夫的张养狗或者陈阉驴，还不得被她一记手刀劈死！

自己还没找她讨个公道呢，她竟然倒打一耙说自己偷师。拜托，我连你人在哪里、在干什么都不知道，怎么偷师啊？

这女人欺人太甚！

老虎不发威，你当我是小羊羔啊。

李牧羊决定好好教训教训这个不知天高地厚的女孩子，不然的话，她就要爬到他头上拉屎撒尿了！

李牧羊眼神凶狠地盯着陆契机，恶声恶气地说道：“你这个女人有没有长脑子和眼睛啊？我刚刚走过来，还不知道你是人是鬼躲在哪里，怎么就能偷师了？你一句话不说就拿刀气劈人，要是伤了无辜的人怎么办？你怎么这么蛮横暴力？你还有没有一点儿良知？你爸妈就是这么教育你的？我要是遇到你爸妈，一定要好好教教他们怎么教育自己的孩子。他们根本就不配为人父母。”

“李牧羊，你找死！”陆契机眼里的紫色更浓，她手心宝石一般的红光突然膨胀，变成了一个红色的光球。

李牧羊看着她手心的红色光球，问道："你是什么境界？"

陆契机一愣，怒道："这与你何干？"

"空谷？"

"你打不打？"

"高山？"

"休要废话！"

"闲云？"

"……"

看来陆契机是闲云境了。李牧羊在心里想。

"我是看在同学一场的分上，才愿意和你说这些的。你要是一个无关紧要的人，我根本就不会多看你一眼。既然你说今天要做个了断，那今天咱们就做个了断吧。"

李牧羊提起衣服下摆，想从衣服上面撕下一块布，结果发现这衣服异常结实，不用刀具他还真撕不下来。

于是，李牧羊从树上折下一根树枝。"咔嚓"一声，树枝断成两截，李牧羊义正词严地说道："往日情分如此树枝，从此我们恩断义绝，老死不相往来。"

李牧羊把手里的树枝丢掉，傲然转身，大步，不，疾跑着离开。

陆契机站在原地，看着李牧羊远去的背影，猛地将手里的红球朝远处的云雾砸了过去。

"轰——"

云雾被红球点燃，火势越来越猛，熊熊的火焰朝着遥远的天际蔓延。

听涛别院，望海楼。

李牧羊的第一堂屠龙课就是在这里上的。

屠龙导师羊小虎情绪激动，满脸亢奋。

他一遍又一遍地打量着面前的学生，仿佛在看稀世珍宝，然后高声说道：

“今年我们有七名新同学加入屠龙系，屠龙系这一届算是人才济济。”

李牧羊撇了撇嘴，以前他们一个班级就有好几十名学生呢。如今一个系才七个人，这怕是神州第一小系吧。他怎么好意思说人才济济这样的话？

楚浔脸上露出古怪的笑容，显然也是这么想的。所以他撞上李牧羊的目光时，立即就明白了李牧羊的想法，心想：我竟然和这个白痴想到一起去了，实在是不知道自爱。

于是他迅速收起脸上的笑容，一副这句话一点儿也不好笑的模样。

“在正式讲课前，我希望同学们先互相熟悉一下。每个人都站起来做一个自我介绍，这也是咱们屠龙系的规矩。”羊小虎站在望海楼的台阶上，身后是白云翻滚的巍峨群山。远处一眼看不到边的黑色海域，就像天地间的一个大墨团。

在这华美壮丽的景观中，羊小虎那微胖的身体和难以对称的三角眼看起来都顺眼了许多，整个人竟然有了一种天下之大舍我其谁的气势，睥睨天下的样子也不过如此了。

这其实就是羊小虎耗费心思把第一节课安排在望海楼上的原因。

学生都是俊男美女，而且看起来一个比一个桀骜不驯，他担心自己镇不住场子。人靠衣装马靠鞍，星空导师也要面子。

羊小虎站在台阶上，大声说道：“我姓羊，名小虎。”

下面传来稀稀疏疏的笑声。

羊小虎胖脸微红，不好意思地说道：“名字是父母取的，我不忍舍弃，所以就一直沿用至今。我曾经是星空学院的学生，现在是星空学院的导师。我在星空学院住了十七年，而且准备一直住下去。我的爱好广泛，音乐、绘画、插花、茶道、围棋、美女……不不不，没有美女，没有美女。”

“羊师，爷们都喜欢美女，为何你偏偏不喜欢？”一个满头小辫子的大块头笑呵呵地问道。他身材高大，肌肉发达，星空学院的流云星空袍竟然被他穿出了紧身武士服的观感。

从身高和长相上看，他是屠龙系最具备屠龙潜质的学生。

李牧羊对他极其警惕。

“我不是不喜欢美女，我的意思是我没有那么喜欢美女。”羊小虎羞愧不已，自己怎么能不小心就说出内心的美好向往呢？“好男儿志在四方。我一心钻研屠龙文化，心中只有一个不敢宣之于口的愿望。我希望自己能亲手屠一条巨龙，和那些屠龙英雄一样名垂青史，被那些吟游诗人永远传唱。”

李牧羊觉得自己有些不喜欢羊小虎了，虽然他很喜欢那首歌曲《你的名字我的姓氏》。

他的名字就是羊小虎的姓氏。

“我也要屠龙。”大块头跟吃了一大碗仙丹似的，一脸激动，说道，“我叫铁木心，来自大漠。据说我们的大漠英雄格兰朵是屠龙英雄，我想向他看齐。”

“铁木心同学，你有此志气，定能梦想成真。”羊小虎高声鼓励自己的学生，然后看着其他学生，说道，“其他同学也一个个站起来做个自我介绍吧。”

“我叫林沧海，来自大武国。”一个看起来年纪很小的甜美少年笑呵呵地说道。他长得很可爱，皮肤白嫩，就像一个漂亮的女孩子。就连李牧羊都仿佛能闻到他身上传来的甜美味道。“我的梦想也是屠龙。”

李牧羊闻言，对这个林沧海也没什么好感了。一个小屁孩儿也好意思叫什么林沧海，你怎么不叫林天山呢？

李牧羊如果一直是现在这种心态，怕是很难和同学搞好关系了。

“我叫蔡葩，来自天府。”一个块头和铁木心不相上下的女孩子粗声粗气地说道。

“楚浔，来自西风帝国。”楚浔面无表情地说道。这样的自我介绍让他觉得很官方而且很无聊。

“陆契机。”陆契机面无表情地说道。她眼观鼻，鼻观心，不会表现出不满，更不会表现出一丝丝感兴趣。

这样的事可有可无，她的心思并不在这里。

“李牧羊。”李牧羊也想表现出高人风范，但是觉得这样实在太没有礼貌了，于是又补充了一句，说道，“屠龙有危险，出刀需谨慎。我希望能够和大家成为好朋友，互相帮助，互相促进。”

“扑哧——”

一个女孩子娇笑出声。

李牧羊转过身，看向那个身穿流云星空袍，肤如凝脂，坐着时姿态从容，笑起来妖媚入骨的女孩子。

李牧羊不得不承认，这是自己见过的第三漂亮的女孩子。

虽然陆契机也很美，但是李牧羊从来不觉得她美。

李牧羊不仅不觉得她美，而且觉得她丑陋无比，十分惹人讨厌。就是她倒贴，李牧羊也不会让她得逞。

而这个女孩子的容貌让人看着非常舒服，她的美丽如月光，不会让人觉得刺眼，只会让人觉得赏心悦目。

她是清晨的第一束阳光，是花叶上的第一滴露珠，是高山峡谷中的白莲，是灯火阑珊处的绝代佳人。

除了崔小心和李思念，没有人比她更美。

李牧羊想不明白，这个娇滴滴又斯斯文文的女孩子怎么也跑来学屠龙。难道屠龙的一百二十七种绝技里还有美人计不成？

这样的话，李牧羊倒是不介意戳一下自己的软肋。

羊小虎故作镇定地看向那个女孩子，笑着说道：“同学，现在轮到你做自我介绍了，其他同学都介绍完了。”

那个女孩子站了起来，笑着说道：“千度，来自孔雀王朝。”

她转身看向李牧羊，说道：“我想大家一定能成为好朋友的。毕竟，我们都是要去屠龙的人嘛。”

李牧羊连连点头，说道：“是啊是啊。还请千度同学多多关照。”

（本册完）

《逆鳞3》即将上市，敬请期待！